川端康成
作品精选
魏大海 主编

山　雀
ひ　が　ら

[日] 川端康成　著
　　林少华　译

青岛出版集团 | 青岛出版社

图书在版编目（CIP）数据

山雀 /（日）川端康成著 ; 林少华译. —青岛 : 青岛出版社, 2023.5
（川端康成作品精选 / 魏大海主编）
ISBN 978-7-5736-1110-9

Ⅰ.①山⋯ Ⅱ.①川⋯ ②林⋯ Ⅲ.①短篇小说—小说集—日本—现代 ②中篇小说—小说集—日本—现代 Ⅳ.①I313.45

中国国家版本馆CIP数据核字（2023）第067969号

丛 书 名	川端康成作品精选
丛书主编	魏大海
本册书名	山雀 SHANQUE
著　　者	[日]川端康成
译　　者	林少华
出版发行	青岛出版社
社　　址	青岛市崂山区海尔路182号（266061）
本社网址	http://www.qdpub.com
邮购电话	0532-68068091
策　　划	杨成舜　王　伟
责任编辑	王　伟
装帧设计	今亮后声·核漫
封面插画	尔凡文化·秦国栋
照　　排	青岛新华出版照排有限公司
印　　刷	青岛双星华信印刷有限公司
出版日期	2023年5月第1版　2023年5月第1次印刷
开　　本	32开（889 mm×1194 mm）
印　　张	10.25
字　　数	200千
印　　数	1—8000
书　　号	ISBN 978-7-5736-1110-9
定　　价	59.00元

编校印装质量、盗版监督服务电话：4006532017　0532-68068050
上架建议：日本文学·小说·畅销

译序

川端康成：
日本性与日本美的"猎手"

还是让我从村上春树对川端康成的评价讲起吧。这倒不是由于我是大半个村上翻译"专业户"，而是因我觉得我若不讲，即使川端文学研究专家也未必"拾遗"。应该说，村上不仅是风靡当世的小说家，而且作为文学评论家也每有一家之言或一得之见。如关于川端康成，村上在为哈佛大学教授杰·鲁宾编选和翻译的《芥川龙之介短篇集》所撰长篇序言中写道："就川端的作品而言，老实说，我喜欢不来。当然这并非不承认其文学价值，对于他作为小说家的实力也是认可的，但对于其小说世界的形态（ありよう），我个人则无法怀有共鸣。"

至于川端"小说世界的形态"具体指的什么形态，村上没有言及。如果容我任意猜测，那么至少包括艺伎、歌舞伎、和服、清酒、寿司以及祇园会、五重塔、富士山等"日本性"载体或日本文化符号。而村上文学世界对这些基本不屑一顾。倒是偶尔出现樱花，但即使同是樱花，在两人笔下也截然不同。《挪威的森林》第十章中谓"在我眼里，春夜里的樱花，宛如从开裂的皮肤中鼓胀出来的烂肉"；而《古都》第一章中则谓"松树那洁净的翠绿和池水正使得花团锦簇的红色垂枝樱愈发显得千娇百媚"。在这点上，如果说村上作品有高密度的"异质性""非日本性"，川端文学则有高密度的"本土性""日本性"。

而这种"日本性"，恰恰是川端于一九六八年获得诺贝尔文学奖的主要原因：他"以敏锐的感受性和高超的叙事技巧表现了日本人的心灵精髓"。换言之，村上春树以不同于日本传统文学的"异质性"或"非日本性"为世界所接受，川端康成则以忠实继承日本传统文学、表现日本人精神特质的"本土性"或"日本性"为世界所接受，并摘取世界文学最高奖项的桂冠。其获奖对象作品即是青岛出版社此次出版的《雪国》《千鹤》和《古都》。不妨说，这三部小说作品乃"日本性"的高度浓缩。而"日本性"在很大程度上表现为"日本美"，或者莫如说，"日本美"是"日本性"的皇冠。所以下面容我不揣冒昧，粗略讲一下川端作为"猎手"是如何追求和表达这点的。同时就其"非日本性"发表一点远不成熟的看法。

先谈一并收录的《伊豆舞女》。坦率地说,这倒不是因为它多么充分地体现了"日本性""日本美",而是因为它太有名了。村上虽然总体上对川端文学喜欢不来,但在列举"如春雨一般悄然滋润人们的精神土壤,构筑日本人的教养或感受性的基础"的文学作品时,还是没有忽略《伊豆舞女》,称之为"清新的青春小说"。这部短篇发表于一九二六年,是作者早期的代表作和成名作,也是日本文学中出色体现抒情之美的"青春物语",曾六次被搬上银幕,有"日本式爱情经典"之誉,认为它在爱情表达上具有经典的日本审美元素或"日本性"。但我觉得——刚才说了——较之"日本性",这部短篇引起我们共鸣的恐怕更是"非日本性"。

首先,故事发生在旅途。作为主人公,一个是因无法忍受"孤儿根性"带来的苦闷而踏上旅途的二十岁男孩,一个是看上去十七八岁情窦初开的女孩——这样的男孩女孩在山清水秀的秋日乡间的旅途中相遇且结伴而行——尽管女孩并非一个人。无论在哪个国家、哪个年代,两人之间发生朦胧恋情都是十分自然的。何况女孩又很漂亮:"这对忽闪忽闪的漂亮的大黑眼睛是小舞女最为动人之处,双眼皮的线条也漂亮得无法形容。还有,她笑起来像花一样。'笑起来像花一样'这句话用在她身上再合适不过。"不仅漂亮,而且乖巧。"我"要坐下,她赶紧拉出自己的坐垫;"我"要吸烟,她把烟灰缸拉到跟前;"我"在山路旁的凳子上休息,她蹲下来拍打"我"裤脚上的灰;"我"下楼出门,她马上摆好木屐。更重要的是，这些乖巧丝毫没有功利性或世俗之气，而意味一种纯粹的好意和情窦初开。可以断言，这并非为日本传统女性所特有，完全可能以相似形式发生在往日中国乡间女孩身上。

其次未必限于"日本性"的一点，表现在性意识与天真之间。这类故事的主人公大多伴随性意识，而又一定不失天真，《伊豆舞女》把这两种元素融合得恰到好处。

> 我和大家一起上二楼放下行李。榻榻米和隔扇都已旧了，脏兮兮的。小舞女从下面端茶上来，在我面前坐下时，满脸通红，手颤抖不止。结果，茶碗险些从茶盘上掉下。为了不让茶碗掉下，她赶紧将茶盘放在榻榻米上，却又把茶弄洒了。她羞得太厉害了，看得我目瞪口呆。
>
> "瞧你，怎么回事！这孩子也懂男女情事了，得、得……"四十岁的女子目瞪口呆地蹙起眉头……

尽管"也懂男女情事了"，但小舞女显然不失天真。和"我"单独下棋时，她"下着下着就忘了顾虑，一心扑在围棋盘上，漂亮得近乎不自然的黑发几乎碰到我的胸口"。为她念书时，"我刚开始念，她就凑过脸来，几乎碰到我的肩，她一副一本正经的神情，眼睛一闪一闪地盯视我的额头，眨都不眨一下"。

相比之下,"我"的性意识要强烈一些。听得阿婆以鄙视的语气说小舞女她们晚间"哪儿有客人就住哪儿","我"的念头是:"既然那样,就让小舞女住我房间好了!"这样的性意识当然让"我"烦恼,"一想到小舞女今晚有可能被玷污,心里就烦得不行"。与此同时,"我"的心情又因小舞女的天真得到净化:

> 昏暗的浴场深处,忽然有个光身女子跑了出来,随即在突出的脱衣处前端以即将跳下河岸的姿势站定,双臂大大张开叫着什么,连毛巾也没带,一丝不挂。小舞女!望着她那双腿如小桐树一般笔直的白皙裸体,我觉得仿佛有一股清泉从心头流过,如释重负地深深呼了一口气,呵呵笑了起来。还是个孩子!由于发现我们而高兴得在光天化日下蹿了出来,踮起脚尖站得笔直笔直——分明还是个孩子!我满心欢喜,呵呵笑个不停,脑袋一清如洗,微笑很久没从脸上退去。

性意识的萌生带来羞涩、苦闷和烦恼,而对方的天真和纯粹又使自己的心灵得到净化和升华,我想这是任何人——日本人也好,中国人也好——都可能有过的经历和体验。而川端的一个出色之处,在于将"非日本性"的朦胧恋情巧妙融进富于"日本性"的情境和笔调之中。

最后一点"非日本性",是这段朦胧恋情的戛然而止。原因固然种种样样,但无果而终几乎是所有初恋的共同特征。也就是说,大部分初恋都是"未完成形",都是对美的向往、思念,而不是拥有。或者莫如说,初恋因其未完成而得以完成,美因其不能拥有而得以完美。这也正是初恋作为一种审美体验和生命历程的价值和意义。《伊豆舞女》也是如此:

> 舢板摇晃得厉害。小舞女仍然双唇紧闭,盯视同一方向。我要抓绳梯而回头看的时候,她似乎要说再见,但没有说,只是再次点了一下头。……离得很远之后,小舞女也开始挥动白色的东西。

分别即永别,旅途萍水相逢,从此天各一方,这点两人都很清楚。于是,少女的不舍与无奈、"我"的怅惘与眷恋、初恋的苦涩与感伤,无不物化为远处挥动的白手帕。诗性、隽永、内向、温馨,这方普通的白手帕永远留在了读者心中,堪称古典式爱情的经典镜头。《伊豆舞女》因之超越了"日本性",而拥有了普遍性,至少拥有了"东方性"。

相比之下,《雪国》《千鹤》和《古都》这三部中篇更多含有的是"日本性""日本美"。

《雪国》首先断断续续发表在《文艺春秋》等文学刊物上,于十五年后的一九四八年才修改结集,是集中体现川端审美倾向的力作,有"日本现代抒情小说经典"之誉。

镜底流移着夜色。……人物在透明的虚幻中,风景在夜色的朦胧中,互相融合着描绘出超凡脱俗的象征世界。尤其当少女的脸庞正中亮起山野灯火的时候,岛村的胸口几乎为这莫可言喻的美丽震颤不已。

……映在车窗玻璃镜中的少女轮廓的四周不断有夜景移动,使得少女的脸庞也好像变得透明起来。至于是否真的透明,因为在脸庞里面不断流移的夜色看上去仿佛从脸庞表面经过,以致无法捕捉确认的时机。

在火车窗玻璃中看见外面的夜景同车厢内少女映在上面的脸庞相互重叠,这是不难发现的寻常场景,但在《雪国》中成为神来之笔,以此点化出了作者所推崇的虚无之美——美如夜行火车窗玻璃上的镜中图像,是不确定的、流移的、瞬间的,随时可能归于寂灭,任何使之复原的努力都是徒劳的。反言之,美因其虚无,因其归于"无"而永恒,而成为永恒的存在、永恒的"有"。

如果说,这种虚无之美的镜像中隐约叠印出中国禅学思想的面影,那么,以下两点则或可说是日本特有的审美取向或所谓"日本美":一点是"洁净",另一点是"悲哀"。"洁净"(清潔)、"悲哀"(哀しい),加上"徒劳"(徒労),可以说是《雪国》的关键词,而且都是就美而言或与美有关。

"洁净"在这部小说中出现了十几次,几乎都用来形容主人公驹子之美:"颧骨略高的圆脸虽然轮廓平庸,但皮肤犹如白瓷微微挂红,加之脖根都没有脂肪堆积,与其说是美人或是什么,莫如说洁净更为合适。"甚至这样强调:"女子给人的印象甚是洁净,洁净得不可思议,想必连脚趾窝都一干二净。"无须说,世界上没有哪个民族、哪个作家以脏为美,但像川端这样几乎将洁净作为美、作为美女代名词的,恐怕很难找见。

细想之下,川端这种"洁癖"应该同日本传统审美观有关。提起美,无论西方还是中国,很容易同善,同强大的、丰硕的形象联系起来。作为西方美学滥觞的古希腊雕刻,男性表现强健魁梧的英雄,女性表现丰腴匀称的肢体。"美麗"两个汉字,"美"由"大""羊"二字组成,"麗"字下面是"鹿"。"大"自不用说,羊、鹿俱有一对强有力的长角,这意味着,美的对象首先要大、要强有力才得以成立。而日本人关于美首先想到洁净。较之尚善、尚大、尚力、尚丰,日本更尚洁,没有洁就无所谓美,洁即是美,洁净是日本美的第一要素和最高标准。而川端康成将这种美学意识直接用于女子,从脖颈到脚趾窝,从坐姿到微笑,统统以"洁净"加以赞赏。这点显然有别于中国作家以至西方作家,乃川端文学一种独特的审美情趣,一种"日本性":"洁净之美"。

另一点是"悲哀"。"洁净"用于驹子,"悲哀"用于叶子,作品中出现了七八次,多用来形容声音之美:"好听得让人悲伤／美丽得令人悲伤的语声／清澈得令人悲伤／动听得令人悲伤／笑声也清脆得让人悲伤。"凡此种种，无一不将美与悲伤联系起来，即"以悲为美"。中国文学也有凄美之说，但不至于像川端这样不厌其烦。究其原因，一是同被称为日本传统文学观的"物哀"（もののあわれ）有关。"物哀"固然是指由外部景物引发的种种情感、意趣和心情，但其核心仍在于"哀"。二是同日本自古以来的宇宙观有关。面对宇宙万象，中国人往往强调"常"（循环反复），关注传统延续、万古流芳；日本人则每每留意"变"，即"无常"，面对万象的流转不居生出无可奈何的喟叹，从而对瞬间的凄美格外敏感和情有独钟。这样的文学观和宇宙观进入《雪国》，在一定程度上成就了"悲哀之美"。

概而言之，在川端看来，美的前提是洁净，美的极致是悲哀，美的保持是徒劳，美的归宿是虚无。这是一种经过佛教禅学浸润的"日本美"和"日本性"，川端所表现的"日本人的心之精髓"，或许就在这里。

下面简单谈几句《千鹤》。这部中篇由作者于一九四九年至一九五一年在若干文学刊物上发表的短篇构成，一九五二年结集印行，其创作活动大体由此进入战后。如果说《伊豆舞女》表现清纯之美，《雪国》表现洁净之美、悲哀之美、虚无之美，那么《千鹤》表现的则是梦幻之美、艺术之美。这是因为小说主人公的现实行为无论如何都是不美的、不道德的：菊治同亡父的情妇太田夫人发生性关系，太田夫人死后又同其女儿文子发生性关系。于是，性、道德、艺术（千鹤图案、茶道、志野古瓷）三者构成了纵横交错的关系并借此缓慢推动小说情节的发展。归终，性超越道德，而作为艺术品的古瓷又超越性与道德，从而催生了超现实的梦幻之美——最后的胜者是艺术、艺术之美。

> 菊治则未能说出志野茶碗很像文子母亲，但两个茶碗的确像是菊治父亲和文子母亲的两颗心摆在这里。
> 三四百年前的茶碗，风姿是那样健康，根本不至于诱发病态妄想。然而生机勃勃，甚至带有官能意味。
> 从这两个茶碗中看出自己的父亲和文子的母亲，这让菊治觉得仿佛两个美丽的灵魂摆在一起。
> 但茶碗的形体是现实，而以茶碗居中相对的自己和文子的现实，也似乎是玉洁冰清的。

这意味着在道德上近乎乱伦的主人公们不仅因古瓷珍品得到解脱，而且升华为"美丽的灵魂"，变得"玉洁冰清"——艺术便是这样完成了对性、对道德的超越。而这一超越的前提是性对道德的超越。应该说，性对道德的超越源于日本的文化传统。

回溯历史，尽管中国的儒家学说对日本有明显渗透，但贞操观念对日本社会、日本文化影响不大。本尼迪克特在《菊与刀》中也曾指出，日本人不像西方人那样"把妇女简单地分成'贞女'和'淫妇'"。对日本人来说，贞操和名誉是两回事。他们倾向于将性视为自然的一部分。据《古事记》记载，甚至日本这个国家本身即是性爱产物——由男神伊邪那岐和女神伊邪那美兄妹交媾生下日本列岛和日本诸神。因此，日本人自古以来就对性事比较宽容，在许多情况下将性与道德分开看待。不妨说，正是这种日本特有的文化传统使得川端将原本匪夷所思的丑陋性关系描写得温情脉脉、情有可原，使之凌驾于世俗道德规范之上。这是《千鹤》中不同于中国等许多国家的"日本性"，也是中国读者理解这部作品，进入其梦幻之美、艺术之美世界的一把钥匙。

最后谈《古都》。也是因为作者本人附有《后记》，所以这里只略谈两句，其实完全不谈都可以——这部作品中的"日本美""日本性"几乎都是显在的。有春夏秋冬四时之美，有花车巡游等民俗之美，有平安神宫、南禅寺等名胜之美，有京都老街、传统民居之美，有少女之美，有和服之美，有亲情之美，有爱情之美，有人情之美——凡此种种，构成了或艳丽或古朴或优雅或清幽或深沉的"日本美交响曲"，是三部中篇中最具"日本性"的。

最具"日本性"的美，当然也就是"日本美"。而对美，尤其对"日本美"的热爱、追求与表达，无疑是贯穿川端文学以至川端整个人生的一条主线。关于这点，川端的挚友、画家东山魁夷有过这样的评价："谈论川端先生，势必触及美的问题。谁都要说先生是美的不懈追求者、美的'猎手'。能够承受先生那锐利目光凝视的美，实际不可能存在。但先生不仅捕捉美，而且热爱美。我想，美是先生的憩园，是其喜悦、安康的源泉，是其生命的映射。"东山进一步以川端《反桥》《阵雨》《住吉》这"三部曲"为例，认为是"美到极致"的三部短篇小说——"尤其《反桥》，先生对幽深旷远之美那炉火纯青的感受性化为涌流的联想彩绫从纺织机流淌出来"。进而认为，川端"以大跨度的步履在日本的混乱中坚定地支撑日本文化的精髓"。并在川端去世三年后的一九七五年的一次演讲中高度赞赏川端文学："日本独特的美，由川端先生作为当世罕见的文学作品结晶并且展示给世界上的人们。"

自不待言，一个民族有这样一位执着地炫示和守护本民族传统和本土风物之美的作家，那个民族是幸运的。所谓文化，便是这样的东西。

值得注意的是，川端文学中，除了美——"日本美"——这条一以贯之的主线，还有一条主线，那就是源于孤儿情结的孤寂、孤独感。川端两岁丧父，三岁失母，十五岁相依为命的祖父去世，彻底成了孤儿。即使一九六八年十月十七日荣获诺贝尔文学奖，消息传来而日本举国为之沸腾之时，他的心境仍似乎那般孤寂，当天后半夜一个人闷在书房里用毛笔重复写下数幅"秋野铃响人不见"（秋野の野に鈴鳴らし行く人見えず）。获奖后不出四年的一九七二年四月十六日傍晚，"川端以和平时没有不同的样子离开家，在门前大街长谷消防署前面搭出租车去逗子公寓，以煤气自杀"。没有留下遗书，自杀前一个字也没留下。一个人在孤寂中永远离开了这个世界，离开了他那般热爱的"美丽的日本"，离开了他不惜贷款购得的包括三件"国宝"在内的美术收藏品——美为什么没能最终拯救他？一个永远的问号。

顺便谈一下翻译。到底是获诺贝尔文学奖的名家名作，中译本已有几种行世，最常见的是我所尊敬的老一辈学人和译家高慧勤先生的译本及叶渭渠先生、唐月梅先生的译本。因此，当出版社要我重译时，我犹豫了很久。最终所以应允，也并非因为我有拿出更好译本的能力和野心，而是因为听从出版社的劝说，尝试涂抹一种风格不同的译本——这点相对容易做到，优劣高下另当别论，毕竟译笔因人而异。

翻译当中主要拜读和参考了高慧勤先生的译本（人民文学出版社出版）。表达方式或有不同，但先生对原文，尤其对《古都》中关西方言的精确理解不容我不心生敬意，笔下若干误译因之得以订正于未然。这是我要向先生表示感激的。在先生已经离开人世的现在，这种感激之情尤为强烈。

高慧勤先生生前继李芒先生任日本文学研究会的会长。记得格外清楚的是，每次召开日本文学研究会的年会，她都提前几个月亲自打来电话，嘱咐我务必认真准备大会发言论文。这对我学术水平的提高无疑是有效的激励和促进。一次发言后她主动将我的论文推荐给名刊《外国文学评论》发表，而我同先生任职的中国社科院外文所并无师门因缘。抚今追昔，深感那是多么难得的信任、偏爱和恢宏的胸襟！惜乎先生遽归道山。灯下行文至此，感激感谢之余，不禁黯然神伤。掷笔于案，思念良久。翻译也罢，其他任何文化事业也罢，恐怕都是在这样的承继和思念当中不断推向前去。

最后啰唆一句。拙译川端作品自二〇一二年一月由青岛出版社出版以来，颇受好评，数次再版或重印。但后来因有出版机构买了"独家版权"，遂成绝版。日月流转，春秋嬗递，现在川端作品进入"公版"期，拙译因之得以重出江湖，中文版川端文学花园里又多了一朵，牡丹也好蒲公英也罢，借用苏东坡之语，"凡物皆有可观。苟有可观，皆有可乐"。至少我这个译者怡然自乐。自乐之余，补记于此，是为新序——不成其为新序的新序。

二〇一一年五月三十一日初稿
时青岛蔷薇月季如霞似锦

二〇二二年九月三十日改定
时青岛金菊竞放红叶催秋

目录

译序-*1*

再婚者-*1*
乡间计-*69*
夕晖少女-*85*
山雀-*105*
琼音-*117*
富士初雪-*135*
弓浦市-*157*
竹声·桃花-*167*
琼音（未完之作）-*175*
    宫崎夕照-*176*
    海枣树-*179*
    新婚旅行-*184*
    太阳和神话-*189*
    退休与家人-*193*
    内廷偶人画-*200*
    竹叶旋律-*207*

海棠花-212

一叶滨-218

古事记-224

火与雷-229

治彦-234

少年翻译-240

塔-248

恋母-254

女司机-259

故人-266

葵祭-274

绿遍山原-281

贺茂河滩-289

斋王代-298

再婚者

我们结婚时，我三十五，妻二十八。我初婚，妻再婚。妻与前夫有两个孩子。丈夫去世后，她将孩子留在婆家，独自回到娘家。出来工作后，同我相识，进而结了婚。

我们之间没有孩子。责任似乎在我。于是我向妻提了几次：是不是把留在原来婆家的两个孩子领来一个（大的是男孩，小的是女孩，我要的是女孩）。但妻不以为然。当然我也并未执着到非要不可的地步。

两个孩子像是由前夫的弟弟和弟媳抚养。哥哥死时弟弟尚独身。情况似乎是：公婆有意把嫂子和小叔子撮合在一起，而妻不愿意，便离开了婆家。但我清楚知道妻是再婚，且结婚时我已是老大不小的年纪，就没有对妻的过去刨根问底。尤其结婚之初，我更不愿意提及妻未带来的孩子。

不料，或许也是由于我们之间没有孩子的关系，妻的两个孩子不知从何时开始便出入我们家门。至于是妻主动的，还是孩子主动的,是否瞒着孩子的本家,我则不知其详。反正我不甚在乎,一切听其自然。

不用说,妻和两个孩子一段时间里揣度我的心思来着,不久便放松了警惕,减少了顾虑。问题是,倘若孩子同妻和我之间的隔膜一旦消除,同生父家那边势必有所游离。对此,我虽作为内在心理问题做过深入的考虑,但毕竟觉得这同时也有个外在道义的问题,因此只是多少有意同孩子之间保持适当的距离。而我的用心似乎未被妻和孩子所察觉。或许妻和孩子小心谨慎,不去触动我的用心也未可知。

孩子们同我们流入同一条时间长河,却不曾交相弄脏河水或掀起风浪,也从未争先恐后地角逐流速。但一个孩子的水流突然撞上岩石,四溅开来,挤进我们的水流,卷起漩涡。这便是少女的结婚。

少女碰上婚事,陡然如梦初醒似的想了解亡父的婚事、母亲的第二次婚事——同我的婚姻,务要弄个水落石出。而且来势甚猛,犹如长空中的一道闪电,生命里的一柱华光,我们无力抗阻。那是以少女的贞洁作赌注的企望。换个看法,我根本不相信少女的所谓贞洁。但若因某种特殊情况或走火入魔得以保持贞洁,那必然使凡夫俗子束手无策,甚至比沦落风尘还难对付。但又不能敷衍了事,因为少女的新婚和婚后的幸福有可能在这里受挫。

很清楚,少女的愿望是要一丝不苟地重新通过不明不白走过的旧路,而这是困难重重的。我们夫妇生活中并不存在少女急欲弄得水落石出的事，至少我们没让那种事发生过。那不过是少女的青春幻想而已。若是少女的一己之愿，将我们夫妇的过去尽可能坦诚地、赤裸裸地告诉她也未尝不可，但少女显然不会因此满足。况且坦诚也罢赤裸裸也罢，深究起来也并非那么可信，而是以每个人的心情和看法为限度的。假定妻和我全都坦诚地、赤裸裸地直言相告，那么，由于两人眼里的夫妇生活截然不同，少女很可能感到惊愕，也可能种下疑惑或失望的种子。我和妻从未要求对方直言不讳，心理上也没有那种习惯。

何况少女想知道的并不限于我和妻之间的情况，甚至包括亡父与母亲的旧事，这就更容易给恶魔之手以可乘之机。死者保持神秘的绝对沉默。唯其如此，才似乎带有毋庸置疑的绝对权威活在少女心中。我猜测，少女所以想了解双亲的过去，大概是由亡父的日记和信函之类引发的。假如有这样的日记和信函存留下来，对少女来说自然是千真万确的事实的一端。任何人都不能篡改，也不能勾销。想到这里，我也不由得对死者是否留下这样的日记产生了兴趣，甚至还感到不安。

如此一来二去，不安发展成了怀疑：前夫与我相继娶的妻，果真是同一人吗？例如——或许说得俗了一点，在同一女人有两个以上男人的情况下，在性方面，这个女人对哪一个男人来说都不一定是同一人。而这点又是因为年纪的关系得以明白的，于是更伤脑筋。一来，不同的男人从同一女人身上受用的情感未必同质同量；二来，女人因对象的不同而在性方面怎样变化多端、怎样登峰造极，也是很难轻易计算得出的。

虽然难以计算，但一如人的其他活动一样，这方面也是有限度的，从而保障变化不至于发狂，不至于自毁，尤其夫妻生活原本就是自然而然习惯于四平八稳的。但仅以少女想象中的恋情，恐怕很难理解。若视之为随着年纪的增长染上的好色恶习倒也罢了，问题是以前由其他男人在那女人身上植下的怪癖、调教的嗜好等等，我们不可能一言以蔽之为嫉妒的缘由和憎恶的对象。严格说来，这同珍惜训练有素的娼妇或妓女恐怕多少不无共通之处。但相比之下，大多数人还是并不那么想入非非，而觉得是在品尝自然熟透的天赐佳果，是在享受来自女人身上那活生生的恩宠。即使女人拖儿带女，也爱屋及乌地对孩子生出怜爱之心；即使其他男人的儿女睡在身旁，也不甚觉得碍事。

若将这些诉诸语言告与少女，未免过于残忍——不止被视为丑恶，但少女自己却挑起了与此相似的事端。身为妻与前夫之女而出入我的家门，同我并不见外。不仅如此，在婚事搅得自己有些心神不宁时，竟还想使她母亲和我现在记起前夫的事来，甚至要把我们夫妇间类似的事体也发掘一空。或许少女是想寻找土中埋藏的什么东西，但那被掘得面目全非的地面她打算如何处理呢？少女不过是要看土中的彩虹罢了。

总之，我们的和平与安宁受到了威胁。一方面得过且过地任凭自己沉浸在不无调皮的好色心理之中而逐年带着荫翳四溢开来——说得好听些，在善解人意那种温馨的思绪里，一方面又有追求纯爱的感伤穿胸而过。较之在年轻男子急于探索来日的胡思乱想之中，远不如在我等男人回首往昔的懊悔当中更能显出少女形象的冰清玉洁。然而让少女理解这点，无疑不合乎少女的生理。她以纯情鞭挞着我，自己却浑然不觉。原本我此生此世都可能不知不觉的心灵震颤，正因为少女的出击而无可回避。一根古旧松动的琴弦，突然被年轻姑娘不熟练的手拨响。尽管伴随着随时可能断弦的凄惶，但颤音的高亢又使我们为之惊悸。

眼下这种由妻与其前夫的女儿所引发的内心的动摇、惶惑和求索，或许不着边际甚至缺乏大人气度，但既然——假定——是有缘少女拍击在我有生之年的浪花，是一缕无可名状的光束，我蓦然觉得自己还是应该将其书写下来。当然，不给少女看，亦不应给妻看，也无意为自己保存。无非一时心血来潮而已。但所以萌生想写下来的念头，大概是因为想到了我的旧友——小说家Ａ·Ｇ。我正在考虑是否将这部日记送给Ａ·Ｇ。

至于Ａ·Ｇ弃之如敝屣也罢，作为素材妙笔生花也罢，则悉听尊便。只是，若写成小说，希望他至少推迟五六年。五六年时间足以使这类悲喜剧成为过去，或使创伤平复。话虽这么说，但想将既不能给妻又不能给其女儿看的日记送与Ａ·

G过目未免有些蹊跷。难道可以说是因为信任老相识A·G？因与A·G同窗，学生时代我也曾捧着文学书刊不放。A·G曾借用我的笔记通过了心理学、伦理学和哲学考试。

❖ ❖ ❖ ❖

房子这个名字，据说是其母亲按自己口味取的。

房子第二次来其母亲再婚的夫家也就是我家那天，我们三人一起去了金泽八景。

虽是第二次，但由于初次跟母亲来时，房子已相当懂事，她不好意思见我，妻也不便勉强。她刚一探头或者说刚一踏进门槛那么短的时间就被送了回去，所以实际上第二次才算是初次。而初次就带她去金泽八景，我内心是老大不高兴的。

金泽八景有抚育过房子的女佣。

父亲去世时房子才三岁零两个月，同年母亲就离家出走了。看孩子的女佣因特别喜欢房子而推迟了婚期。这点我以前就从妻口中听说了。如今想来，我怀疑妻在离开婆家之后至同我结婚之前，大约是通过那女佣的协助悄悄同房子和老大阿清见面的。女佣嫁到了神奈川县的金泽。

妻冬日提出去金泽八景，显然含有去见那女佣的动机。况且，房子初来我家便被这种凄凄切切的悲剧性场面打上烙印，实在是我难以接受的。以如此方式回首过去，我觉得对年方十五的少女房子也并无益处。

幸好妻随口说要我也去，我便决定同行。如果提出顺便去女佣家，我好大喝一声。

不料，在海边岩石上的酒吧休息了一会儿，再看了一下金泽文库的称名寺，时届冬至的午后便已催促被秘密领出的少女踏上归途了。

妻和房子都没提女佣。我原本就佯装不知。不过内心有所忌讳的恐怕不仅我一个人。假如妻和房子俱是因为顾忌我才没有开口，身临女佣所居之地的感伤想必更加无法排遣，从而反映在她们之间。

我当然避免反映到自身上来，但仍然像有残渣沉入心底，就像七八天前今冬那场初雪残留在山阴或树下一样。

在逗子换乘横须贺线之后，房子斜着左肩，无精打采地抓住吊环。她几乎没有开口，也没往母亲那边看。而妻也似乎懒得给女儿打气，更没向我搭话。

若将归途这副凉透肺腑般的狼狈相归罪于金泽那个女佣，势必是我投下的阴影所致。而这样一来我不高兴，妻大概也觉得对不起我。然而妻却忘了圆场，只是以与女儿亦行同路人似的神情伫立不动。我倒没认真想过这种时候、这种关系的母女二人互有何感，但总觉得房子有些令人不忍。

一抹斜晖淡淡探进车厢。冬日夕阳淡淡融化般的色调给所有景物涂上了一层浅黄。原以为这浅黄可以飘忽一段时间，不料转瞬间夕阳便摇摇欲坠。房子抓在吊环上的手有一半镀上了更深的光色。脸也蒙上更浓的暗影，睫毛如悬浮的尘埃。

窗外远些的地方另有一条铁路，估计是东海道线。记忆中比横须贺线稍高的路基上星星点点缀着残雪，伸展了好大一会儿。路基下面横陈着似乎没有出口的水洼，同样跟踪了一段时间。浸染万物的夕晖单单没有光顾水洼，水洼显得惨淡而孤单。

房子背对路基上的枯草站着，那张远不到我肩部的面庞染上了一片橙黄。当列车斜着身子悬浮似的画出徐缓的曲线时，房子的身体恰同身后的水洼叠合起来。蓦地，我想起比房子还小的妓女——也许我心中掠过一袭残忍的荫翳。

我移目到另一侧车窗。房子的肢体于我既没有什么神秘，也不构成刺激。在脑海中大致勾勒出少女的肢体，我早已不在话下，也感觉不出兴奋。如此时间里，列车驶入市区。大约在远处暮霭迷蒙的山丘与眼前近景的中间部位，现出窗玻璃上闪着绿色光泽的楼宇。那绿色委实妩媚得很，仿佛玻璃固有的色调成了加深那绿色的底色。某一物体在某一时间、某一角度的光的作用下会呈现出奇异的色彩，而这楼宇恰恰如此。原本昏昏沉沉的我，倏然感受到一股试图走往那绿色窗口的冲动，头脑随之清醒过来。我想起第一次见到妻时的情景。

走进先生家的房间，刚一落座，便听得一个年轻女子从浴室里招呼女佣：

"爱子，给客人递毛巾……"

我吃了一惊，听声音肯定是新婚的女主人。我倏地脸红起来。那时我还是个二十五六岁的单身汉。也不容我不吃惊：刚刚嫁来便从浴室里吩咐女佣招待来客，况且尚未弄清来的是何人。

"爱子，热水在这儿呢！"招呼声接着从浴室里传出。

住房并不宽敞。但大概看不到女佣所在，无法估算距离，致使声音给人以游离之感。不过，里边含有"反正是自己家"那种彻底的释然。这么着，我对这户人家颇觉有些意外。

传来女佣打开浴室拉门的声音。门安有导轮，微微吱呀作响。我不经意地抬起眼睛，又立即低下头去。

女子以等待女佣的身姿站在大约是淋浴用的水龙头跟前。毕竟转瞬之间，只一晃觉得肤色很白，个头颇高。由于约略前趋，面部也没看清。然而有一处火烧火燎地刺入眼帘，惊得我直觉脑袋冒火。那般亮丽，那般丰盈，那般舒展！全然超出我的想象。结果，这次震撼可以说左右了我的一生。

时值夏日，浴室的窗口开着。窗口很高，闪出满窗竹叶。什么竹我不认得。竹不高，齐窗散开上端枝叶，重叠着推出竹荫，但叶片仍点点反射着阳光。

女子是背对这丛苍翠的竹叶伫立着的。我为之惊愕的部位应该低于窗口，但由于以竹叶之青为背景，以白为轮廓，因此得到的印象愈发鲜明。事后想起，亦每每感慨：那般纯净的青与白之中充溢着何等旺盛的生命！

我把女佣拿来的热毛巾敷在脸上，一股酥软感竟波及脖颈，令我不由想起婴儿初浴的温水。我以一种近乎刻骨铭心的快感看着擦手擦得发黑的毛巾。

在二楼写东西的池上先生移步下来，到楼梯口时咳了一声。

女主人端来冷饮，看样子一出浴便赶紧穿上浴衣，额头和发际汗津津的。

我沉下头，害怕看见她浓黑的头发和眉毛。

女主人把盘子放在膝侧坐下。大概是我屏息不语的缘故吧，她随即茫然支起膝道：

"哎呀，金鱼好像没精神了！"说着，往壁龛那边走去，用指尖敲了敲圆玻璃缸的边口。无精打采的鱼于是开始移动。

"今早没有换水？"

先生没有回答。女主人从壁龛那儿回头望了一眼先生，出屋走了。

"老师，夫人好年轻啊！"我尽可能轻松地说。

"时子？十九。今年刚从女校出来。"

走出池上先生家大门，我马上反复低语：

"爱子，给客人递毛巾……"

就连声音的高度和语调的起伏也一一记在心里。反复低语之间，声音竟大了起来：

"爱子，给客人递毛巾……"

声音一大，模仿便走了样。我笑了，乘兴追逐市营电车，不管三七二十一冲了进去。洒水车在电车前一路跑着。

后些年同时子结婚之后，我仍一如当时记着这句话。每次想起，我都情不自禁地暗暗发笑。

"爱子，给客人……"——我很想当妻的面说上一次，却不知为什么，从未出口，可能怕触及羞耻心吧。至于羞耻心是我的还是妻的，我则弄不清楚。

新婚不久便在尚未核实来客是何人的情况下，从浴室里吩咐女佣做事，惊得年轻的我一阵脸红。不知那是出于冒失或不检点，还是出于天真无邪，总之给我的印象不坏。

就时子来说，夏天并不生火炉烧水，用冷水亦未尝不可。她却想起某处放有最后冲身用的热水，突然招呼女佣。那站在淋浴水龙头前等待女佣的身姿，完全是一副毫不戒备的样子。

这赤裸裸的身姿和"爱子，给客人……"的声音，使我嗅出了时子的性格。

不过这是很久很久以后考虑同时子结婚时的感觉，初见时子的当时无此闲心。同时子结婚后我才认识到，这种根据类似气味的东西窥视一个人的性格属于何等充满小孩子气的感伤情怀。

妻是再婚，这点我一开始就没大放在心上。事到如今，谈论初婚还是再婚，我觉得纯粹是一种回忆性质的问题。若是初婚，记忆更深的很可能是婚礼之日。而我，总是时不时就记起"爱子，给客人……"那天。

作为夫妻间的关键性回忆，无论从浴室召唤女佣，还是将在准备冲身用的热水中沾湿的毛巾拧干递给客人，无疑是相当低俗、相当空虚的。可对我来说，反倒是这种戏剧性轻佻使夫妻关系转危为安。

那生命的充沛与恣肆给我的惊愕也似乎为长年累月的夫妻生活所彻底吸收，融为一体。但当时堪称震撼的印象当然不会烟消云散，而或许以一种对于有别于现实的另一天地的崇拜之感至今仍存在于我内心的深处。

时子年方十九，又刚刚结婚，少女的清纯想必尚未风化，苗条的身段恐怕仍有稚嫩的线痕。年轻的我肯定一瞥之间便捕捉到了这点，因此才更加惊愕。那是不含杂质的惊愕，尽管尚不足以改变我对女性的看法。

每次看见牡丹、牵牛等大些的花朵以绿为背景盛开怒放，我总是感到心头一颤，尤其目睹早开的一两朵的时候——大概是因为不期然地想起浴室中背对窗外竹叶的女子身影。

而当我意识到这种原本不应因花而起的官能冲动时，眼前的花便陡然化为普通的植物。我有时很烦恼：莫非自己心底潜在的病态情绪刹那间浮上心头不成？

"爱子，给客人……"那时候，我只晓得妓女，对女人肢体的激情正被妓女磨损下去。很可能是这类青年多少自暴自弃、玩世不恭的浅薄，使得现在已是中年的我失却了应有的期盼。

尽管如此，当在学生味儿未褪的新娘肢体中发现从妓女身上根本想象不到的生命火焰时，我的惊愕仍非同小可。

日后池上先生去世，时子返回娘家外出工作期间同我相遇。她始而眉宇含愁，一副困惑迷惘的风情，继而像花开一般灿烂朗然，白皙的脸盘光艳照人。不久，又凄凄然颓萎下去，颧骨显出棱角。未几，陡然变得妩媚起来，顾盼生辉，丰姿绰约。而哪一种都令我心仪。两人双双未曾道出个爱字、情字，我只是对时子的变化做了一厢情愿的诠释。对方由于碰上我而在短短的时间里便有如此变化，这点也使我感觉出成熟女人的韵味。当她变得妩媚之时，我觉得同其结婚的时机到了。说不定这也是因为"爱子，给客人……"那天的惊愕的复苏所使然。

从金泽八景回来的途中，目睹楼宇上玻璃的绿色，之所以觉得甚是妩媚，恐怕也还是因为想起了那次惊愕。同样，蓦地想走往那绿色玻璃的冲动亦是由此而来。

在此之前，我原本昏昏沉沉地想起比房子还小的妓女，而忆起"爱子，给客人……"，精神顿时为之一振，毕竟自己都未意识到当时的记忆居然如此之深。

找那小妓女并非因妻是再婚，不过是依风月场上的惯例萍水相逢罢了。客人受拖、受谢，小妓女接受祝福——无非烟花巷内照例行事罢了。

事后再次见到时也不过问一句：

"怎么样，可有客人？"

"嗯，凑合……"对方如此应对了事，双方都不以为意。

"总有人喜欢问那头一次，我说至今他还不时想起，常来光顾呢！"

"嗬。"

"他们说，那敢情不错。"

于是我敬而远之了。三个月后去时，一个胖女佣啪嗒啪嗒跑下楼梯说：

"噢，那孩子死了，怪可惜的！"说着，胡乱抓起一边衣领往颈后拽去，用团扇扇着胸口和脖颈，"闷热、闷热的！这么着，近来过的算是她死后的第一个盂兰盆会。"

女佣说，小妓女得的是盲肠炎，晚了，没动手术就死了。

"听说折腾得够呛哩！"

不知何故，我不大相信是所谓"盲肠炎"。她原先的住处就在前面隔五六栋的地方，但我从未去上过香。

"所以嘛，那孩子就叫不到了，是啊⋯⋯"女佣像是在斟酌别的妓女，"瞧我这人，毛巾也没给您拿⋯⋯一听说有客人就奔了下来。先洗个澡如何？随便冲一冲？⋯⋯啤酒要喝的吧？"

女佣料理好回来，倒了杯啤酒，然后一边用团扇给我扇风，一边问十五岁女孩怎么样，并露骨地补充说，她在澡堂一起洗澡时看在眼里，不似死的那个十三岁女孩儿那么纤细，竟像推销商品似的。我敷衍听着，兀自喝啤酒。大概女佣打过招呼了，不一会儿那妓女便出现了。

就十五岁来说，体态显然丰满得可观。红色的和服衬带甚是醒目，上面的胸部胀鼓鼓的。黑发浓眉，衬得白皙的皮肤湿润润地浮起一般。

女佣抽身躲开，折回时见我仍上不来兴致，便没好气地对女孩儿说：

"怎么回事，你这个人！长那么大块头，待客却不顶用，斟斟酒嘛！"

"不不，不是那样的。"我说。

女佣看懂我的脸色说：

"阿哥说今天想一个人喝喽？说下次和朋友一块儿来时再找你是吧？"

女孩儿红了脸，要哭似的点头离开。

"怎么，不合心意？"

"哪里，蛮不错的女孩儿。"

女佣再次说在澡堂便已看在眼里了。

女孩对直接被打发回去感到羞愧，现出为难的神情——这地方的习俗也使我为之不忍。她同死于十三岁的女孩儿一起留在了我的记忆里。

房子与那女孩儿同是虚岁十五，或许因此我才记起十五、十三岁的小妓女来。而那不过发生在两三年前，当时妻的女儿竟已是同小妓女相仿的年纪。此刻我突然觉得自己撞上了什么，又好像脚下开了一个陷阱。

平日，我这人从不对道德深加思考，就像无意识地利用现有道路和交通工具一样，尽管多少发几句牢骚，但终归还是乖乖服从和依赖固有设施。每当有什么故障发生，才同初次碰在一起的乘客互不示弱地发表一通一次性议论。

于是，我产生一种隐隐的不安：房子的出现说不定威胁我日常的机械式交通。

妓院女佣说她在澡堂看在眼里的话语中，有一种同我在池上先生家初次目睹时子时的惊愕相类似的东西。而那惊愕由于被混以巧妙的戏谑，反倒更诱惑人，因而那次在妓院里想起妻时子，现在在这电车中又想起妻的女儿房子同小妓女，两件事竟不期然地掠过心头。也许房子就在身边的缘故，使我泛起轻微的厌恶和自嘲。

这并非因为我过去的惊愕被多年夫妻生活所完全吸收和融合，而大约是由于妻的女儿房子近在自己身旁。

妻把房子领到家里并拉我一同去金泽八景，对此我原本是带着从第三者的角度审视这对母女的心情的。然而事与愿违，不仅快成了三角关系，而且还使我萌发了预感——一种由我自己一个人发自内心深处的预感。

我似乎对房子怀有不无憎恶的对立情绪，不由皱眉摇了摇头。这不是嫉妒，而是嫉妒之前的自我厌恶。

我背对房子，继续注视对面窗口。不料在这段时间里，房子也好像采取同一姿势，身体倾向列车行进方向，抓着吊环，开始同样目视对面窗口——我从身后察觉出了这种动静。

由于从列车上观看的角度发生变化，楼宇上玻璃窗的绿色不久便消失了。勉强细看，灰色水泥墙上也仅有阴影般的窗口而已。

列车驶进东京时，我思忖该同房子在哪里分手合适。

烟断断续续地低低掠过原野尽头。那里并非原野，而是连绵的市镇也未可知，看上去雾霭迷蒙。雾霭再往远处的山岭也是那么依稀莫辨，可能云絮低垂的缘故。

我回过头，往妻那边斜着身子问：

"从哪里送回？"

"哪里？是说房子？"

"嗯。"

"要不要在银座下来吃点什么？累了。"

"那怕不好办吧。"

夹在两人之间的房子道：

"妈，品川站下就行。"

我突然可怜起房子来。

以怎样的心情回叔父家去呢？今天一整天的事该怎样搪塞呢？至于房子在叔父家中受到怎样的待遇，我从没问过妻，妻也不曾主动告诉我。我倒觉得没什么必要非把房子送回叔父家不可。直接领到我们家又有什么不好呢？

当然这天我也不是没有考虑到外人闯入家中的情景。可是听房子说一个人从品川站回去，又觉得即便闯入也无非临时寄居罢了。

我第一次想到，妻离开婆家时房子才三岁，也就是说已分别十年以上。房子今天虽然来过母亲的再婚之家，但在来之前的好些年里，想必她以女孩儿特有的心理就母亲再婚后的家庭做过这样那样的想象。应该说我是够粗心大意的了。不过，就算房子接近并跨进我们家门，恐怕也不至于深入了解到母亲的再婚生活，而仍旧停留在自身空想上面。或许由于如此自信的关系，我又怜悯起这对关系不同寻常的母女。时子和房子大概不会有心心相印的时刻到来。自己同妻之间早已放弃了相互切入腹地的争吵，而这对母女或许今天点燃了那种希望之火。

目光凝视母亲左肩的房子虽然梳着两条辫子，但我仍发现其后颈长得同时子一样颀长。

"早上和阿清一起出门吗？上学时……"母亲问，问得有些唐突。时子大概从房子将在品川站分别后独自转乘山手线回去的身影，想到每天早上兄妹上学的光景。

"哪里，各走各的。不愿意一起。"

"哪个早？"

"哥哥晚。"

房子看样子兴味索然。时子怕是想再问问阿清。

妻几乎没有向我谈起阿清。我跟妻说是否领来一个时，当然指的是房子。

想必妻对男孩看得重些。这反倒使她难以提及阿清。

房子当时三岁，全然不会有在母亲膝下时的回忆，阿清六岁，应该约略记得，对去世的父亲也是同样。这点恐怕也使得阿清反而对母亲心存顾虑，至少似乎不好意思同母亲相见——后来阿清到我们家时也是如此。

不料，较之母亲，房子更深切地缅怀父亲。阿清则思念母亲。当然我是在此后很久才得知这一意外情况的。

阿清长得像他父亲。第一次见到阿清时，我不由想起池上先生的遗嘱。

同时子结婚后不久，我这样问过：

"池上先生没留下遗嘱什么的？孩子怎么办啦，你自身的去向啦，噢，例如再婚问题，等等……"

池上先生患的是结核，病危了两三次，临终时头脑也很清醒，应该早有思想准备。我觉得是会有遗嘱的。

时子迟疑了一会儿，声音略略颤抖地说：

"算不算遗嘱倒也说不清——他叫我无论如何都要长久活下去，说了五六次，说得非常认真。我甚至觉得是不是叫我也死，身上曾一阵阵发冷。但不像是那样的，而是说：'要是你死了，这世上就再没有完全了解、完全记得我的人了，我就会寂寞得受不住。'"

"唔，这可就该我身上发冷了！"

"所以，我不会活那么长久的。我说：'你是不是为了叫我照料孩子？'他说：'孩子指望不得，那么小能记得啥，什么都记不得！长大了也只是凭空想象父亲。'给他这么断然一说，我也害怕起来……"

"临死之人有什么权利叫活着的人记住自己！那是罪恶，是亵渎！"我气呼呼地冲口而出，"居然认为记忆是靠得住，是一成不变的。就这点来说，先生真是幼稚得可以。记忆是别人的自由。岂止记忆，歪曲和销毁也完全取决于本人！"

"真是这样，记忆也只能听天由命啊！"妻连忙附和。我甚为不悦，一道阴影掠过心头：莫非池上先生同时子的生活是极端病态的不成？

由于想起这个遗嘱，一见面我就对阿清没有好感，恨不得问他干吗像他那个老子。

但对房子并不这样。

在品川站分别时我还说：

"那孩子没有手套？给她买一双嘛！"

"戴手套在女校不是要挨训的吗？"

"何至于……"

"家里怕是要问谁给买的吧。"

"会说是恋人给买的？"

"喏，瞧你说的！"

"恋人之间不是经常送东西吗？"

妻坐在空座位上，蓦然合上眼睛。

❖ ❖ ❖ ❖

人们说夫妻好比堂兄妹。最常见的是妻的字写得越来越像丈夫的笔迹。甚至长相有相像之处的夫妻也不罕见。

父子兄弟过分相像，有时看上去甚为滑稽，一旦产生恶感，格外弄得人神经兮兮。而夫妻的相像在旁人眼里则没有什么不好。这恐怕因为这种相像是有限度的、后天的。

问题是：夫妻究竟要一起生活多少年才能趋于相像呢？所谓夫妻相像，指的怕不是脸形举止，而是心理定式和生活习惯——甚至这点亦因人而异，我还没见到大约需多少年这类心理学统计数据。何况脸形相像无疑更难计算。

听到时子道出所谓亡夫遗嘱之后，我头脑中于是浮现出如此不着边际的念头。

不用说，我对长得像父亲的阿清怀有反感。

自然多少也想忖度一下时子在什么地方同池上先生相像。

池上先生叫时子长久活下去，说："要是你死了，这世上就再没有完全了解、完全记得我的人了，我就会寂寞得受不住。"

"我不会活那么长久的。你是不是为了叫我照顾孩子？"

"孩子指望不得，那么小能记得啥，什么都记不得！长大了也只是凭空想象父亲！"

听池上先生说得如此斩钉截铁，我气得骂道："临死之人有什么权利叫活着的人记住自己！那是罪恶，是亵渎！"记得那以后我还耿耿于怀，无事生非地敲打过妻子。

"池上先生是认为你是理想的女性的吧？"我愣生生地冒出一句。

"不晓得。谁晓得，不至于是那样的吧。"

"可先生不是说自己死后完全了解、完全记得他的只有你一个人吗？"

"那倒是的。"

"既然那样,对池上先生来说,你不仅是理想的女性,而且是无可替代的存在喽?"

"什么意思?"

"不是叫你记住他,不是想把那记忆作为死后生命的再续吗?……"

"即使无所谓什么死后生命的再续,想到任何人都不记得自己,不是也够寂寞的?"

"或许。莫名其妙的人被莫名其妙地记住——对我们可是一种麻烦!"

"就算莫名其妙,陪伴他的也只有我一个。"

"所以说,你若不是池上先生理想中的女性,先生就更可怜了。"

"除我再无第二人,没别的办法。"

"你以为只有你自己才完全了解、完全记得一个人?你果真负得起这种怪诞的责任?"

"瞧你说得多难听!"

"那还不是怪诞的责任?你不这么认为?"

"真能欺负人!反正我是个庸俗的人,只能记得他庸俗的地方……"

"嗬,能负起这种责任的却只有神明哟!"

"可他也并没叫我像神明那样,连我不知道的地方都记住嘛!"

"那我问你：这里所说的完全了解，是完全了解池上先生的什么？所说的完全记得，又是记得什么？"

"逼人太甚！"

"是逼人太甚，如果我们也偶尔追究一下事实真相的话。触及平时避而不触的东西，手难保不痛。"

时子懊恼地低下头，拄下一只手，用手心来回摩挲草席，另一只手不自然地抓着胸口道：

"可称为完全记得的东西，是一样也没有的。我这不是和你结婚了吗？对那个人，我一不怎么心爱，二不怎么尊敬。"

"这话现在我不愿意听。"

"我现在也不愿意说。"

谈话急转直下。虽已投下一道怨恨的阴影，甚至再懒得看对方一眼，但我还是加了一击：

"不是说孩子小，什么也记不得，什么也不知道吗？"

时子默然。

当然，如今能做出回答的，在某种意义上或许是我，而不是时子。

这些在对方听来未免逼人太甚，实际上也是强词夺理的疑问，我并非是出于嫉妒才连珠炮似的提出来的。然而这有可能是我最露骨地表现嫉妒的一次。

我极少在时子面前提起她前夫。一般来说，再婚者之间恐怕谁都不愿意提及对方以前的配偶，而我这样做并不是出于高度克制。相比之下，这倒不是什么对过去的宽宏和潇洒，而是一种马虎和敷衍。万一时子的前夫横在她面前，一块儿接收过来就是！一度提出领养其前夫之女房子便是始自这样的念头，并非什么深谋远虑。

从金泽八景回来差不多一年时间里，房子开始无拘无束地出入我们家门。她表面上甚至对我表现出类似亲昵的感情，实际上无论对母亲还是对我都在心底藏有根深蒂固的敌意。而对此我几乎浑然不觉。妻也许心中有数，反倒对曾提出将房子收为养女的我的迟钝感到于心不忍。

房子的敌意被化解，是在婚事定下的时候。

对于结婚的对象，时子自然放心不下，准备由自己大致调查一番。不知为什么，房子几乎声色俱厉地拒绝了，时子于是作罢。

但在听说男方家住在镰仓海棠寺附近后，觉得至少应在女儿结婚前去察看一下——大概总是出于母爱吧，叫我也陪同前往。海棠寺是俗称，想必因为寺内有一株名气蛮大的海棠树，加之正值花开时节，所以房子她们便更称之为海棠寺了。

按照房子画的地图，我们往镰仓邮局那边拐去。

女儿本不愿意曾扔下自己不管的母亲前往调查，却不知出于怎样的心情，将这样的地图给了时子。

穿过松树成荫的寺院前庭，上得大路，再过一道小桥，海棠寺的大门矗立在古杉前面。从门旁高耸入云的松树那里拐入胡同，第三或第四栋便是房子对象的住宅——镰仓常见的珊瑚树篱也没好好修剪，一座极普通的二层民宅。我毫无兴致。

时子贴着树篱慢慢通过时，一只手抓住我的上衣襟，从我的肩膀上往里打量，走到隔壁家同样树篱的中间，又折身回来。她回到大松树下时，松了口气，抬头看着我微微笑道：

"里面没什么人吧？静悄悄的……"

"会有吧。"

"怎么回事呢？也够马虎的。比房子现在的住处可是差不少咧。"

"里边情形并不晓得嘛，光看外观。"

"说是结了婚就分开住。"

"是吗？"

看样子妻心里好像另有所感，不是不想向我说，而是不想诉诸语言。

"房子要是问看过后的印象，该怎么说好呢？"

"你倒像是光隔院墙看看住宅外表就冒出这样那样的想象，我可不成。总之叫她失望不大妥吧。那人的照片可看过？"

"没，还没有。"

"照片不让看，看住宅倒可以——她这么说来着？"

"倒不是说可以看。"

"瞒着房子来的？"

"也不是瞒着……"

"房子来过这户人家？"

"嗯，三四天前还来过。说回来路上看了海棠花，劝我也一定看看，说了好几句。大概认为，要是来看海棠花，顺便也可看看那附近的住宅。"

我们穿过寺门，朝里走去。

见时子自然而然地跨门进去，我也顺其自然地跟在后面，也是受妻似乎想说什么的样子的诱使。但随后发觉，妻似乎仅仅来看海棠花。

右侧气势逼人的杉树林一派岑寂，沁入耳鼓般的岑寂。岑寂中飘浮似的散落着所剩无几的樱花瓣。樱花树不大，成排成行，其间夹杂着枫树。枫树的嫩芽刚要伸开五指，红红的。

刚才从寺门往里看时，这些残花和嫩芽刚及门匾高度。成行的树木——里边掺杂着不像人工栽植的细细高高的什么树——也只有细长的白色树枝探进门匾。而跨进门抬头一看，原来这些树木也只是刚刚舒展开小小的叶片，阳光从梢头泻下，细细的枝条尚未得到叶片的庇护。

顺着树梢往寺后山上望去，一只大些的鸟儿从空中斜飞下来。在掠过山体曲线那一瞬间，翅膀的动作真真切切地映入眼帘，颜色也看得分明：翅膀上白下黑。

切入曲线的鸟翼给我的鲜明印象一直印在脑海里，每当想起海棠花，我便记起这鸟儿。或许这容易使我联想到房子感情变化临界线的缘故。

鸟儿消失在新绿初染的山中，消失在山门红柱的左侧，再也不见了。

到山门有两段石阶，眼前的较短，高处的长些，看上去两段都有点儿往右拐，掩映在树荫之中。爬上高处的石阶，左边一株巨杉的主干在枝叶舒展的枫树下稍稍向山门方向斜过去，枝叶间泻下的斑斑点点的阳光在杉树干上微微晃动。

海棠树从山门闪出。

"啊，在那儿！"时子在山门前停住脚步。

海棠树位于大殿前面偏右，花色似乎温馨和煦地整个浸染着萱草色尚很鲜明的殿顶。树的右边紧挨着杉树成林的山麓，那是一片墓地。

进得山门，时子走到饮食店老太婆那里，要了柏叶馅饼。说是饮食店，其实只放着一张坐榻，锅也是临时搬来的。

我站着等待。她要罢柏叶馅饼，我以为自然应先凑到跟前看看海棠花，回头坐在店里歇息，不料时子像是理应首先歇息似的在坐榻上落下身来。我仍站着看那棵大海棠树。

"怎么样，这儿的柏叶馅饼像是挺好吃的哟！"时子用手指捏起馅饼剩下的柏叶道，"听说房子也在这儿休息来着。"

"那么说，是双双在这儿吃馅饼喽！"我苦笑着坐下，"年轻人怕是陪不起的啊。"我心里像是痒痒的，同时觉得如此为人之母的时子有些可怜。

但无论房子第一次来我们家去金泽八景那次，还是女儿订婚这次海棠寺之行，时子两次都拉我同行——本该她自己来才合适。我忽然心想：这是出于夫妻关系呢，还是因为时子是女性？于是问道：

"房子劝你来看海棠花，可是叫两人一块儿来的？"

"倒没那么说，不过心里应当以为两人同行，而且也希望两人都去的。"

时子语气中含有某种感情深层次上的东西，我没再出声。

大约客少的关系，饮食店端出的是新沏的热茶。坐榻靠近后面八重樱和枫树那边。樱花树、枫树都不很老，旁边一棵梅树倒是老态龙钟，新叶如卷曲的绒毛。

院里的这几棵树和坐榻上的红毡全都罩在杉树荫下。寺院前庭已差不多全是树荫。大殿和大海棠树那边则洒满阳光。山和寺都好像朝西。

只有后山传来小孩子的嬉闹声。寺院墙内唯有饮食店老太婆一个人。一株便胜过千株樱花的大海棠树，花开得正盛，为什么不见游人呢？静谧之中，花显得格外妩媚动人。

"房子叫来看海棠，其实不单单因为花开得漂亮，还因为从中感受到了女人的幸福，那孩子说。"

"唔。"

"说她好像第一次明了了女人的幸福是怎么回事，结果心里充满温馨柔和的感情，为我们祝福来着。"

"为我们？"

"嗯，是的，第一次……那孩子虽说不至于诅咒我们的婚姻，可终究有一种不满情绪。这也难怪，很久以前嘛。你没察觉到？尽管并不讨厌你，也努力带着好感亲近你，但对我们的结合还是耿耿于怀的。而在这看海棠花的时间里，怕也是因为同未婚夫在一起，较之女人的幸福，开始更多地体会出了什么是女人本身，想必也就理解了母亲的再婚。她伏在我膝头上哭着道歉，说实在对不起我。"

"是吗？明白了。近来也常死盯我的脸。那孩子恋爱以后，我也觉得眼神好像都不同了。"

"是恋爱的关系啊。自己体会到了女人的幸福，也就开始祝愿母亲幸福，房子蛮真诚的。说她还充分反省自己是不是祝愿母亲幸福有不纯动机。就是说，在为我祝福的过程中，房子无论如何总怀疑自己是否在为自己祝福，并且担心自己的祝福传不到对方身上。说她觉得想让对方收到祝福是出于利己心理，而若对方收不到就更加陷入利己心理的泥潭——打着为母亲的幌子而独自沾沾自喜。还说不知道自己的祝福是否对母亲有益，是否能多少给我们带来实际好处，她说的是实际好处哟！如此想来想去，便又反省自己是不是动机不纯，反省个没完没了，最后竟朝我跪拜来着。深更半夜朝咱们家方向跪坐合掌，口里说道：'妈妈，让我拜一拜你，不，请允许我拜一拜你。'"

听到这里，我明白了时子为何不从山门径直去海棠树那里而首先坐在饮食店的坐榻上观望海棠花的心情。

"我叫房子一辈子都不要忘记那海棠花。房子说：'你都不晓得那花，怎么好叫我别忘了呢？去看看好了！要不然给你想象成通宵营业的花店里卖的盆栽海棠可就糟了。'果然如房子所说，的确值得一看。"

"结婚前我们也看看这海棠花就好了！"说着，我又想起"爱子，给客人……"，想起浴室窗外的竹叶。

时子边看海棠花边说，我边看海棠花边听，一歪头，时子的后颈闪入眼帘。

时子颈后的毛发又长又黑，从前面看脖颈倒不显长，但从侧面往后看去，脖颈便因毛发而显得挺拔修长。满头浓发在颈后变得更浓，黑白分明地勾勒出发际，俨然齐刷刷拔除了一般。注意到这点，是时子初次把脸伏在我膝头上的时候。不过时子本身倒好像没太意识到自己发际的分明，不仅没意识到，还频频用来撩拨我的嘴唇，一副惶惶然的样子。我又惊异起来：莫非前夫没有清楚意识到时子颈后的发际？很可能是为我保留的空白。房子像母亲，后颈也很好看。

如今年轻姑娘的发型，已不再把颈后的毛发向上梳起。但房子十五六岁时，我便发现其后颈和时子一样。同我们相当熟了以后，她开始同母亲一起入浴。入浴前为了不弄湿头发，把两条学生样的辫子向上盘起，用发卡夹住。我回来取忘在梳妆台上的手表时，从颈后看到房子那多少带有女人味儿的举止，同时发现房子颈后的毛发也好像又浓又长。

时子颈后的发际同昔日令我那般惊悸的部位之间，当然有着密不可分的联系。由海棠花想起当时，进而注意到时子颈后的发际，对我来说是极其顺理成章的。而时子则似乎被海棠花,或较之海棠花更被房子观看海棠花一事本身夺走了全部心思,所以没有察觉我的歪头。

我很想引过妻的注意力,却一时不知说什么好。

"房子今年二十一了?"

"嗯。"

"比你结婚时大两岁?"

"是的。"

"当时你比现在的房子小两岁,真有点难以相信呢。"

"我也同样。"时子答固然答着,但看上去并未因房子的年纪想起自己的过去。现实更令她激动。

我未能像时子那么激动。时子的自我激动反倒使我觉出被冷落的味道。

对于房子为我们夫妻祝福,我当然怀有好感,但那也可以说是她不无悠闲——一种注视自身幸福而忍俊不禁的悠闲——的结果。此外我还有一种类似羡慕房子的幸福的轻微妒意,这或许是我与时子的不同之处。

幸亏海棠花没让我产生阴暗心理。房子说她感觉到女人的幸福,固然可能同未来的丈夫在一起有关,不过目睹此花的少女那温馨的惊悸照样传导给了我。

"上近前看看吧。据说'立观海棠',差不多站起来吧。"我离开坐榻。

"立观芍药!"

"是吗?就是说'老人和纸袋,不塞立不起'喽!"

我立起一看，耳畔传来类似远空呻吟的声响，原来是环绕在大海棠树上的蜜蜂的嗡嗡声。再次站定侧耳细听，从温和而压抑的声响中涨起一股冲击波撞入耳底。

蜜蜂数量显然可观。仅仅一棵树便招来如此众多的蜜蜂。花朵密密麻麻，重重叠叠，几乎分辨不出花与花的空隙，俨然并非树在开花，委实蔚为壮观。

颜色比樱花浓，而较桃花浅，近乎梅紫或藤红。总之，有淡淡的紫色，显得温情脉脉、柔美多姿，而日照的角度又使之增加了隐约的层次感。

时子围花走了半圈，步入花下。我也跟了进去。

海棠树干比我们的头部略略高出，撑开伞一样的枝丫。大树生小枝，小枝又生出无数细枝，在花荫中编织出黑色的网络。从下面看去，叶片也有不少了，小小的、嫩嫩的、翠绿翠绿。花朵大多下垂，沉浸在薄暮的静穆之中。花瓣亦浓淡有致，边缘更浓一些。

时子眼里噙满泪水，仿佛一低头就会顺颊而下。

"走吧。"我留下一句，径自走出花荫。

走出两丈远回头一看，时子虽也走出花荫，但仍观望不止。

我也重新看了看那花，脑海中浮现出净琉璃寺的吉祥天女像来。

落花像被风吹到一起似的聚在山脚下。那里是寺院墓地，落花勾勒出后塔基座的轮廓。

走到山门处再次回头，巨杉的阴影已探至庭院边缘，开始朝大海棠树靠拢了。大海棠树似乎只把山脚纳入春日淡淡的阴影，兀自吮吸着。

从这天开始，这海棠花便频频浮上我的心头。妻想必更是如此。

不妨说，提议观看海棠花的房子获得了意外成功。感觉中我们甚至把海棠花看成了房子的象征，每当房子不在时一提起房子，房子的形象便叠印在大海棠花中；当房子生父的婚姻、其母亲同我的结合等往事即将被房子发掘出来的时候，海棠花也豁然闪出，我的心情便多了些许平和。

同未来的丈夫一起观看海棠花而悟出女人的幸福——为了保护房子的幸福，我觉得自己也应付出一点儿牺牲。

若称之为少女的感伤，自是便当得很。不过观赏海棠花时的房子的的确确是幸福的，拥有如此关于海棠花的记忆无疑也是一种幸福。而我从来不曾这样思考过何谓幸福，似乎从未有过个人幸福开出海棠花的辉煌。

海棠花想必也将作为我的记忆存续下去，但同房子的记忆迥然有别。对我来说，那海棠花只是一幅遥远的幻景，很难相信它曾是世间实物。

比如，自己由海棠花而在脑海里推出净琉璃寺的吉祥天女像之类的就没有告诉妻，总觉得羞于启齿。

妻显然从来自女儿的祝福中品出幸福，视女儿眼下的幸福为自己的幸福，欣欣然准备染一件海棠花样的和服给女儿在婚礼换装时穿，以此作为自己的贺礼。

"你这样的贺礼，房子能接受吗？"

"她都让我参加婚礼了嘛！"

"话是这么说……"

"没父亲的孩子，本人这么说不就差不多了？！要是她父亲在世，把扔下孩子的母亲找来参加婚礼或许不大容易。可她父亲不在了，反倒……"

"不在了反倒如何如何，这么说不大合适吧。"

"对方不介意，我再顾虑就不对了，况且婚礼上新娘的母亲不露面也够凄凉的。庶出的女儿常被当作嫡出的，是吧？我女校的同学中就有这种情况，婚礼上把生母也请来了，看了也根本没觉得有什么别扭。尽管我已到了不能原谅妾的年龄……"

"或许，我们不必再多顾虑了，毕竟房子已经在我们家进进出出。"

"是啊。她来我们家，她叔父大概多多少少也知道吧！"

"婚礼在什么时候？"

"说是秋天。"

"秋天可就没海棠花喽。"

"没关系，只消拿海棠的红叶点缀点缀，春天也好，秋天也好……"

"嚆，快成海棠病了！"我笑道，"房子为你祝福自是好事。不过婚后还时不时前来看望，问你是不是幸福，可是有点儿尴尬哟！"

"蛮认真的，那孩子。近来看我的眼神都好像尖刺刺的，令人多少有点儿害怕。还问我以前多大年纪时最开心，我说眼下怕是最开心，结果她莫名其妙地沉思起来。"

"说不定她以为你是说现在比同她父亲结婚时幸福，嗯？"

"恐怕不完全是这样。她还说了一通有点儿奇妙的话：'在考虑迄今为止什么时候最开心的时候，是认为现在最开心的人真正幸福呢，还是觉得过去某段时光最开心的人真正幸福呢？认为现在最开心的人看起来幸福，而实际上会不会不知道什么叫幸福呢？'"

"你认为言之有理？"

"那样认为也不是不可以，总之觉得她说的很奇妙。"

"房子会不会因为现在很幸福才产生一点这样的不安呢？"

"也可能……话说回来，你感觉什么时候最开心？"

"哦，也还是现在。"

"尽说谎！时不时就说独身时最开心！"

"罢了罢了，我们家严禁谈论幸福。"

"海棠病嘛！"

两人的谈话急转直下。时子微微蹙眉看了看我。

得到妻与其前夫的女儿的祝福固然不坏，但妻像是为此过于动心，不免使我有点儿揪心似的不安。

◆◆◆◆

男人能够在失恋后马上同另一个女人结婚吗？房子向我提出这样的问题是在我们也看罢海棠花大约半个月后的事。妻不在家。

"能够。"我即刻回答，这无须顾虑。

"真的？"

"女人也能的。"

"女人不能，我认为不能。"

"当然喽，眼下的你肯定认为不能。"

"哎哟，我指的可不是自己。"

"这样的人还不到处都是？！原本有恋人，却因为父母反对等某种原因而不得不同别的姑娘结婚……这样，失恋同结婚不就同步进行了？"

"是这样。您是在取笑我？"

"没有取笑。"只是，我见情况不妙而虚晃一枪倒是不假。我察觉房子疑问的深处含有什么。

"照你的说法，失恋的人是不能结婚的喽？"我笑道。

"不是那个意思……不过，或许真是这样的。"房子凝视我的膝头，"只是想问问是不是不出半年就能有结婚的思想准备。"

"半年？失恋第二天结婚也罢，十年后结婚也罢，我觉得对我们都没多大区别。"

"您这么说,是不打算和我正经谈这个吧?"

"是不想认真探讨。"

"即使关于自己的……?"

"自己?我?"

房子眼球向上看着我笑了,笑得很美。她似乎无意盯视我,但眼睛里闪着仿佛盯视的柔和的光。

我不由得有点警惕,疑问是否同为母亲祝福有某种关系。

"我自己无所谓什么失恋。假定失恋是一种悲剧,那么既可以从下次恋爱中获得抚慰,也可以通过结婚来愈合创伤。噢,凡夫之见!"

房子默然。

"用不着勉强悲天悯人。毕竟同第二个女子结婚时,已到了老大不小的年龄。"我试探着说。

"不是在说您。"

"那……说谁?这种问题,若是泛泛而论,就更没趣了。它取决于每个人的具体情况和心绪。"

"哦。"

"莫非说准备同你结婚的那个人……?"一开始我便有此念头,但没出口。

房子似乎心头一震。她原本把右手指放在左手腕上,慢慢抚摸似的移动着。此时蓦然抬起,向上撩拨鬓角的毛发,大概是想掩饰突然的惊诧。

"不是的。"声音断然,像要将我轰走一般。

我点燃一支烟。不觉之间,少女的胸悸传导过来,我开始觉得应该认真作答才是。

"是父亲,是指我的生父。"房子说。

"唔——"我始料未及。

"父亲是失恋之后马上同母亲结婚的。以前我不知道,想都没有想到……我不明白父亲的心情,又不能问母亲,更不便向别人提起,所以才想问一问您……"

"这是从哪儿听来的?别人的话是靠不住的,尤其不负责任的说法。"

"不是听来的,是从父亲的日记上看到的,完全可信。"

"日记?"我下意识地低声自语,心里涌起突遇入室恶魔般的憎恶,刹那间肯定皱眉来着。

"日记不同于为给别人看而写的东西,应该是父亲实实在在的心情……"

"既然不是给别人看的日记,你岂不是也不该看的吗?"

"嗯。不过,父亲已经死了……"

"死了就更不地道。晓得'死人无口'这句话吗?你那做法其实是叫死人说了话。同一句话,也叫'死人无口证'。就是说,不管别人说什么,死人都不抗议。但我想说的和一般意思相反:死人一旦开口,活人是无法抗议的。因为死人一不改口,二不辩解,而不改口、不辩解的话是很恐怖的。那不是人的话语。古来便有谚语,大意说人死了但写的东西仍在说话。你看日记就属于这种。'死人无口'倒是万无一失。"

"我看父亲的日记时也觉得歉疚，就好像偷看别人的秘密，胸口扑通扑通地跳。原先不晓得有日记，夹在父亲的笔记本里来着。笔记本留下很多，都装在旧藤筐里没动。我们以为是专业方面的东西，看不明白，从来没碰过。对叔父他们来说也可有可无……可是，一旦要离开这个家，父亲的那些东西也好像变得亲切起来，就想过一过目，没想到会有日记。"

房子似乎没理解我的话，大概也不想去理解。理所当然。我的话中也没有让她理解的用意。我不是向房子和其亡父等具体对象表示抗议，不妨说，不过是被死者莫须有的权威吓得耸耸肩而已。

眼下那权威移植在房子身上。房子固然好像无意盯视我，但仍是盯视。眼神虽是热恋中的眼神，但此刻满脑袋是她生父的日记，且相信那日记，从而显出自我迷失的神色。

我也反躬自省：对时子，我嘲笑她有关前夫的记忆不安全；对房子，我又想嘲笑她已逝的父亲的日记不准确。莫非出于妒意？

关于池上先生，其有生之年的一切都是那么虚无缥缈，于我绝对的真实仅仅是他的死。时子和房子有没有将先生之死这一事实误认为是死者本身的真实呢？

由于池上先生的遗孀时子同我结婚的关系，其女儿房子选我为对象来听她讲述生父与时子结婚前的往事。换个角度考虑，这也堪称一段奇缘。

"还有那女人的照片呢，夹在日记本里……连照片都在里面，想必母亲没有看过。"

"有可能。"

"要是看了，还不把照片扔掉？她不会喜欢的，是吧？"

"扔掉照片也解决不了什么。"

"或许是那样。不过，就连我看到照片心都跳得不行。父亲的模样一点儿也不记得，现在却看到父亲恋人的照片，您不认为心里怪别扭的？"

"人漂亮吗？"

"嗯。哪里长得同母亲有点儿似像非像，脖颈蛮长的，弱不禁风的样子，同样有病也不一定。"

"怕是因此分开的吧。说是失恋……"

"大概是父亲咯血把女方吓跑的。"

我想起自己当学生时的池上先生。先生喜欢足利义尚，看过宗高的《将军义尚公梦逝记》，从中推测义尚患的是肺结核。先生本人当时肺好像就不好。

但是，先生同时子结婚时我已大学毕业。婚前半年失恋时的先生，同我记忆中护着胸口弯腰在高中讲台上来下去的先生之间，已经隔了一些岁月。莫如说"爱子，给客人……"那时候的先生更近乎失恋。

"看了父亲的日记，我可怜起了母亲。"房子低下头，向上翻起黑眼珠似的觑着我，"您没从母亲口里听说过什么？"

"没有。"

"是吗？母亲离开婆家，又结了婚，我好像可以理解了。"

我露出不悦。房子则似乎没意识到这话对我的伤害。

"而对父亲的心情，我既好像理解，又好像不理解，所以才想跟您谈一谈的……把父亲的日记带来就好了，毕竟我也不愿意给别人看……伤脑筋，我表达不好。父亲说女方离去是无可奈何的事。女方家人听说咯血也都很吃惊。可父亲害怕爱情消失，以为爱情一旦冷却，自己的生命便也冷却了，死了。终究是那种病症的话，很可能真的丧命。父亲所说的爱情，好像不同于对那女人的爱情。他无疑对女方怀有爱情，但他所说的爱情，好像更为广大，更为深邃。父亲写道，自己从未这么爱过，邻人也好，大自然也好，学问也好……"

"当然。那才叫恋爱呢，眼下你不也如此？"

"嗯。"房子乖乖点头，接着说，"然而父亲失恋了。失恋了一点儿也不怨天尤人，不恼恨对方。所以，那女人离开之后，仍有爱情存留下来。我想是父亲有意存留下来的，想必他一心一意想把存留下来的爱情维持在原来的高度。一般说来，原来的恋情冷却下来远离以后才好同别人结婚。父亲却相反，他要趁以前的恋情还没冷却、还没远离时结婚。这是我们难以设想的……"

"怕是寂寞难耐吧，或是风流人的心血来潮……"我还想说是出于将死之人的紧迫感，但未出口。

"好像还不至于寂寞，心血来潮倒有可能，但也可以说父亲对爱情是始终如一的，哪怕对象换了……"

"哪有这么荒唐的事……不过，有也未必可知。"

"父亲大概是宁信其有的。"

"意思是说，因第一个恋人萌发的爱会在第二个恋人身上开花结果？"

"父亲也可能是个更多时候只考虑自己的人，只是想把自己的爱情支撑下去。"

"算是自我中心式的感伤吧！恐怕不是想支撑爱情，而是想支撑自己。"

"那倒是的。父亲很珍惜自己的爱情嘛，不愿失去自己的爱情嘛，想必他很想让爱情高涨的自己长久地活下去。这种心情我感同身受……"

"是啊，谁都希望如此。"听房子说到这里，我不由思忖：这少女是以怎样的动机找我谈其生父的呢？

我的话语自是句句冷冷的、不近人情，而房子明显在向我强调什么。瞧那一副急切切的神情，说不定她也在爱情高涨。我得抚慰一番才是。

我们也看过海棠花的半个月时间里，房子来我家两次，今天是第二次。我想起上次来的那天夜里躺下后从时子口中听来的话。

房子说自己的乳房暖暖的，唯独乳头发凉，问时子是不是人皆如此，还问自己的乳头这么扁扁小小是否碍事。

说到这里，时子微微含笑道：

"不过，这一来我真有点儿放心了。从这些话听来，那孩子至今都没有过闪失。不是吗？是吧？"

"唔。"我对母性的心机不无愕然，"你察看了不成？"

"本想看来着，可她又没主动提出。毕竟没在一起生活……"

"在澡堂不就一目了然了吗？"

"那孩子不去澡堂……况且平时也不在意这类事情。到快要出嫁了，才什么都警觉起来，担心得不行。"

"就跟她好好讲讲嘛，又没母亲在身边。"

"讲了，告诉她不要紧，不必放在心上。"

我把手放在妻胸上，当然不至于因此影响谈话。平素几乎忘记这便是哺育过前夫两个孩子的乳房，及至想到房子的乳房，便将手从其母亲胸部抽回。

妻谈起以前的丈夫。

"房子也好像变得多愁善感起来，提到父亲说不上两句就泪汪汪的。她父亲时常把房子抱在怀里出门散步，没等出牙就塞饼干给她，那可真叫狼狈。我告诉他衣服弄得一股乳腥味儿，他也硬是不肯放下，估计到底还是有死别的预感。"

"尽惹房子哭，说这些……"

"我还担心传染上病来着。反倒好，房子很早结核菌素试验反应就是阴性。"

往下我不声不响地躺着。假如房子对什么都如此敏感，对什么都如此介意，那么很可能产生我们意料之外的疑惑，尽管她看了亡父的日记。或许出于不愿让妻的过去破坏自己心情的打算，我尽可能避而不谈同妻的前夫有关的事，而这恐怕也是因为不具有设身处地地为房子探询的胸怀。

如此想着，心情不由松弛下来，那盛开怒放的海棠花于是浮上脑际。

"就是说，你是说不明白池上先生为什么在失去恋人之后不久——趁原来爱情还没消失时——就马上同别的女子结婚喽？"

"是不是呢，大约不是趁爱情还没有消失，而是在持续的时间里吧，或者说为了使爱情持续下去更合适。如您所说，有恋人而不得不同别人结婚的人诚然不少，但因为失恋而匆匆结婚的人也是有的。不过恐怕都属消极行为。而父亲则似乎不同，他是积极的。他相信自己的爱情，并想升华下去。他认为自己从未像现在这样爱过人，唯独现在可以爱，所以才同别人结了婚。"

"不管怎样，总好像是十足的自我中心似的想法。"我还是憋不住说出口来。

"他大概觉得，一旦现在这个时候过去，一旦现在的爱情冷却，就绝对再也爱不起来了。"

"这个明白。"

"可是，爱情能像流水似的直接流到别人身上去吗？"

"这……"

我觉得池上先生可能怀有某种深刻的悲哀或恐惧，如若解释为害怕在失恋的打击下病情加重死去，未免过于草率。刚才房子也谈了这番意思，我也一度认为是出于将死之人的恐惧，但未尝不是来自其根植于性格中的更加病态、更加错乱的某种心理。

而我仍不情愿在年纪轻轻的房子的诱导下深入那种心理。

"啊，怎么说呢，或许像是你的海棠花吧，你父亲以前的恋爱……"

"哦？"房子显出释然远眺的神色，眸子闪着柔和的光波。

我不过随口说说罢了，但觉得房子的接受方式很是美丽，自己的话也好像随之荡出余韵。

房子脸色一亮，两颊微微泛红，一不做，二不休似的说：

"想到父亲爱那个人爱到那个地步，我有些同情母亲。不过，那个人怕也不在了吧。"

"真的？什么时候？"

"不不，只是一念罢了，看照片时……一看日记本中的照片，我就有点儿想见见她，怪不怪？这么着……啊，就觉得这人已不在人世了，不知为什么。"

"体弱多病的样子？"

"仅仅是一种感觉。"房子伏下头，"只是，那么结婚，对方会幸福吗？"

"你母亲？"

"嗯。"

"幸福那东西原本就说不清，不单纯取决于外部条件。"

"要是我，我可不愿意。假如被失恋弄得萎靡不振或伤心倒也罢了，而父亲的情况好像属于自命不凡。他心中唯有自己的爱情，并不把爱情的承受对象放在眼里。就算不是为前一个人找替身，而是为了不使在前一个人身上高涨起来的爱情回落下去而结婚——因为爱前一个人所以爱母亲，因为前一个人赋予了爱情的力量所以能爱母亲，母亲也不过是在支撑父亲在前一个人身上感觉到的爱情。这样的婚姻对母亲当然是一种不幸。"

"事情并非那么机械。日记上怎么写的我倒不知道……"

"那不是没有母亲的位置了？母亲是怎么想的呢？"

"现在来问我这个？"

我本来无意厉声诘问，但房子看上去仍为之一震，上下眼睑仿佛互不相干地倏地分开，连耳朵都显得凄然、寂然。

那瘦瘦薄薄的耳轮也是她母亲的遗传。在身旁看入睡时的妻的耳轮，有时便想到我们的年龄。年轻的房子虽然耳朵颜色不似时子那样欠佳，但在她显出遭到冷落的神情时，有时就泛出凄寂的意味。

此刻便似乎因我的一句话而将身子缩进壳内。孩子毕竟寄人篱下，轻易触动不得。如此想着，我说道：

"我嘛，尽量不跟你母亲提起她的第一次婚姻，一直是这样的。"

在房子听来，也可能觉得我连妻是房子的母亲这点也不愿意承认。但房子显然点了点头。

我很想知道池上先生的日记中有没有接着写他同时子婚后的事——这当然不便问房子，甚至产生一种乱糟糟的不安：关于我的妻，其前夫在日记中是怎样记述的呢？

唯独房子看了那日记，也就是说唯独房子知晓池上先生与时子结婚时的心情。我可不愿意他人戴这么一副有色眼镜窥视我们夫妻的现在。我向来觉得假如存在那样的日记和信函，那简直和幽灵差不多。

"日记里可写有同你母亲结婚以后的事？"我尽可能若无其事地问。

"没有。"房子低着头，小声细气地只此一句。

我的疑惑膨胀了。

"假如婚后仍往下写，你想知道的事不就清楚了？譬如当时你母亲怎么样，父亲对母亲怎么看的。"

"嗯，不过……"房子支支吾吾，用在我听来多少有些暧昧的语气道，"大概婚后怕母亲看见不妥，就把日记藏到了什么地方，所以未能继续写下去。"

"你父亲婚前那次恋爱也没有持续下去吧？该以空想告终吧？"我蓦然心想池上先生同以前的恋人不至于有肉体关系，"那么，说什么趁爱情还没冷却的时候同别人结婚也未尝不可等等，不是空想就是病态，是吧？那样的日记理应结婚时烧掉才对。"

在现在的我看来，时间已过去二三十年，又是离世之人的心情，无论怎么样都已虚无缥缈。但当时的日记的确是在阻碍过去的融解，它正违背历史规律而变成木乃伊。倘若其子女、妻以及我今天因此受到伤害，那么池上先生的日记便不仅是罪恶的证据，而且可能是罪恶本身。

房子是为此来访的，总之我不能置之不理。但在常识上我想尽量避免落到发掘妻过往之墓的地步，避免连当时的房子都沦为我掺杂着妒意的憎恶目标，也不喜欢伴随异常心理的疲劳。房子这样的处女过度追求纯洁，甚至连身边人也不放过，这未尝不是一种类似异常心理的麻烦事。由于房子的话，我竟萌生出不必要的疑念，怀疑妻同池上先生的结合，除了同肺结核患者共同生活这点之外，恐怕还有异常情况。而在这方面，我们夫妻从未敢越雷池一步。

"你父亲的日记是他还年轻的时候写的，人又不可能一成不变，所以我们不便说三道四。只是，你不理解父亲同恋人分手后立即结婚的心情，这点竟给自己的婚事投上了阴影，是吧？"我小心说到这里，开始找机会结束这场谈话。

对我来说，较之房子的话本身，房子何以来说这样的话更是现实问题。她无疑把父母的结婚同自己面临的结婚联系在了一起，但我弄不清其父亲日记中的恋爱和结婚同房子现在的恋爱和结婚在少女心中有着怎样的关联。莫非房子猜测其未婚夫以前也恋爱过不成？

"看过日记，可有什么叫你放心不下？"

房子再次向上翻转眼球似的看着我，脸颊泛起红晕。

"也不是那样的。可以了，是我不好，跟您说这些。"

"没有什么不好，只是不大乐意听。"

"那怕是的。不便跟母亲讲，所以才跟您讲的……还就我母亲想了一些，如您所说，也是因为关系到我自己。"

"就母亲你是怎么想的？"

"但愿她能和您美满幸福……"

"噢，谢谢，谢谢。"我脸有点儿发热，"像海棠花那样……"

"嗯。"

"不过，你母亲的两次婚姻都不如你想象的那样受那日记影响哟。"

"我对母亲和生父的思考，同对您是不一样的。"

"或许。不过，要是同你本身的婚姻联系起来可就不对了。"

"联系倒没联系……我好像觉得自己的出生不一定纯洁……"

"什么？"我腾起怒火，"那是亵渎！小孩子怎么好说这种话？！不管你怎么追求自己婚姻的纯洁，都不可追溯到自己的出生，那是不能容忍的大不敬！"

"与大不敬却是相反。如果通过介绍人，肯定要调查血统什么的嘛！"

"唔，可你自己调查自己则另当别论。调查自己的出生无非要调查父母，而调查父母也全然弄不清自己出生的契机。有些东西并不能归结为父母的意志或责任。即使父母的结合是污浊的，从孩子自身的角度来看，也不能说自己的出生就污浊不堪。"

房子没有反驳，但心里似乎很不平静。

"之所以提出自己的出生不纯洁，不外乎是想表示自己的纯洁，这就是大不敬。以这样的心情祝愿母亲再婚的幸福，我们可是不领情的。"

房子穿上雨衣，在凄迷的梅雨中无精打采地走了。雨衣大概是从学生时代穿到现在的，旧了，下摆和袖子短了。大约是想掩饰这点，从后影看上去，整个人都像缩进了硬壳中。我并非没想追上去叫住，等妻回来一起上街，顺便给她买件雨衣。但恐怕到底受了房子的话的影响，没心绪的三个人一块儿冒雨上了街。

我爬上二楼，枕臂躺下。

本来打算上楼找一找刊载池上先生关于足利义尚的论文的杂志，却又懒得边边角角地搜遍抽屉。那是一家语文杂志在先生死后以悼念之意刊载的。我甚至记不清自己是否还保留着，只记得先生去世后，同级同学寄来过印制的信函，我也相应地应酬了，作为纪念领了那份杂志。

从房子口中得知先生的日记，我推想可从先生唯一的遗稿——义尚研究——中窥视先生心理和性格的一端，然而又丝毫提不起兴致。毕竟我现在同曾与先生朝夕相处的时子一起生活，不便在那样的论文上嗅来嗅去。

问题是，时子追忆的丈夫同房子空想的父亲，尽管同是一个池上先生，但终究误差很大吧。房子还是婴儿时父亲便去世了，她不可能记得父亲。

况且又被母亲扔下不管。就算出生本身有什么秘而不宣的东西，养育也是父母自行选择的责任。在婚姻上面，较之出生，房子或许更对自己在扭曲的环境中的成长耿耿于怀。近来作为养父母的叔父婶母也似乎默认她可以自由出入生母的家门。因婚约而变得亢奋、变得开放的房子陡然思念起了生母，叔婶两人对此是怎么看的呢？

我后悔自己未能对房子更温情一些，她走后我的心情颇不好受，便静等时子回来。

妻回来了，也是筋疲力尽。

妻像是出汗了，正在整理长衬衫腰带下面的部位。这方面妻向来一丝不苟，我自然屡见不鲜，但今天却觉得心烦。妻脱得仅剩一件汗衫，敞着怀，弓着腰，背对着我。

"喂，披件衣服如何？"

"让我这么待一会儿，心情怪不舒畅的。今天没洗澡水吧？在电车上脚给人踩得一塌糊涂。"说着，时子朝左边伸出脚底板，歪身坐下。袜子也脱了，甩在一边。

我生硬地抛出一句：

"房子来了。"

"哦？回去了？"时子右手拄在草席上略一回头，但并非看我,"大星期天的。"

"怎么?……"

"星期天不是想和未婚夫游逛的吗?"

"噢。"

"什么时候回去的?"

"不大一会儿。一个小时了吧。"

"是吗?叫房子烧洗澡水就好了。"

我不由有些气恼,默不作声。

时子抱着长衬衫站起,将其穿进吊衣竹竿。

"这雨要下到什么时候呢?"边说边把竹竿吊在走廊上。

晚饭从饭店叫了现成的寿司。

睡前时子烧了水,进浴室擦洗。没有动静后仍不见人出来,我前去一看,见她穿着睡衣,对着梳妆镜怔怔坐着。她从镜里看我站在身后,问:

"房子在这儿化妆了?"

"噢,大概吧。"

"我的口红少了一支。"

"哦?"

"拿走了,那孩子。"

"不至于吧。"我轻声道,"下次给房子买件雨衣吧。"

"雨衣?……到底还是把口红拿走了。倒不是偷,和自己没有而想得到是两码事儿,肯定只是心血来潮,想试一下我用的口红。女孩子常有手不老实的毛病,那孩子怕是没有的。"

"哪里谈得上偷!"

"房子今天怕是有什么伤心事吧。没跟你说什么?"

"说了。啊,等去那边……"

"嗯,拿我的口红有什么用呢?她用又不合适,很素气的……就这种颜色。对我来说倒可能有点儿艳。"

时子把脸凑近镜子,涂了口红给我看,洗去淡妆的脸上唯独嘴唇红红地浮起,颜色比日常化妆还要浓。我边看边说:

"会不会掉到哪儿了呢?"

"不会掉的。是那孩子把用了开头的拿走了。"

"好了好了……"

我从身后把两手放在时子肩上,时子抓住我的手站起,到走廊也没松开。虽在幽暗中走动,但我仍能觉出妻的口红。

"我说,那孩子说什么来着?告诉我……"妻不无献媚地问。我吻住她的嘴唇。

时子"呀"一声贴在我的胸口上。

"我……猜猜那孩子的话好吗?问你是不是不愿意同初婚的结婚,对吧?"

"胡说!"我扬手打在妻的脸上,自己都吃了一惊。

时子捂住脸,呼吸急促起来。

"可她最近还跟我那么说来着,跟我……"

我赶紧脱身似的说:

"今天房子说的,概括成一句话,就是你前一次的婚姻是否幸福……"

"前一次的婚姻？她又做什么文章了？"

"对她似乎是个问题。"

"对你呢？"

"算了吧！"我重重地打断，"不过，和病人……夫妻生活持续到什么时候？"

"别问了。"

"什么时候？"

"到死啊。"

"到死？"

"是的，是到死！"

妻冷冷的呼喊使我一阵战栗。

"被垂死的病人……"

"是这样的。"

❖❖❖❖

婚前的少女期望自己生活在幸福之中，生下幸福的孩子。房子从而追溯到自己的出生，探索自己是不是双亲幸福婚姻的纯美的结晶。这显然证明她对此次婚姻是那样真诚与执着。房子希冀以纯洁而完美的身心投入婚姻生活，以至于对乳头的扁小心存疑虑，甚至想调查怀胎时的父母。尽管房子和我处于相互对峙或敌视的立场，但终究因她母亲的关系而结下了亲缘关系。既然如此，我还是应安慰房子一番才对。时子作为母亲将为女儿的结婚祝福，而这祝福若没有我的积极参与，房子接受起来难免蒙上凝滞的阴影。这种时候我需要设身处地地为房子着想，毕竟一生大约只此一次。我是同结过婚的女性结婚的，是同有前夫子女的女性结婚的。我并没有硬要将那前夫及其子女从妻身边一笔勾销。我觉得那是一种徒劳。

但今天站在房子的角度来想，时子作为母亲对女儿似乎有些冷漠。时子在丈夫死后丢下两个孩子离去，固然是出于想避开丈夫的弟弟等不止一种的情由。但即使在离开婆家而同我结婚之后，较之世上其他同子女生离的母亲，时子对待房子兄妹恐怕也算是冷漠的。当然，其冷漠的姿态或许是对婆家、对养父母以及对我的一种情理或义务。问题是：时子的本性中难道就无此因素吗？而我自己又有没有强制时子那样做的表现呢？对此我开始反复思考。说不定也是房子的纯洁给我的微妙影响。

因我们之间没有孩子而向妻提出领养房子，已经是很多年以前的事了。

"你也有私生子，一起领来怎么样？"妻半开玩笑地把话岔开，"我是再婚不错，可你说不准是十婚二十婚哩！"

妻的意思无非是男人独身过到三十五，有私生子也无足为奇。经妻如此一说，我回想起青年时代，各种奇思怪想顿时纷纭而来：也可能有哪个女人瞒着我生下我的孩子，偷偷将其养育成人。其实，我的男女关系并没达到妻所说的那种程度。不过，再婚的妻在头脑中为初婚的丈夫描绘出并非特定的配偶而是暧昧的女人幻象，莫如说有一种通过由此产生的心灵痛感而忘却自我愧疚的妙用。时子之所以不曾深究我婚前的两性关系，莫非是因为我不追查时子前一次的婚姻不成？过去只要团团裹好，便不至于现在出来张牙舞爪。

岂料，自己从房子说她看了池上先生日记的话中，竟连先生同时子结婚前有个恋人这类不必知道的事都知道了，而且据说是在趁前一段爱情尚未冷却，也不想使之冷却的时间里同另一个女性时子结婚的。不知时子是否知道这点，还是同我结婚时早已忘却。如今想来，时子所以不触及我的婚前交往，估计是自身有往日旧伤的缘故。以我现在的年龄来看，在二三十年前的日本，虚岁十九的新娘心理上无疑是幼稚而单纯的，甚至使我觉得娇小可爱、撩人情怀。虽说是他人的而不是自己的新娘，但我仍然多少生出奇异的错觉，以为是自己的新娘。也许是由于年纪大些而变得迟钝的关系，我只觉得惹人怜爱而并无妒意。纵使池上先生婚前有过恋人，年方十九的时子想必也只能乖乖地忍气吞声。

大概同样因为年龄的关系，我并不怎么羡慕他人的恋人或妻子的漂亮，尤其目睹带小孩的母亲时，觉得小孩不仅不妨碍母亲的漂亮，反而为其增光添彩。若喜爱孩子，便喜爱母亲，喜爱带孩子的母亲。而现在才意识到，在这种中年人的厚脸皮中，很可能潜藏着自己的妻即是带小孩的母亲这一因素。我提出领养房子，又自然而然似的允许房子出入我们家门，这种做法一方面也是想在房子与我们夫妻之间维持适当的距离。自己是否因此而隐约怀有愧对妻子的心理呢？我被别处带小孩的妇女所吸引，莫非是因为无意之中将对方看成了自己妨碍或未允许的时子的形象？总之我不擅长探索这样的心理。

"把房子领养过来……说领养不大妥当，本来就是你的女儿嘛。"我改口道，"即使领养过来，怕也到出嫁的时候了。"

"怎么说呢，恐怕早了一点儿，才二十一。"

"你自己不是十九结婚的?"

时子没回答，边削梨边说：

"房子说，她要是这次婚姻受挫，可就无家可归了。作为那孩子，有这念头也多少难免。"

"也说不定无家可归更好。如今的婚姻真是不保险。"

"但也够可怜的。"

"到时候领我们家来就行了嘛。"

"有你这句话，房子不知多高兴。"时子不无动情地说，旋即语气一转，"可房子不会来的吧，而且我也不喜欢嫁出去的女儿再回来。"

我默默伸出手，时子递过来削好的梨，却又略微一笑递来毛巾。我出了汗。我们夫妻两人都是极爱出汗的。

"房子既然希望我们幸福，那么无论如何想必都不会来搅乱这里的生活的。"

我本想说已经有点儿被她搅乱了，但压了下去，转而道：

"不过，房子对于婚姻幸福的期待，大约有点儿怕人的味道吧。就算是恋爱，也类似一种信仰。而若不是信仰，难免事与愿违，是吧？"

"嗯，才刚提到年龄——我对房子说在她这个年龄时我已经结婚且生下她哥哥了。结果房子说：'不对，妈妈是二十八岁结婚的。'我吃了一惊，脸大概也红了，不知该不该这样去想……房子倒是很一本正经的。"

"还是十九岁结婚可爱。到二十八岁，都成老油条了。二十八对三十五，怕是双双对人生基本绝望之后的结合……"

"我没那么绝望吧。要是绝望，不至于有两个孩子还结婚的。我比房子还乐观着哩！房子也好，她哥哥阿清也好，让叔婶照顾未尝不可，但为什么就不退学去自食其力呢？我就这么想。"

"可话又说回来，如果房子不是乐观型，也是被你遗弃造成的。在她扬起风帆的现在，你该做一点儿补偿才对。不必顾虑我的。"

"说是那么说，可怎么做才好呢？"

"这也问我不成？"我苦笑道，同时想起房子也问过同样的话，"不特意考虑怎么做或许也是可以的，母女之间的感情已经由于房子的幸福沟通了嘛！"

我的回答似乎根本上没有错，往下只需将房子母亲特有的祝福以形式体现出来就可以了。然而不知不觉之间，我还是对这自鸣得意的回答加以反省和怀疑。时子和房子之间母女感情的沟通会不会并非始自今日，而是一以贯之的呢？单纯地说来恐是如此，只是由于夹在作为房子养父母的叔婶和作为时子后夫的我等第三者之间，而仅仅装作未能沟通而已。或许房子本身也以为没有沟通，而那只能说明房子的心并不像现在这样纯净。

房子甚至问过我离奇的问题，问我是不是不愿意同初婚之人结合。这是出于沟通过度的亲昵吗？想必房子因为将作为初婚之人结婚才道出这种话来。但在我听来，既纯洁无比，又淫秽至极。

这种事对于我已不过是回忆的问题了。我根本就不具有地道的初夜的记忆，也许代之便想起"爱子，给客人……"。我惊叹那生命火焰的炽烈，崇拜其为有别于现实的另一世界的象征——由于这种感觉经久不泯，不妨说更属于精神层次的记忆了。

肉体的记忆比精神的记忆还要不可靠，例子倒是有点儿奇特——房子雨天来访那次过了些时日，在一个梅雨过后的盛夏里的一天，发生了这样一件事。

时子自己将脚踝骨往上的部位牢牢绑好，把细绳递给我说：

"用这个把膝部往上也紧紧绑住！"

"绑住怎么着？"

"病人这么折腾我来着。"

"哦?"

我明白了。也是出于好奇,我把时子膝部往上的裸腿绑了起来。

然而时子并未显出受苦受难的神情,仅仅有点儿异样。我也没兴致寻根问底。

"傻气,何苦绑起来?"

"是够傻气的。"时子重复道。在我解绳的时间里,她显得不胜羞赧。

时子再也体验不出往日那种病态的刺激。记忆或许残留,实况已无法再现。

把腿绑住也许出于某种心血来潮,但它很可能使得时子同时从其他病态记忆——时子的告白也罢,诉苦也罢,危险的游戏也罢,抑或其他的什么也罢——中解脱出来。我从中推测出抱病的池上先生还是有些异常。被解开腿后的时子流露出要哭似的欢喜,我自然不至于抱怨她的这种尝试。

那种不妨称之为性爱式家风之类的东西,我们夫妻之间同样也存在吧?既然所有夫妻之间都似乎存在,那么我们也应不例外。迄今为止,我自己好像并未因此而感到自我困惑和狼狈,而这很可能又有点儿过于玩世不恭。即使在女人身上有被前一个男人刻意训练成的某种东西,自己也以不无好色之徒意味的自信视之为天赐佳果和那女人获得的生之恩宠,而这未尝不属于自作多情。池上先生也有可能虽使时子生下孩子却仍为我保留了一方空白,我因此得以将时子塑为天赐佳果和大自然格外的馈赠，从而使自己忘乎所以。可是，还有一点也令人疏忽不得——时子未必对我全部亮出了她以前的性癖。那是作为女人所能遮掩的吗？绑腿即为一例。从十年后才突然不打自招这点来看，说不定还有什么秘而未宣。纵使时子身上那病态的家风已然成为过往，也无法轻易断定其原本就比健康的家风难以维系。

我似乎自愿粘在蜘蛛网上。真实莫不就是蜘蛛网？

两三天后，我试着对时子说："你要好好告诉房子，维持婚姻要晓得好多条路——暗路、弯路、逃路……"

"嗯，日前跟房子说来着。要她不要多说，只管爱就是。"时子回答。

"不要多说？"我重复一句。时子可能泛泛而论，但我觉得对房子恰如其分。刚来我家时，房子看上去是个沉默寡言的少女，而实际上却似乎是个开口振振有词、闭口头头是道的人。这也许是成长环境所使然。在叔父家里，哥哥阿清有家庭教师，房子则照看孩子，待遇不同。这点房子在她还在女校上学时就说过。

池上先生去世后，曾有过叔嫂撮合之说，而小叔第一个孩子出生后不久，又把阿清和房子领养过去，这对于年轻夫妇非同小可。时子为之感叹不已。仅此一点就足以使她认为先生的弟弟是个大好人。时子没见过丈夫弟弟的媳妇。假如时子也被请去参加房子的婚礼，她会自愧无颜见房子的婶母。

这段时间，房子在我家也俨然成了主人。虽说女儿从小到大都不在这个家里，但时子也还是为女儿的婚事欢欣鼓舞。叔父家也多少有些准备，房子无疑也升到了主人公的位置。不过相比之下，房子恐怕更是因此第一次成了其自身的主人公。我不由得像新发现似的惊叹爱情力量的伟大。无论时子抛开孩子离家的内疚，还是房子在成长过程中没有母爱的酸辛，都好像短时间里得到了补偿。

就连哥哥阿清现在也好像沉浸到房子的幸福中来了。

下班路上我一下电车，见时子领阿清走来。阿清虽然还是学生，却穿一条时髦的藏青色西裤，看上去活像换了一个人。他头上戴一顶崭新的浅色有檐帽，晒不黑的白脸异常光滑。我想起池上先生，反而热情招呼道：

"好久不见了，不再回我家坐坐？"

"阿清说他暑假外出打工，今天公司体检，就溜了出来。"时子说。

"为什么？"

"要是查出点儿什么来，影响房子的婚事就麻烦了。"

我不由觑了一眼阿清。阿清慌忙道：

"再说我也不愿意……"往下便含糊了。

我于是不再勉强拉他回去，走进电车道旁的饮食店。金鱼缸里的水已经浑浊了。

阿清的背影在傍晚的人群中仍很显眼，不像池上先生那样驼背。

"好个美男子嘛，值得装扮！"

依我的感觉,阿清已懂得女人。年轻男子的皮肤盛夏闪着冷油般的光,我总看着不大顺眼,也可能是一种偏见。

以前我就听说阿清肺不大好。若马上透视,担心出现疑点。我记得房子跟我说的话,其生父便是咯血把女友吓跑的。万一他沉溺于女色,也可能咯血,甚至早逝。房子幸福的旁边已有不幸在涌动。房子的幸福难道也将昙花一现?

我没对妻提出阿清的病,以为妻会主动谈起。待回到家,妻却说:

"正像你说的,阿清变得漂亮了,我也吃了一惊。鼻子、嘴巴却一副馋女人的样子……"

"俏皮嘛。"

"说起漂亮,阿清小时候倒像是认为我漂亮来着,今天就说到了这个。他说在我离家以后,房子思慕父亲,而他则觉得我好。房子都不记得父母,而他则双双依稀有印象。依他的记忆,并不觉得母亲不好,再说母亲还活着。一次我告诉房子,父亲曾抱她外出散步,而阿清自己则记得,说我背着他,他觉得我后颈很好看……"

"后颈?"我一惊。

阿清还说,房子的婚礼略略提前,定在了九月十七日。

进入九月的第一个周日的下午,房子路经门口时进来,说她去镰仓,求时子一起去见见她的未婚夫。房子晒得蛮黑,说和未婚夫常一起去镰仓的海边游泳。

"莫名其妙!眼看举行婚礼了,怎么好晒得那么黑?擦粉都盖不住的。"

"她说不要紧,都已经倍加小心的了。"

"房子会游泳?"

"会的。"

房子说今天去男方家里寒暄一下,婚礼前就不再去了。她想让母亲参加婚礼,故先让母亲见一见男方。我以为时子也会到男方家去,房子却说把男方领到海边,让时子在海边等着。时子不禁同我面面相觑,一时答不出话来。时子说有失体面,不去。房子便像要哭出来似的哀求。

"要是你义父去的话,去也可以。一个人我可懒得去。"

"这是为何?!我不奉陪!"我紧张起来。

"还不明摆着:我一个人去,活活成了小偷、乞丐,狼狈透了;要是你肯同行,多少像那么回事儿。"

这怕就是女人的心理。在已经使得房子变强的幸福这种利己主义面前,我也败下阵来,于是勉勉强强跟出门去。本来就没有积极性,便在银座买礼物时趁机歇了一会儿。到镰仓已是薄暮时分,茅蜩鸣声四起。

房子往海棠寺那边走去,我和时子径直走向海岸。

刚届九月,由比海滩冷冷清清,连不知夏日喧嚣的我们两人也感觉出了海水浴场初秋的凄寂,唯有夏日嬉闹的遗迹。沙滩后侧正在修路,更平添了荒凉的况味。更衣场的一排席棚成了寒碜的空壳,没有风却好像有风穿过,有的地方已经破烂,瑟瑟作响。垃圾上烟经久不散。游艇出租亭和橡皮船出租亭前像是搭过遮阳棚，现在连柱一起翻倒在地。

"不是西瓜苗？"

听时子如此说，我也停住脚步。两片小叶星星点点地冒出，如一方苗床。

"是西瓜苗，到处都是。"

面积相当不小，大概是夏天游客吃罢西瓜扔下的瓜籽发出的。一片嫩芽仿佛在诉说男女的杂沓和食相的贪婪。但在这秋季的沙滩上，西瓜生得出芽也是长不大的。不知是种子犯了某种错误，还是落地生芽属于种子的宿命，这片双叶苗群可怜巴巴地立着，如在倾诉对生命的无知。仔细看去，西瓜芽越看越显得多，而沙滩则给夕晖抹上了一层淡妆。

低矮的山岭从稻村崎一直绵延到长谷观音的后头。山岭的上空，火烧云细细长长地向上舒展开去，俨然火焰高高喷向长空，但斑斑点点仍有白色遗痕，显出原是白云的面影。

夕晖投射在靠近海岸的波浪上。目睹镀上一层淡淡彩色的波光浪影，我竟忘了此行的目的，一时心旷神怡。在海滩上打秋千的年轻男女也甚是赏心悦目，女的一身素装，男的亦着白裤。两架秋千各朝不同方向起伏，交错时似有所语。

时子一直目视波浪，注意到秋千比我迟些。

"哎哟，那不是房子吗？"时子突然说。

"房子哪里能先到？说的什么！"

不过，从时子把秋千上的两个年轻男女当成房子他们这点上，我感觉出了时子的母爱。

秋千一直升到山岭幽幽的曲线处，在即将冲上霞空的刹那间倏地滑下。

一男一女便是这样交替着周而复始，颇有羽化升天的架势。

听得人语回头，见一个像是席棚主人模样的男子正向领狗前来散步的一家人搭话：

"收拾得差不多了，正叫小工他们喝一盅呢。"

还说今年好天气不多，来海水浴场的游客比去年锐减一半云云。

两人在沙滩上坐下。东方的天空没有云絮，被夕晖映得通红。

房子跑来，从西瓜苗那儿跑到我们身旁，花了不少时间。

房子气喘吁吁，说：

"妈妈，抱歉，不行的。他说不愿意瞒着我叔父来见面。我问：'难道妈妈就不是我妈妈不成？'他说：'妈妈倒是妈妈……'"房子像要扑在时子身上似的坐下，抓住时子的手。

"是吗？我无所谓。可你没说义父也一起来了？"时子单刀直入。

"我没关系的，算了、算了。好久才难得看一次海，喏，这景致简直是仙境！"

房子略微发青的额头和稍粗的睫毛，也仿佛染上了夕晖的光彩。

"照他所说，静等时机好了。这以前时子你不是已经等了十多年了吗?!"

不是前两天才第一次听说阿清认为母亲长得漂亮吗?！

"房子,看那海浪!"我催促道。

房子若只觉得愧对母亲和我而漏看了这难得的海浪,委实令人惋惜,如此动人的波浪恐怕一生也见不到几次。而且,如将这海浪留于记忆,房子那力图让恋人见一见抛下幼小的自己离去的母亲,并想请母亲出席婚礼的苦心,想必将在庄严的晚霞的装点下永远浮现在房子的心际。或许同时记起催她看海浪的我也未可知。

终归,时子未被邀请参加房子的婚礼。但在房子的再三请求下,在两人出发去新婚旅行时,时子装出若无其事的样子去了东京站送行。这样就大约不必视为幸福利己主义。我没有阻拦。

由于房子的婚事,时子前一次的婚姻在我们之间投下了往日及去世之人的阴影,使我也一度陷入困惑,内心奏起始料未及的亢奋的战栗,连自己都为之愕然——而现在,总算像是平复下来了。

乡间计

文吉找警察署投诉，说弟弟竹三郎入赘岛田里子家期间，到处胡乱借钱，以致债台高筑，跑到里子姐姐阿花婆家苦苦求助。也是因为亲戚关系，阿花替他垫付四千日元之多，岂料竹三郎前年离家外出，再无音信。就阿花来说，那钱是瞒着丈夫通融的，于是要文吉代弟还钱——哪怕一半也好，否则很可能致使阿花的婚姻发生危机。事情很严重，文吉出示了竹三郎写给阿花的借款证明。证文显然是竹三郎的手迹，私章赫然其上。文吉不知该不该代弟还钱。即使代还，也要大致弄清弟弟的下落。况且，其人若此，所到之处又留下怎样的麻烦也未可知，故请求查访竹三郎的去向。

那时，正好竹三郎那个村派出所的一个巡警也到警察署来，不禁对文吉所言生出疑问，凭第六感嗅出作案的味道。

阿花是勘助的长女。勘助一家原有六口人：勘助、妻阿品、长女阿花、次女里子、三女美智、长子作治。阿花出嫁后，父勘助、妹妹美智、弟弟作治相继死去，其中美智属非正常死亡。有人说因苦恋一个城市青年而投海自尽，说得相当浪漫；有人说神经多少不大正常；有人则表示怀疑：就算从稍微高些的岩石上跳下，也不至于溺水而死。姐姐阿花和里子也是海女①。海女并非什么特殊人物，这一带渔村里的年轻女子大都潜海，只是阿花和里子还跑到旅馆满足游客的好奇心。据说父亲勘助由于女儿们的劳作积攒了一笔财产。阿花姐妹生来不够检点，同村里的小伙子屡屡闹出风流韵事，她们大约也引以为乐。小女儿美智之死，恐怕也是过早学了姐姐们的缘故。美智倒也罢了，而在独生子作治也死了之后，为里子找上门女婿便成了顺理成章之事。阿花起初嫁给了附近镇上的海产品商村井敬吉，不久跑出同制碘厂的坂口过起日子来。

巡警思忖：阿花和在村井家时不同，作为薪水不多的坂口的老婆能垫付四千日元巨款这点首先就难以置信。坂口从事的工作是走街串巷收购可用来制碘的海草之类。阿花与其为妹夫筹措家中不可能有的巨款，倒不如叫娘家妹妹即竹三郎的老婆里子拿出来现实得多。再说村子不大，即使从每户筹借的不多，在人们眼里竹三郎也是借了一笔了不得的钱款，人们势必为此议论纷纷。但村里派出所的巡警并未听到如此传闻。他觉得事情蹊跷，便在离开警察署归来的路上顺便到岛田里子家看了看。里子说她也知道竹三郎打借款证明的事。

---

① 海女：潜海捞取鲍鱼的女子。

不仅如此，还说了丈夫的一些坏话，说竹三郎还盗用母亲阿品的印章借过钱，因怕事情败露而在两年前离家出走了。她说着拿出封信给巡警看，说是竹三郎走后不久寄来的。他在信上告诉里子，自己准备在外地做工另谋出路，令妻子将日前订购金盏花的合同全部作废。与此同时，还给自家生父去信说他对岛田家做了作为养子不该做的事，打算去满洲①施展一番，将功补过云云。

巡警疑团释开不少，但还是把信带回了派出所。两封信盖的都是浅草的邮戳。巡警觉得，假如去了东京——就算满洲之行不过是借口，寻找竹三郎的下落恐怕也是十分困难的。况且阿花并未因四千日元诉诸法庭，巡警也无意深究。如此过了两三天，巡警想起竹三郎是海军预备军人，定期点名时怎么办。去村公所时顺便一查，原来竹三郎从浅草东仲町的饭田屋旅馆给村公所的征兵干事来过信，请假不参加点名。但此信日期距前两封信相差半年。以前寄给生父与里子的信上没写地址，而邮戳同是浅草。由此看来，莫非竹三郎半年前也住在饭田屋旅馆？若是木结构的简易旅馆并非没有可能，但东仲町一带不会有此种旅馆。那么说，是在饭田屋旅馆做工不成？不管怎样，因胡乱借钱而潜逃的竹三郎明确留下住址——即使是临时住址也是不正常的。

请假不参加定期点名的那封信更是蹊跷。若村公所知其住址，里子等人当然打听得出来。便问里子当时如何，结果

----

①满洲：我国现在的东北地区。

征兵干事不胜厌恶地说,再没那么薄情的女人了,原本好心好意马上前去告知竹三郎来了这么一封信,可里子竟说:"那种男人,管他在什么地方呢!"就差没说多管闲事。由于里子态度过于冷淡,征兵干事怀疑她故意佯装不知竹三郎的下落。干事还说,竹三郎给村公所来信的四五天后,从东京站给生父寄过二十日元。

听到这里,巡警冒出火来。两三天前去时,其生父隐瞒了寄钱的事,只给巡警看过前一封信。但这也无甚奇怪,父亲庇护儿子的心情可以理解。就竹三郎来说,在把地址告诉村公所后,很可能后悔莫及而从东京站逃往别处,或者因要远逃而无所顾忌地留下了旅馆名称——无论哪种情况,都合乎情理。毕竟沦落异乡,难免思父伤情而寄回二十日元来。但巡警觉得,似乎给那糊涂老头骗了,于是离开村公所后转到老头家里。老头立即坦白收到过竹三郎的二十日元,出示了连同汇款收据一起寄来的信,又在观察了一会儿巡警的脸色后,不胜惋惜地诉说接到钱的第三天便给阿花抢走了。巡警觉得费解,询问阿花在镇上,何以这么快就知道有钱寄来。老头回答说,阿花是从邮局听到的。阿花争辩说,竹三郎去娘家当上门女婿以来挥霍无度,向她本人也借了差不多一千日元,欠债不还却给生父寄钱,实乃岂有此理!寄的钱当然属于她的,要是不给就告上法庭。一千日元?巡警不禁大声问,阿花真说一千日元了?老头儿以为自家受了训斥,再三辩护道,儿子不可能借那么多钱,再说阿花也拿不出如此大的数目。

竹三郎写给阿花的借款证明上，明明是四千日元。如果老头儿记忆没错，一千日元如何成了四千日元？借款证明难道是伪造的？巡警心里再次腾起疑团。另据老头儿说，阿花当时把传藏领到老头儿家里来看。传藏以前当过卖杂货的行脚商，所到村落，无人说其好话，尤其在女人方面的风言风语越来越甚。后来同制碘厂拉上关系，成了工厂专属的收购商，算是在镇上安顿下来。这等人物同阿花结伴同来，不是警察也猜得出两人之间的故事。少女时代几姐妹就个个不够检点，而阿花或许因比不上里子漂亮，所以干这种事的手腕也高出一筹，传闻多得在妹妹之上，也堪称一种能量。

便是这个阿花，十年前未出嫁时，派出所的这位巡警就经常风闻这样的事：村里的小伙子对打开比阿花家围墙还高的仙人掌旁边的木板后门开始习以为常，自以为万无一失，而恰恰在这样的夜晚，阿花耍手段跳到外面大嚷大叫，逼对方出钱了事。据说落此圈套的小伙子不在少数。巡警一边回想如此久远的往事，一边沿着漾有海带腥味的海岸往回走。正走着，见一伙海女在她们专用的小屋前生起篝火。一大群罕见的鸟在附近叽喳不已。一个夕晖灿烂的傍晚，春天的海风略带寒意，但警察往火堆走去倒不是因为冷，只是信步而行。走近时，海女们止住话头，盘腿坐着的站起身来。身上全都搭一条毛巾，只穿极小的红裤衩。因正准备暖和一下身子回家，所以白衬衣都敞开着。巡警若无其事地打听阿花和里子的事，但无人回答。有人说阿花的妹妹美智是从那块大岩石上跳下去的，巡警于是爬上那块岩石。美智的尸体的确曾漂浮在附近，不过无任何人目睹其跳下的情景，所以无从断定即是这块岩石。只是这块岩石在这一带的礁石中最高，且海水在其下面卷起的漩涡最为可怕，以致有此说法。巡警登上岩石后，鸟群在他周围啼叫着飞来飞去，却并不逃离，这使他有些不快。巡警在海边自是住得久了，平日也不曾特意观看大海和岩礁。此时看去，只见海浪打着漩涡，狠命撕咬岩基，飞沫四溅，蔚为壮观。加之暮色又给骇人耳目的景象增添了阴森的气氛，巡警觉得身体似乎瑟缩一团，赶紧跳下岩石，返回被岩壁包拢的火堆旁。果真是对海女来说凶多吉少的地方。但这些胸部胀鼓鼓挺起的海女们又笑道，那么一点儿漩涡如何能死人，还说美智的姐姐阿花在这海滨也是特别能干的海女，报社来拍照时，同妹妹里子一起故意跑到前边抢镜头，还成为画家笔下的模特。巡警和海女们结伴而行，沿着岩壁朝日落的方向往家里走去。途中，巡警听说里子在竹三郎之前有个叫民雄的女婿，那民雄也是在去东京做工后石沉大海。失去民雄时，里子长吁短叹，悲伤得很难令人相信她曾是那么轻浮的女子，从那以后整个人就变了。那时里子才刚二十出头，是十里八村闻名的美人。

　　回到派出所，巡警从抽屉里取出竹三郎来信的一瞬间，信纸划过脑际：前面写给老婆里子和生父的，以及后来写给村公所和生父的四封信，用的同是十格带框线的传统纸。在乡下倒也罢了，而在东京的旅馆和车站那类地方是极少用带框线和格线的传统纸的，此其一。其二，寄钱那封信的信封背面写的"于东京站"几个字，不像是用车站邮局窗口备用的笔墨站着书写的——这是后来发觉的。当时掠过巡警脑际的，是派出所也有竹三郎当信纸用的那种格线纸。那还是两三年前传藏当行脚商来村子时不知因为什么留给派出所的，留了大约十打。竹三郎也可能买了，外出时带在身上，但带了半年就未免有些令人费解。而在东京买完全相同的纸也有点儿离奇。尤其竹三郎把钱刚一寄到，传藏就陪着阿花把汇款抢走，这点更加深了巡警的怀疑。竹三郎的四封信也好，借款证明也好，会不会通通是伪造的呢？倘若信是伪造的，巡警自然一下子想到竹三郎有可能遇害。就是说，有人写伪造的信，以便制造竹三郎仍活在人世的假象。

巡警把四封信带到所属的警察署，大致陈述了自己的疑点。巡警的报告当然没希望受到认真对待，但由于竹三郎的兄长文吉请求帮助寻找弟弟的下落，署里姑且给饭田屋旅馆发函调查。复函说，与竹三郎信中的日期相符的旅馆登记册上，恰恰有浅田竹三郎这个名字。竹三郎入赘之家姓岛田，本姓宫木。投宿者是本人也罢，冒充者也罢，为什么两次都仅限于换姓呢？竹三郎长得牛高马大，一副凶相，走在东京街头，难免招引行人回头而视，只消看上一眼便难以忘记。由此估计，旅馆中笃定有人记得，随即将长相等也告知旅馆。旅馆答复说，不曾有如此渔夫模样的汉子投宿。这么着，署里也多少认真调查起来，叫一名竹三郎村子里没人见过的巡警便装入村探听，同时悄悄搜集竹三郎和传藏的笔迹请专家鉴定。结果确认，借款证明和四封信均非竹三郎的手迹，莫如说更像出自传藏之手。

于是传讯传藏。妙的是，此人极为干脆地坦白了作案经过。特意跑去东京伪造竹三郎书信的是他，此前杀害竹三郎的也是他。阿花和里子是其同谋。警察署亦觉意外，前去逮捕这对姐妹，可两人早已闻风潜逃，想必耳闻传藏被抓而动身逃走的吧。不料又出了一桩怪事：传藏交代说，竹三郎的尸体是由他和阿花、里子三人抬到鱼见洼地掩埋的。故带传藏赴现场挖掘，竟连一根骨头也没挖出。洼地到处是密密麻麻的灌木丛，显眼的只有两棵稍大些的松树。传藏说，确实埋在了松树下。于是便从松树下掘起，直到掘遍整片灌木丛也一无所获。如此不多时日，被缉查的阿花和里子分别在东京麻布和沼津落网。里子同一男人正在企图远逃的途中。根据阿花的供词，弄清楚了竹三郎的尸体掩埋之处。起始埋在洼地，但阿花恐日后传藏走漏风声留下证据，就在两三天后的夜半时分，独自一人去洼地挖出尸体，改埋到鱼见山的背阴坡。白骨从一米多深的土中露出。一个女子在旁边躺着死尸的情况下，居然挖得这么深！何况从洼地到这里要翻过一座小山，快走也需二十分钟，如此路程一个女人却肩扛死尸走了过来。竹三郎身体高大，足有小个头女人的两倍，加之又是死尸，想必更加沉重，且开始腐烂也未可知，由此亦不难推断出阿花应是首犯。

竹三郎入赘到岛田家，看上去勤于家业的光景不超过半年，而后便让里子偿还他到处欠下的旧债。他所以直到三十四五还光棍一人，其实也是因为名声不好。过去倒也罢了，而现在此等男人竟一头闯进颇有家财的岛田家，村里人震惊之余，觉得其中当有奥秘，纷纷在背后议论。故而大家都同情里子，为其对竹三郎有求必应地出钱感到不可思议。更为不可思议的是，里子身体日见衰弱，美人风采荡然无存，竟变得面目狰狞、死气沉沉。消息也传到镇上阿花耳里。阿花杀气腾腾奔回娘家，较之大骂竹三郎，对妹妹更是严加痛斥，说用岛田家的家产替竹三郎还债简直荒唐透顶，还说家产并非为里子一人所有，气焰十分了得。里子则冷笑着不屑一顾。阿花于是大发淫威，踢了妹妹一顿，并同母亲讲好，不让妹妹随便动钱。

阿花发怒也属情有可原。父亲曾大片种植速生蔬菜，开辟速开花圃，在采用新技术方面从不落于人后，而且阿花无论海里陆上，都能一人顶两人地干，陪游客嬉戏也在妹妹里子和美智之先。她又不同于城里同类女子，从不曾因此疏忽过作为海女和农妇的劳作。创下今日这笔家财，兄弟姐妹中她的功劳首屈一指。由于有作治这个继承人，加之村井敬吉在镇上算是家境殷实的海产品商，她才离家出嫁。而作治死后，娘家财产的继承按顺序姐姐阿花理应在妹妹里子之先。

阿花前来把钱袋封死之后，竹三郎脾气愈发不可收拾，无时无刻不带酒气，对里子及其母亲阿品非打即骂。里子身上新伤不断，母亲甚至半夜跑到海边呼救。竹三郎似乎认定只能以拳脚解决问题，一边折磨两人，一边威胁将岛田家的财产改归自己名下。里子大概实在不堪欺凌，悄悄找到阿花，提出是否满足竹三郎的要求。姐姐笑她是真这样想，还是疯了。里子这才觉得自己完全徘徊在噩梦之中。阿花说妹妹即将被竹三郎害死，里子正色回答大有可能。姐姐静静观察了一会儿妹妹半死不活的衰颓样子，以开玩笑的口气说，那就莫如干脆除掉竹三郎。里子听了毫不惊惶，点头"嗯"了一声。对此阿花到底也一时无话，惶惑地盯视妹妹。里子说，姐姐不必害怕，自己全都知晓。阿花严肃起来说，那么正好，那就尽快策划一下。其后，里子第一次告诉阿花，不知竹三郎有恃无恐还是犯傻，刚接近里子不久便坦白里子的前夫民雄是他杀的。他全无忏悔或歉疚之意，反而蛮横地以此作为入赘口实。里子彻底陷入恐惧之中，相貌的变丑也好，身体的衰弱也好，全都是同这等人一起生活的缘故。

民雄遇害一事，是在竹三郎被杀案提审当中里子自行交代的，警察也觉意外。不用说，首谋应是阿花，里子与此无关。里子从竹三郎口里得知，民雄入赘岛田家时，反对最坚决的就是阿花，咬定说里子乱搞男人。由于里子平日放荡，一般人也自然而然如此认为，并不怀疑阿花另有所图。不过，里子是打心眼里喜欢民雄的。这从她失去民雄后一反常态地伤心不已，就不难看出。她之所以轻易相信那是民雄离家外出而没有特别设法搜寻，恐怕是因为其生性使然，或者长期放荡生活带来的懈怠心理所致。而阿花自弟弟死后一直在窥伺回娘家谋取财产的时机，里子招上门女婿对阿花来说无疑如晴天霹雳，何况妹妹又得母亲欢心。当在法庭上受责，说里子尚比她有点儿人心之时，阿花冷冷笑道，那是理所当然，一来里子比自己漂亮，二来不出嫁如何真正体会得到对自己所挣财产的心疼程度。妹妹没有头脑，所以幸福。唯其幸福，才没有头脑。她为里子虽是妹妹却打算越过自己而心安理得地继承家产感到愤愤不平。她很可能是以幸灾乐祸的心理看待妹妹同竹三郎那种报应般的日子的。总之，民雄夫妇生活和睦即对阿花不利，所以她起了杀心，唆使竹三郎下手。

民雄的尸体也是一度埋好后又由阿花一人挖出移往别处的。趁里子去东京亲戚家看花时，阿花把民雄领出，对民雄说，有件秘密事需瞒着母亲。民雄虽然纳闷，但还是跟到海女的小屋那边。竹三郎旋即从岩石后跳出将其打死。竹三郎一向以野蛮闻名，此时大概也是想显露一手，一把挟起死尸，问阿花藏于何处。阿花蹲在一块小些的岩石上嘲笑道，慌什么，马上移尸岂不把血滴在路上了？夜这么黑，很难清除。竹三郎醒悟过来，把脚下的血迹用沙子盖上。阿花又胸有成竹地说是满潮，到明天早上潮水自会洗得干干净净，而后命令竹三郎把死尸从沙地拖到潮水这边。竹三郎突然一阵害怕，只见阿花重新缚好死尸的腰带，自己抓住一端将死尸顺水拉到岩石下面，说这样一来身上的血都将流到海里去，然后再搬运不迟，并让竹三郎脱下衣服，一边用脚踩住死尸的腰带头，一边洗衣。不巧一个浪头打来，把脚下的腰带裹跑了，赤身裸体的竹三郎早已浑身发抖。而阿花一把脱去衣服扎下海去，抱着漂浮的死尸游上岸来。如此在水里浸了一个小时，然后在海女的小屋附近的岩穴沙子里挖坑把尸体埋了。竹三郎感到后怕，无法搬去远处。此后第三天夜里，阿花独自把死尸埋到了山里。

当时的情景，据说竹三郎一五一十地讲给了里子。里子已谈不上怨恨，唯吓得魂飞魄散。这反而使竹三郎有机可乘。为了除掉民雄，阿花曾对竹三郎花言巧语，许诺招他为里子之婿；而竹三郎亦为据传有一万日元之多的家产迷了心窍，同时对里子的美貌垂涎三尺。问题是，如果家产给竹三郎独吞，那么原本就没有必要杀害民雄。再说里子看上去对竹三郎并无好感，阿花也始终不肯履行向竹三郎许下的诺言。于是竹三郎再也等不及，在作案半年之后，不管三七二十一钻到了里子家里。这个结果不论对阿花、竹三郎本人，还是对里子都完全是始料未及的。不出三年，轮到竹三郎自身被害，可以说落得个与民雄同样的下场。

阿花朝思暮想的是里子被竹三郎折磨致死。那样，竹三郎即为一人承担杀害民雄之罪被抓。然而这总像是一厢情愿。而且，假如里子知道民雄被害而沉默至今，这就不仅仅是妹妹可怜与否的问题，而是绝对马虎不得之事。往下必须把里子拉下水，尽快将竹三郎置于死地，为此势必要求助于同自己关系密切的男人，于是选中了传藏。阿花以天生的伎俩在未挑明关键的情况下，轻而易举地笼络住了传藏。她首先激起传藏的贪欲，谎称两人若结为夫妇回娘家可继承家产。继而说最大的障碍是妹夫竹三郎，并再三强调竹三郎如何在挥霍财产，最后提出索性让竹三郎一死了之，还说里子也同意了。传藏当即赞成。其实，阿花早已给传藏植下了如此不良用心。但竹三郎和传藏力气相差悬殊，用上次的办法恐怕节外生枝。幸好里子也注意到了这点，决定设计诱杀。

晚上八时许，阿花把传藏领到娘家。传藏躺在后院仙人掌的阴影里等待暗号。阿花一个人进屋对起身相迎的母亲阿品平静地说，今晚结果竹三郎。母亲也并不显得惊讶，道了声"是吗？"，叮嘱小心别失手。随后阿花告诉里子，传藏一会儿来收拾竹三郎，令妹妹马上打酒讨竹三郎欢心。里子脸色青了，但还是立即起身去了酒店。回来后便在里屋给竹三郎灌酒，里子自己也喝得不相上下，而且高兴得哭了。竹三郎第一次看见里子哭，来了兴致，喝得酩酊大醉，少顷鼾声大作，直传隔壁。阿花探头一看，见竹三郎和里子已在铺板上睡得不省人事，便去后院叫来传藏，并悄悄唤醒里子。里子看见传藏手里的马缰绳，惊得爬起来。传藏将缰绳套在竹三郎的脖子上，阿花按住竹三郎的下肢。剽悍的竹三郎尽管脖子被勒着，但仍要抡掉抱在腿上的阿花，推开传藏。站在一旁的里子此刻忽然抓起缰绳的一头，拼命紧拉，竹三郎顷刻瘫软下来，再不动了。或许借几分醉意，里子的脸颊上竟现出久违的红晕，三人中数她精神焕发。死尸当即被运了出去。

由派出所巡警偶然的疑窦导致三人被捕，罪行大白，大约是自此一年半后的事。传藏所以早早交代杀人罪行，说是因为有意于里子而遭拒绝。阿花还在法庭宣称下一个杀害的目标是里子。里子则应答说，她早已对姐姐的阴谋了然于心。

夕晖少女

星期天，海边常有女学生在松林里骑自行车。这在女学生中间是一种时尚。

随着内阁的更迭，在这镇子拥有别墅的人中，有三人偶然成了新的内阁大臣。由于时局的关系，星期天戒备森严。但少女们全不把警察的身影放在心上，只管骑车快活地转来转去。那迎风疾驰的样子，使得从松叶间泻下的秋日阳光分外灿烂。平展展的沙地上，到处长着刚齐人高的小松树，晴朗的日子的确令人心旷神怡。

但每到薄暮时分，发黄的松叶便沁出寒意。不久，潮声在缀着晚霞的寥廓天宇下由远而近。在昼短夜长时节的这一掌灯时辰，女学生们那响亮的自行车铃声，仿佛某种机灵的活物。

在铃声的诱使下，濑沼也加快了脚步，以便在下一个十字路口遇上快活的自行车。不料一回头，他撞见了一张女子的脸，焦黄的脸上胡乱抹了一层雪花膏，烫过的头发乱蓬蓬的，皱皱巴巴的铭仙绸长衫外面套了件短褂——如此不讲究的打扮迎面而来，给了濑沼一个怪异的印象，而且那女子还好像对他投以微笑。濑沼慌忙低头，却又瞧见女子的脚趾从布袜的破洞中探出。女子提了一只大大的水桶。

"噢，是濑沼先生吧？"女子不无亲切地开口道。濑沼诧异的神色似乎也未引起其反感。

"我是'大家乐'的春子呀！"

"哦？"

"怪有点儿想念的。"女子脱下短褂，拿在胸前。实际上她也显出久别逢故知的样子，甚至自然带有些许媚态。

濑沼注意到对方有了身孕。

"他们都没有什么……？实在好久、好久没见到了。"

"是啊，你在哪里？"

"啊，就在阪见先生旁边啊。"

"现在情况怎么样？"濑沼以为问得不妥，可春子依然爽快地回答：

"和松本在一起呢。"那口气，似乎濑沼当然知道松本其人。

濑沼茫然应道：

"那不错嘛。"

"嗯，托您的福。"

"我在松叶馆，有空儿去坐。"

"松叶馆在哪儿?"

"就那儿嘛。问谁都知道的。"

春子不晓得松叶馆颇令人意外。近在咫尺却不知这家闻名已久的烹调旅馆①，这说明春子并不熟悉自己所居的地段，也暗示出她的生活景况。大概整天关在家里，不曾去松林里散步，甚至形影相吊，连个说话的人也没有。遇见昔日熟人濑沼时的兴奋，亦足以透露个中信息。濑沼目送春子的背影，背影中有她生活的凄寂。唯独手提的水桶之新引人注目。她从松林断处向砂山登去。

不过，尽管当年的女招待因迫于生计而憔悴得给人以明日黄花之感，却不致令人生厌，那股亲热劲儿很容易使人接受，甚至不修边幅的邋遢也自有一种静等婴儿降生的平和。

由于春子是那样的口吻，濑沼不便追问松本是何等人物。他丝毫没有印象，想十年前的"大家乐"酒馆，也搜罗不出"松本"这个名字。由此看来，会不会是画家、作家或流行歌手一类职业，因而春子自以为丈夫的大名理应尽人皆知呢？或者春子同此人的恋爱、结婚曾登上了报纸轰动一时呢？濑沼推想再三。

说起来，濑沼与春子绝非时隔十几年在路上相遇必得寒暄那样的关系。若春子不打招呼，濑沼当然相逢不相识。春子自报姓名后，濑沼也当即记起对方是当时有名的女招待，但名字和眼前女子的脸盘好一会儿都未能对上。这无非因为

---

①烹调旅馆：兼营日本料理的旅馆。

对方与原先已判若两人。十八九岁的春子是一张丰满的圆脸，几乎让人感觉得出下面血流的温煦。浓眉大眼如今倒仍依稀可辨，而令人不难想象憔悴前不失美人风韵的面庞，却瘦成近乎长脸了。

学生时代，濑沼所以常同两三好友出入"大家乐"酒馆，当然是因为有春子。她所说的"他们"，指的就是这几个朋友。然而，眼下除了"大家乐"那德国风格的室内装饰和朦胧的青春情怀，便什么也想不起来了。未曾有过任何足以使人记起的事。那时都很单纯，濑沼几乎没同春子说过一句像样的话。

所以，当春子显得那般亲切的时候，濑沼觉得似乎得到了意外的馈赠。虽说已为人妻，但自报姓名时仍显得大方自然。不知为什么，濑沼但愿春子确实是以这种不加矫饰的心情打发时光的，而不是过那种凄清寂寥的日子。

稀稀拉拉散落着松树枯叶的小径，已不再有少女们的自行车通过。夏天才启用的别墅也大多关门闭户了。行走之间，疏落的松树间闪出海滩上的篝火，濑沼往那边走去。号子声也传来耳畔。渔夫正在起拖网。

在晚霞的辉映下，从海面到沙滩全部披上了彩装。濑沼跑下披上彩装的沙滩。

"嗨！"

"嗨！"

顽童们不断拾起网上挂着的螃蟹抛出，等螃蟹被折腾老实再拿回家去。

那里有一伙等候买鱼的妇女，春子也在里边。

"哎哟，这种时候给您撞见了！"

听春子这么一说，旁边一个观海的少女回过头来，濑沼一怔，忽觉一阵目眩，旋即想起一幅画来。

画幅上肯定是这个少女。最近刚刚在画展上看过，画的标题和画家名字都没记住。但濑沼凭直觉做出一系列判断：春子的丈夫松本是画家，是那幅画的作者；做模特的这个少女就是春子所说的"就在阪见先生旁边"的阪见家小姐；碰见春子前听得铃声的自行车上骑着的也是这个少女。

少女左手扶自行车，右手轻轻搭在弟弟肩上，出神地望着海面上的夕晖。女学生模样的短发撩在耳朵上端，但由于脖颈稍往弟弟那边倾斜，右侧脸颊上的头发蓬松地散开。凉津津的西风吹个不停。弟弟长得同她差不多一般高，一脸福相，但被冻得有些苍白，转看濑沼那边的脸颊也没有血色，而眼睛则如鹰目般炯炯有神。

濑沼注视少女的神情大概透出某种惊诧。少女看在眼里，刚一露出，如遇熟人的亲切却又马上扭向一边。傲慢无疑傲慢，但做得洒脱自然，表现出上流家庭特有的教养。随后大约在弟弟肩上发出一个暗示，弟弟用不无撒娇的语气问道：

"回去？"

"嗯。"少女分明点了下头，走上沙滩。

濑沼因那声"嗯"而微笑地看着，不料少女径自跨上自行车，车后座带上弟弟离去。

"阪见家的小姐。"春子道。

"唔。"

濑沼想问"是那幅画的模特吧？"，却未出口。他蓦然觉得，形容枯槁的春子同那幅画之间，很可能有某种不可言传的东西。

沙滩和松林之间，一条沥青路沿海岸平坦延展开去，白天不时有卡车气势汹汹地驶过。当地的孩子们则在上面溜旱冰。大概为了军用，路面平滑得正好用来兜风。

少女的自行车沿这条路朝夕阳的方向远去了，宛似即将腾上彩霞绚丽的晚空。

"弟弟身体不好，一直待在这里来着。"春子也目送其远去。

春子只买了一点点鱼。濑沼自觉不宜在"这种时候"多看，也沿同一条路往回走。

回头望去，只见老艄公身穿一件灭火装束样式的厚坎肩，那张对着篝火的脸上胡须纵横，显得异常夸张。

活蹦乱跳的亮晶晶的鱼从拖网中捞出，春子也像往那边靠去。网有五六摊。

❖❖❖❖

女人的嬉闹声把濑沼吵醒。他走到檐廊上，见阿荣在院子里的草坪上和狗闹得正欢。

一个煦暖如春的秋日，在银色的微波细浪上腾跃的晨光，仿佛穿过沙滩和小松林摇摇闪闪地一直流溢到这里。濑沼按铃通知当班女佣自己已经起身，然后把脚探进在庭院散步时穿的木屐，准备洗澡。由于这个早晨实在太妙了，他把衬衫和毛巾抛在草坪上，自己也长拖拖躺下身去。

阿荣没注意到濑沼正看着自己，只顾在狗的追逐下从草坪钻进松林，再从松林转回宽大的草坪，来回兜着圈奔跑不止。阿荣脚上没穿袜子。她快三十岁了，跑起来已不灵便，跑时虽说顾忌着裙子，但仍给人以放肆之感。狗也不知为什么，发疯般地扑咬她的腰带和衣袖。那是一只黑色的杂种狗。

"濑沼先生，您看什么呢？"

意外的招呼声使得濑沼猛然回过头。当班的女佣阿种正手拿扫帚，从檐廊往下看。

"光顾看阿荣可不行哟！"

"瞎说！"濑沼脸红了。

阿荣跑得上气不接下气，"扑通"倒在地上。狗朝她脸上飞扑过去。

"别……别……快别，快别嘛！"阿荣叫着用双袖捂住脸，在大草坪上滚来滚去。

"真是的！"这回轮到阿种脸红了，她麻利地打扫起房间来。

"喂，递支烟来！"濑沼爬起身道。

阿种折回檐廊道：

"快去洗澡吧！"然后叫了两三声阿荣。阿荣似未听见，但总算欠身坐起。狗将前爪搭在她肩头。

"还是阿荣好，用不着辛苦。"阿种出神地说了一句，"没有人一年到头能像她那么开心。"

"不过，也该嫁人了吧。"

"嫁人？才不乐意呢！"

"这儿的人都那么说。"

"嫁什么人！谁都还没真正放在心上。"

"都怕了不成？"

"是怕了。哦，可大多还都一次没嫁过呢，各有各的情况。"

"在这样的人家待起来，狗怕是比男人更可爱。"

"瞧您说的！女的嘛！"

"所以……"

"哎哟，误解了，我说那狗是母狗。"

"什么呀，无聊！"

"差不多该扔了，都这么大了。"阿种双手比画小狗的形状说，"是阿荣捡来的，是母的对吧？捡时注意就好了。阿荣也不分辨，到处捡狗崽子回来，伤透脑筋。和一个老板娘讲定养大为止，这不，都那么大了！生崽儿怎么办？"

"扔了怪可怜的。"

"可怜是可怜，但又有什么办法呢。"阿种皱起眉，看着阿荣和狗说，"阿荣竟也不嫌脏！还跟狗亲嘴呢，让狗把嘴巴整个探到自己嘴里去。"

"可那不是大狗吗?"

"说不清,怕是狗小时的事吧。也真叫人佩服,狗只消叫一声,她马上就睁眼醒来。一直跟狗睡在一个被窝,因我们发牢骚,刚睡下时倒没敢,可到早上一看,狗还不是进来了?! 吃饭有时也跟狗一起吃。"

濑沼心想恐怕是爱狗心切的表现。

"吓死人了! 半夜醒来,阿荣时常不在。"

"唔。"

"你猜怎么着,原来在女佣房的窗下躺着呢,跟狗一起。"

"在地上?"

"是啊,裹着睡衣,睡得香着呢!"

"被也没盖?"

"滚到窗外①去的嘛!"

"胡闹!"濑沼笑道,"不过那富有野味的睡姿,倒是颇带刺激性。居然也不伤风感冒。"

"人家说从出生到现在,不曾晓得头痛是什么滋味。没见过那么壮实的人。"

"看上去倒苗条。"

"嗯,可一进澡堂,最胖的就数阿荣,一身紧绷绷的肉。到底还是长得漂亮好,会打扮,模样又俏。一脱衣服可吓人

----

①窗外:日本传统式民宅的窗口与地板平齐,人直接睡在地板(草席)上面。

一跳。从没见过人家打过哈欠，打过瞌睡，活叫人佩服。即使两三点才睡，也肯定五点半起来，冬天也不恋被窝。干活快手快脚，大概老实待着不动就心里不舒服。每天早上都是阿荣叫醒我的，身体不结实根本做不到。也没听她抱怨过什么，总是那么有唱有笑，欢天喜地地干活，而且快手快脚，一会儿就干完，其他人比不得的。"

"模范女佣啰！"

"真是那样。不知为什么能那样，羡慕死人了。一点辛苦的样子都没有，看着都叫人舒坦。"

"是啊。"

此时，阿荣整理好衣襟折身回来。狗怕也累了，只是围着阿荣脚前脚后地跑动。瞧见濑沼，阿荣道：

"睡懒觉先生！睡魔怔就麻烦了！"说着，突然神情认真地走来，却又忍俊不禁，"扑哧"一笑，捂嘴跑开了。草坪上枯草的气息微微荡漾着女人的汗味儿。

濑沼往浴室走去，连接走廊的踏脚石旁边，那只狗四脚朝天地喘气。

"您可认识一个姓松本的画家？"濑沼问备好早餐等他的阿种。

"松本先生？不认识。是这一带的吗？"

"像是。"

"……有这样的人吗？没听说过。"

"太太化的妆带点洋味儿的。"

"漂亮吗?新近搬来的人可不认得。"

"昨天傍晚,那人的太太去买拖网鱼,路上碰见的。"

"认识?"

"跟他太太以前有过一面之交。穿着双破袜子。"

"去海边新袜子穿不得的嘛!"

"说是阪见先生的邻居。"

"啊,阪见先生?若是阪见先生,他家少爷倒是常来玩的。"

"体弱多病吧?"

"嗯。阪见先生同厢房里的少爷的父亲竹田先生是老熟人,两家少爷又都有病,关系很好。昨天还骑自行车来过。"

"骑自行车不也是姐姐骑着带他的吗?那个姐姐确实不错。"

"漂亮得不得了。那么漂亮,长大了可如何是好。"

"说得妙,我也正这么想。"

"哎哟!"

"小姐没提起松本这个画家?"

"这……跟我们什么也没说,倒也不是有意摆架子,可总有些贵族的味道。人太漂亮了,就很难和其他人打成一片,未必是什么好事。或许阿荣那样的最好不过。"

"阿荣也多少有点儿冷漠,脸蛋上。"

"嚄,是吗?"阿种歪头沉思,笑道,"那么一个好人!"

"还没人提亲,真是奇怪。"

"有啊，多着哩！在这儿已经九年了，听说以前一说要嫁人，提亲的人简直多得都推不开。"

"这么待下去怪可惜的。"

"不过，关于阿荣半点儿风言风语都没有。常说要在这儿做一辈子，说再没有比在这儿更开心的了。"

"瞎说！依我看，像是非嫁人不可的。"

"哎哟，那您戴的就是有色眼镜了。"

"阿荣的家人也够沉得住气的。"

"是啊，这是有点儿反常。我们这样的人大多是为家里出来辛苦的，要是请下假来，首先想回家美美睡个大觉，也想互相从根到梢唠唠家常，人之常情嘛。阿荣可不愿意听这个。妹妹来看望，她也一副厌烦的样子，说什么回家还不如看剧、看电影什么的好。她又不是因为家里没意思或吵架才跑出来的，确实和一般人不一样。"

濑沼觉得由此触及了阿荣性格中的隐秘之处。阿荣之所以能从日本特有的那种亲眷羁绊中解脱出来，无疑是因为其性格深处潜藏着冷冰冰的东西，尽管她也有譬如对狗表现出来的浓浓的情爱，尽管她忠于职守并且总显得那么开朗欢快。其健康的青春之美想必也由此而来。

那水生植物般清爽而丰硕的肢体中，应该蕴含有原始的热情。

抱狗躺在地上的阿荣，同用短裙掩住腹部前往海边买便宜鱼的春子，虽然年龄相仿，但一个表现出生气蓬勃的泼辣，一个则流露出生活困顿的直率，而两人似乎都是女人这一存在的真实形象。濑沼脑海中纷至沓来地浮现出两种不同的生活场景。

这两种类型之上，阪见家的少女犹如仙女，高高放射着光辉。

阿种看濑沼沁出沉思的神情，问道：

"您对阿荣有些意思吧？"

"有的。"

"说得倒痛快。"阿种笑笑，略微低头说，"不过，她那人可不一般哟！"

"那种人要是迷上男人可就不得了，是吧？"

"保准天昏地暗。阿荣吃醋吃得厉害着哩！"

"可能。"

"可不是一般厉害哟！"

"未尝不好嘛。"

"也不知为什么，对客人还吃醋呢，尤其嫉妒带女伴儿的客人。"

"哦？不过，毕竟是在这种地方，难免分心走神。"

"何止分心走神，还偷听偷看咧！这是阿荣的一种病。"

濑沼无言以对，好像自己无意中撞见了不应撞见的东西。阿种到底也红了脸，说：

"这话别对阿荣说哟。"

"嗯。可这不光是吃醋吧？"

"或许。伤脑筋啊,还病得不轻呢!"

"病入膏肓啰!"

"就怪您夸阿荣夸过头了,我才不小心说了阿荣的坏话。"

"夸她的不是你吗?"

"也是该夸,再没她那样的好人嘛。"

偏午时分,濑沼出门钓鱼。这是一条涨潮时海水倒灌的浑浊的小河,河西岸的芦苇已经枯萎。不见一只飞鸟,亦无一片云影。一个寂寥平和的午后,濑沼呆呆地坐着,甚至忘了自己垂下的钓线。

他全然没有料到阿荣有此怪病。但细想之下,倒也无足为奇,甚至于她正相合适。总之,他觉得自己从中窥视到了阿荣肢体的秘密。他不认为这有什么猥琐,反而好像活生生感受到了阿荣这个女人的魅力。毕竟濑沼也是个男人。

从河边可以看到海滨,今天也有起拖网的人在晃动。春子和阪见少女则未出现。濑沼想起阿种说过阪见少女时常同弟弟一道去竹田那个男孩儿的住处,决定从男孩儿住的厢房前面回去。

据说男孩儿做了肋膜炎手术。他大约十五六岁,胖胖的,大眼睛,圆脸盘,仍带有天真烂漫的情态,仿佛又重新返回娇憨的孩提时代,加之家境优裕,天生俊俏,很得女佣们喜爱。举止丝毫没有自以为是的讨人嫌味儿,就连分发头也格外令人怜爱。房里终日重叠垫着三张厚墩墩的棉褥。但天气好时,男孩儿便走到檐廊和草坪上和女佣们玩耍。护士见无事可干，往往自行外出。

濑沼从后门进去。当他若无其事地走到男孩儿房前略一回头的刹那间，险些"啊"地叫出声来。他看见了阪见少女，但是在画上。尽管是画，却比现实中的少女还富有生机。她以高贵而神往的目光，从幽暗房间的壁上俯视男孩儿。男孩儿则静静地躺着，向上看着少女。

那种情态恐怕是画家松本内心世界的外现。濑沼在此再次目睹了画展上的那幅画。构图随意自然，不过是一幅少女的胸像。但较之类似某种穿透力的妩媚，少女脸上体现的更是画家本人无可抑勒的憧憬，濑沼因之留下了印象。少女那如鹰目般炯炯的眼神，似乎带有对男孩儿的怜惜。

濑沼匆匆移开视线。今天同样晚霞满天，一片灿然。远处仿佛有自行车清亮的铃声阵阵传来。

❖ ❖ ❖ ❖

悲剧发生在下周日晚间。夜深时才发觉阪见少女独自出门未归。阪见家打电话到松叶馆询问。去男孩儿房间一看，屋里早已空无一人。护士早早睡了，一无所知。细查之下，男孩儿好像未换睡衣，身穿带有碎白点花纹的久留米藏青色便衣外出了。旋即打电话给阪见、竹田两家，却回答没有回去，于是四下哗然。末班电车也已没有了，两家人便从东京坐汽车急急赶来。松叶馆的男人们往海滨，往铁道，往松林，四处寻找。

濑沼从阿种口里听说,当即如遇闪电似的一跃而起。

"哎哟,行了、行了。怪我把您叫醒,好好休息吧!"

"唔。"

"原以为小孩子家不会有什么,想不到实在大意不得。"

"殉情?"

"总不至于吧!"

"竹田家小孩儿的病怎么样了?"濑沼穿上棉袍问。

"怎么,您这就去看?"

"我去找找。"

"说起病来,那少爷近来像是见好了。听说实际上是肺不好,接着肾又出了毛病,非动手术才行。可那少爷又怕得不行。"

"小姐怕是很同情吧?"

"肯定是。那个年纪,很容易钻牛角尖出不来,不知会闹出什么事。"

说话之间,濑沼来到厢房。十来个人有的大声议论什么,有的莫名其妙地在房间走来走去。领班把手伸进整整齐齐的被窝,煞有介事地说:

"凉凉的,一点儿热乎气也没有——离开有时辰了。"

阪见家别墅的门人、女佣、管家婆也来了。片刻,春子和松本跑了来。春子脸色发青,浑身发抖,悄然拉着丈夫的袖口,以目示意。松本随即"哦"一声,惊得踮起脚尖,对着墙壁发疯似的喊道：

"这……这画原来在这里！证据！证据！"

继而不知想起什么，三两步扑上去一把摘下画，单手拿着呆立不动。这时间里，或许意识到众人正目瞪口呆地注视自己，又顿时没了精神，说：

"画在这里，事情就不难明白了。是小姐自己拿来的不成？"

说话时他也显得不胜悲痛，一副失魂落魄的样子。而后折回春子身旁，目不转睛地盯视画面。春子像安慰丈夫似的热泪盈眶。那张焦黄的脸上仍涂着雪花膏，看上去竟如幽灵。濑沼不由心想：这对夫妇也是这场悲剧中的人物。松本这清贫的画家从阪见少女身上觅得艺术灵感，进而怀有向往之情。春子对此肯定一清二楚。

这场悲剧中的另一人物呢？濑沼用视线寻找阿荣，只见阿荣坐在人群的阴影里，扑簌簌泪流不止。知道这对少男少女热恋详情的，大概唯有阿荣一人。两人若真的双双殉情，阿荣很可能是尾随其后，目睹两人之死后才回来的。想到这里，濑沼也因一阵冰冷的胸悸而奇怪地发起抖来。

阿荣明知少男少女的恋情却没有告知任何人，而只是一个人偷偷幸灾乐祸——可以说阿荣是在吮吸少男少女的血。为什么四处寻找而不质问阿荣呢？濑沼低头向阿荣看去。阿荣似有所觉，抬眼一扫濑沼，旋即猛然低头，像被人推倒似的往前瘫倒在地，剧烈地抽咽起来，样子极富性感而又冷酷。

濑沼由此联想起骑自行车的阪见少女。想必春子迟早有一天会劝丈夫把在自行车后座上带着弟弟而在夕晖中升天的少女移上画幅。

山　雀

从报纸上得知木曾上松镇发生大火，松雄招呼妻子：

"那只山雀怎么样呢？……"

听语气，似乎同去木曾的是妻子。

要是谈那只山雀，怕是找错对象了吧。治子本想这样抢白丈夫，却未出声，兀自看那报纸。远处乡间小镇的火灾，东京的报纸不可能详尽报道，一眼即可扫完。

"又没说有人死伤，山雀也肯定给那户人家拿着躲开了。"治子尽可能轻描淡写地说。

"噢，那不要紧吧？"松雄的口吻俨然在说治子比他更晓得那只山雀。少顷，又自言自语嘟囔一句："蛮不错的山雀咧。"说着，略微低下头，怔怔地眯细眼睛，一副谛听山雀鸣叫的表情。治子也不由侧耳去听似将传来的清脆的鸟鸣。

在治子看来，丈夫真像想起了山雀的鸣啭，而不像是记起他领去木曾的那个女人。虽然治子仍有怀疑，但丈夫那副不无孩子气的神情使其发生了动摇,她相信丈夫不至于连同山雀记起那个女人。然而这不意味着事情就此了结。对治子来说,丈夫想起山雀还不如想起女人。

"装在四方形的双层笼子里,挂在账房的柱子上来着。挂得高,说不定慌乱中飞走,再不给人记得了。"

听丈夫絮叨不止,治子觉得不忍,自己也好像脊背有些发凉。

"还有比山雀更宝贵的吧。"

想来,应有不少房室被烧,许多人受困。而对于松雄,却好像唯独一只山雀令他念念不忘,未免咄咄怪事。

可是,假如在上松镇上一无亲人,二无朋友,那么松雄放心不下的仅是一只山雀,或许情有可原。人的确有这样一面。何况那只山雀若果真如松雄所说堪称名鸟,在上天严格的天平上,一只小鸟很可能比一座镇子的一切还要贵重。人们为此而舍生忘死的例子在历史上比比皆是,甚至有人为取宝而投火身亡。

由于丈夫带来的寂寞,治子有时也这样凝眸远视。

不说别的,婚后好几年时间里,自己难道有一次比丈夫先睡的吗?起初,因为夜夜比丈夫入睡得晚而又总是不必要地醒来,她甚至以为女人命该如此。如今则早已懂得这类事是非常普遍的。

"还是把山雀买回来好了!"松雄说。

"嗯。"治子点了下头,"你这人好在很快就不打自招。"

松雄为了不使治子发觉自己偷欢而未买回来，结果无济于事。他总是禁不住很快自行道出。

当时松雄离家两三天，回来后到处钻鸟店找山雀。治子正觉纳闷儿，丈夫提起东京的鸟店没有在木曾上松听到的叫声那么好听的山雀，随口道出领去的那个女人。他还说在去寝觉床途中为这山雀同女伴吵了起来。

为了观看寝觉床风光，两人在上松下了火车。还没离开出站口，松雄便听得山雀鸣啭不止。女伴则全无所闻。松雄循着鸣声匆匆急行，最后发现木材店的账房里挂着山雀笼，便在门口听得忘乎所以，良久叹道：

"妙！妙！名鸟啊！"

说着走进账房。木材店老板锐利地瞥了松雄一眼后，仍低头查账，神情冷漠，并无得意的样子。松雄也不打招呼，一屁股坐下来，听老板讲那山雀。此前松雄并不格外喜爱山雀，对山雀近乎无知。

老板夸说，名鸟是出于直感。从老板如数家珍的口气听来，他的直感似乎不错。说起来，松雄这人原本就是因出奇敏锐的直感被看重，工作中才得以自由自在的。他所在的公司是个庞大的组织，从各种机械制造到矿山、不动产、银行、保险、运输、纺织，几乎涉及所有行业。他并无一定的职衔，亦无叫得响的专业，只是凭直感嗅出种种项目的可行性，提供参考。看似无足轻重，薪水却相当丰厚。可以说，乃是一种奇妙的成功者。尽管口称"不可贪而无厌"，但还是随心所欲地购买陶瓷等古董之类，有时也购置房地产，大多是偶尔低价入手的奇货，意外赚了不少。不过终究属于淡泊如水的人物。

"你这种算命先生式的人，哪个公司都有？"如今的世道讲究科学，治子对丈夫的工作多少怀有不安。

松雄不屑地说：

"有没有倒不清楚，反正公司不肯放我，生怕我到别处去。别把我同算命先生混为一谈，我这是一种艺术。"

他还说，倘若工作过于刻板，赖以为生的直感就可能钝化。不过，虽说他对工作总是那么踌躇满志，但日常形象却又显得何等寂寞啊！也许那是嫁与这种男人的女性的寂寞的叠影。

信州之行，也是为了凭直感物色可以建别墅的地方。他会不客气地提出在某种情况下需带自己心爱的女人同行。

上松木材店的老板大概将松雄视为喜好山雀的同好，所以不厌其烦地描述上松一带山雀鸣啭比赛时的情景。女伴在门外百无聊赖。松雄热切希望转让山雀，主人一口拒绝，说任凭多少钱都不出手。

松雄不忍作罢，走出店门，三步一停两步一回头，听那鸟鸣。如此快走出上松镇时，木材店的一个小伙计骑自行车追来，说山雀可以卖，三十日元。

松雄打算马上返回，可又觉得带山雀回家，治子难免察觉出女伴的事来。虽说同是信州，但公差是在北信浓那边，并非木曾。谎说顺便拐到木曾游览一下寝觉床似也未尝不可，但松雄晓得自己不善于说谎，会马上露出马脚，于是要求由女伴代养几天。女伴由于刚才便已对山雀忍无可忍，因此不肯答应。松雄顾不得当着木材店小伙计的面，像孩子似的苦苦央求，女伴却硬是不允。这么着，他一味就山雀说个不停，根本没观赏什么寝觉床。

同那女伴似乎不久便分手了，大概不至于完全因为山雀。他的女伴总是长久不了。

治子想反正长久不了，好几次在心里都原谅了松雄，并以此来说服自己。冷静想来，这也是一桩怪事。起初她无法相信会有那么多女子跟随有妻室的男人，而这种幼稚的怀疑消失之后，却又产生了另一个不易解开的谜团：那些女子何以那么迅速同松雄分手呢？难道松雄存在那般严重的缺点不成？莫非唯独自己被蒙在鼓里，同这个不该长期相处的男人久久生活在一起吗？这恐怕是不能仅仅用妻子有别于情妇所解释得通的。

话又说回来，分手的女伴们一次也未曾找上家门埋怨松雄。依松雄的说法，分手后女伴们没有一个怨恨他的。当然松雄也并不把对方贬得一无是处。

女伴的事一旦被治子知晓，松雄回到家后反倒毫不造作地和盘托出。通常，治子那种时候只是不动声色地听着，心里却睁圆悲伤的眼睛，直瞪瞪地逼视丈夫。

看上去，松雄甚为轻易地将分手的女伴忘诸脑后。治子则忘不了。结果，松雄忘却的女人便由治子一一记在心里，似乎替松雄记忆成了治子的一项义务。也不限于女人，夫妻间好些事往往都由妻子记着，只是松雄家未免过分了一点儿。

对女伴一方来说，随着生活的变化，也未见得总在心里牢牢记着同松雄的交往。松雄也忘在一边。而单单由作为第三者的治子一人深深铭刻在心——这算什么事呢？

松雄十分疼爱孩子，一个三岁的女儿非由自己搂着睡觉不可。

"像你可就麻烦了！"治子说。

"哪里，女孩没关系。"

"喂，睡前可别忘了把尿哟。"

"晓得。"

说罢，松雄熟练地抱起孩子去了厕所。望着丈夫的背影，治子真想大笑。在别的女人那里，松雄到底是怎么一副德行呢？

"要是你去，上松那只山雀肯定买回来了。下次一块儿去。"

话是这么说，而下次领去日光的，仍是别的女人。

那是小鸟叫得正欢的入梅时节。松雄眼望华严瀑布，耳朵听的却是山雀和知更鸟的鸣声。在汤之湖钓鳟鱼的时候，每当山雀叫起，他也都只顾数山雀的鸣声。清脆嘹亮的鸣声回荡在湖面上，的确动听得很。但回来后不久告诉治子，没有一只能连续叫上七八声，同木曾上松镇的那只名鸟根本无法相比。

到了日光站,他再次想起山雀,一路只看镇上的鸟儿。已是日暮时分,女伴口出怨言。这镇子流行白眼鸟。好不容易找到一家鸟店,店主人主要做木工,出于爱好而喂养雏鸟,买卖甚至做到了东京。进得小巷,深处一座小窝棚样的房子里,连个坐处也没有。白眼鸟仅有三只。木工说他对白眼鸟的兴趣远远大于山雀,随即大讲白眼鸟。松雄站到三个鸟笼中的一个跟前,那是木工引以为豪的一只。可是松雄并未产生像对上松山雀那样的激情。

"不是什么了不起的鸟吧。"

听松雄如此一说,木工怕是错把他当成了玩鸟行家,白眼鸟身价顿减。松雄觉得既然如此,买一只也无妨,便又开始央求女伴饲养。女伴嫌麻烦,不肯答应。他在毛毛雨中跟着走来走去,绉纱外套弄得潮乎乎的,愈发没了好气。

跟治子提起此事时,松雄也似乎没怎么把日光的白眼鸟放在心上,同木曾山雀那次不同。

木曾山雀是前年初秋时的事,日光的白眼鸟则是去年初夏的事。那个跟去日光的女伴不久也同松雄分手了。

不知何故,从今年正月开始,松雄陡然发起胖来,他自己很烦恼。脸本来就有些鼓胀,稍一低头就俨然像个女人,成了双下巴颏,耳轮也厚墩墩的。眼睑倒有些柔和的意味。每当从侧面或后面看去,总是奇妙地给人以某种寂寥感。

"胖法不大自然,怕是哪里出毛病了吧。"

"喝酒过度嘛。最好稍稍节制点儿……"治子说道。她近来不像有女人的样子。

"不怕，想瘦就瘦得下来。"松雄笑笑，"对了，你不是也胖了？"

"是吗？……"治子端详自己的手腕和膝头。

"孩子也不要紧了……"松雄自言自语似的说。

别自以为得意——一股怒气突然从治子心底涌起，她闭起眼睛死死克制住自己。假如夸张点儿说出没有一天不想离开丈夫，松雄将惊愕到何种程度呢？

蓦地，松雄换上孩子般喜气洋洋的笑脸道：

"大家都说我这人运气好，天生该占便宜。我从未考虑过自己要得到什么，却又什么都不缺。"

"哪有那种事呢？怕是过于自信了吧。"

"是不至于那样。女人也都不尊敬我的！"

治子怀疑自己的耳朵听错了。

梅雨连绵的一天里，治子整理抽屉时发现有的东西发霉了。她最讨厌东西发霉，慌忙把所有东西都往外掏，正掏着，有客人来访。先听见的是小鸟的叫声。来客说是木曾上松木材店的，因买卖上的事来东京，顺便把山雀带了来。

治子无端地感到格外狼狈。木材店老板诚然看得出前年丈夫领去的女人不是妻子，但现在目睹治子又会做何感想呢？

治子说丈夫不在，木材店老板说好容易带来的，反正先放下再说。

"还要待两三天时间,要是有什么想法请往旅馆打个电话,我再来商谈也不迟。"

"啊,不过,丈夫情绪多变,说实话这以前从没养过鸟儿。"

木材店老板觉得莫名其妙,大约以为治子在说谎。终归,治子付了款,二十日元。比丈夫说的少十日元。

傍晚松雄回来,兴奋得跟孩子似的,围着鸟笼转来转去。

"真是当时那只鸟吗?过后我才想到,说不定拿来的不是那只,怪不放心的。"

"不,是那只,一点儿不错。"

不料四五天后,又有人——这回是日光那个木工——送来了两只山雀。治子笑着照收不误。价格也便宜。

松雄从公司回来,刚听得叫声,就一下子顺手打开笼门,把两只一齐放飞。

"喂、喂,这是怎么说?"治子连忙跑到院子里追鸟。

"那鸟不行的,算了、算了。"

治子默默地望着山雀逃去的天空,望了好一会儿。由于丈夫过于果断,一点儿也不觉得可惜,自己连牢骚竟也发不出一句,甚至多少动了对丈夫的尊敬之情。

而那木曾的木材店老板和日光的木工师傅在丈夫已经忘掉山雀的时候特意来东京送鸟,也使治子不可思议。

不仅如此,这只令人想起那个女人的小鸟每天由自己侍弄,也令治子哭笑不得。

松雄不在期间，治子坐在笼旁，专心致志地看着山雀，看着这鸟中也算小的鸟。名鸟的鸣声清越而嘹亮，急切切持续不断，脆生生掠过胸际。她闭目合眼，忘情地听着，仿佛某种由仙境直达丈夫生命的东西一路鸣奏而来。治子独自点着头，眼睛湿润了。

琼 音

据说,治子临终时也听见了"琼音"。

把两三块勾玉用丝线穿起来轻轻地一摇,玉与玉相碰便有细微的声音发出,治子将这声音称为"琼音"。

治子有三块钩形玉坠,使之发声时,便用两块或三块相碰。她说较之许多玉的和声,还是两三块的更为动听。

作为纪念,我分得一块治子的勾玉。

"穿在怀表链上什么的……"治子母亲说,"就是稍大了点儿……"

作为怀表链的饰物,确实大了些。好在我的怀表是老式的,很大,便依治子母亲穿在了表链上。

怀表是旧玩意儿,也无甚出奇,不过有五十几年罢了。而勾玉却是地道的古物,是古代日本的遗物,可能追溯到神话时代。大概同三种神器①中的八尺琼勾玉年代相近吧。

---

①三种神器:日本天皇历代相传的三种宝器,分别为八咫镜、天丛云剑、八尺琼勾玉。

假如八尺琼勾玉果真如字面所示，是将很多玉用八尺丝线穿起来的，那么玉的数量将是多少呢？那么多数量的玉又全部是怎样的美玉呢？虽贵为三种神器之一，但在古代日本凑齐清一色的美玉恐也远非易事。我得到的这块勾玉，说不定放在那些勾玉中也毫不相形见绌。据说是上等古玉。

遗憾的是，我对古玉一窍不通，就连治子的勾玉是翡翠还是琅玕都浑然不晓。琅玕莫非是翡翠的一种？治子父母也稀里糊涂。

"是翡翠吗？"我问。

"啊。"

再问"是不是琅玕或琅玕是不是翡翠的一种"，看情形也还是以一个"啊"字回答。

勾玉是治子祖父留下来的。

就"琼音"这一古语来说，我也只知其含义大约是"轻微""倏忽"或"似有若无"。至于"琼音"的词源是玉与玉相碰之声，还是玉的瞬间摇曳，我则不得而知。但因治子似乎以玉音为其词源，我也只好那样认为。

倘若问考古学者或国语专家而得到否定的回答，幻想势必破灭，还是不问为好。

另外，"琼音"虽是古语，但究竟是勾玉时代即已有之，还是后来才产生的呢？是《万叶集》中便已出现，还是直到《新古今和歌集》仍未面世的呢？如此追索下去，恐也同样葬送一场梦幻。

还是以治子的"琼音"为"琼音"好了。

治子所说的"琼音",我只听过一次,那是将勾玉作为纪念物分开的时候。三块勾玉由我和濑田,加上治子的妹妹礼子三人接受,自然每人分得一块。也就是说,从此以后,再也不可能听到"琼音"了。

当时,治子母亲把三块勾玉用丝线穿起,悬在自己耳畔,轻轻晃动。

"像小鸟的叫声吧?"

我侧耳细听。

"濑田,治子可给你听过?"

"啊,没有……"濑田嗫嚅着,脸唰地变红。

"琼音"的确像小鸟的鸣声,如"琼音"意为"轻微"那样,鸣声并非高音,恍若静静的梦。想不出是什么鸟,总之我听过这种鸟鸣,似乎是小鸟最安详得意时的低吟浅唱。无疑是日本小鸟的叫声,叫声妙不可言,大概并非是一种鸟或一只鸟的鸣啭。

我听得心神荡漾。

治子母亲止住"琼音",把青色的勾玉放在白绢上。

白绢原本铺在小桐木盒底部,像是双层缝合在一起,中间夹有棉纱。勾玉被包在紫绉绸里,放在白绢上面。

现在白绢垫被取了出来,小盒底露出一个叠着的纸条。见有墨迹透出,我问:

"上面可写着勾玉的来由?"

"没。"

说罢，母亲取出纸条打开，写的是两首和歌①：

琼音何袅袅，
昨夜愁闻声未杳，
相思又今朝。

空舍临秋风，
玉露涟涟泪涟涟，
肠断魂归前。

"噢。"我伤感地注视良久，但不晓得出自何人之手，对和歌我是外行，"是治子写的吗？"

"嗯。"

"病重以后……"

"是啊，大概是知道自己不久人世之后。以前好像没有的。"

我看着壁龛里挂的治子的遗像，很大，框上披着黑纱。像前一侧放有李朝②的一个大白瓷罐，满满插着浅红色的玫瑰，有花无叶。

---

① 和歌：日本传统诗歌形式之一，五句三十一音（字）。译作未受此限。
② 李朝：李氏王朝（1392—1910），朝鲜半岛历史上最后一个统一封建王朝。

遗像上治子的双眼皮也很漂亮。由于清瘦，下巴颏的形状更加分明：唇下的隆起变得又圆又细，略略向前探出。整个面庞也如这眼睑和下巴一样楚楚动人。目光也是喜欢沉思的人所特有的。虽说相片上的人已离开人世，但那副沉思默想的神情仍使她活生生朝我走来。

我将目光移向礼子。

礼子年方十七，还在上学，长相虽同姐姐相仿，但由于没有恋爱体验，脸上尚未出现感情的沉淀和成熟的风韵，要达到她姐姐那个境界，恐怕需经过相当的陶冶和洗礼。形虽似，而神似与否则另当别论。礼子线条柔和，感觉不出锋芒。

我再次把目光转回治子。如果没有黑纱，完全是活人的相片。这也难怪，相片是活着的时候照的。但面貌相似的妹妹坐在栩栩如生的遗像前，这光景总使我觉得有些奇妙。

"临终的时候，眼睛怕是看不见东西了，耳朵估计还能听见，就把勾玉拿到她耳边碰响来着。"治子母亲边说边又摇晃勾玉。

"声音大概听出来了，姐姐稍稍动了动眉头。"一旁听着的礼子这时略微蹙了一下眉头。

"您自己听一下？"治子母亲把勾玉递给我。

我拉起线头试着摇晃，并无悦耳的声响，声音粗俗混乱。看来这里边也颇有讲究。

"用劲太大了，再轻一点儿，幅度小点儿……"

"这样？"

"对了。"母亲点了点头,"治子倒高明得多……"

我把勾玉递给濑田。濑田也和我一样,弄不出好听的声响。

"姐姐还挂在脖子上晃动过呢!"礼子对母亲说着,把勾玉线套上脖子,在脖后系住,然后晃了晃脖子,"不响啊!"

但我听见了声响。

礼子连肩一起摇晃,同样有"琼音"发出。

礼子看样子刚放学回来,仍一身校服,脖子上当然不适合佩戴勾玉。这种呆头呆脑的首饰对任何现代人都很难合适。礼子像是把丝线系得短了,勾玉大头触到喉下,小头垂及校服领口。虽有些不伦不类,但礼子似乎仍带有胎毛的脖颈则因此而显得很是娇羞。

我想到古人。古人是怎样随着身体的动作听到"琼音"的呢?可惜我对勾玉时代的风俗不甚明了。对课堂上的历史参考挂图倒是依稀有点儿印象,记得那把几块勾玉用丝线穿起来的饰物,大约勾玉与勾玉之间隔着什么,并非把一块块勾玉直接穿在一起。如此看来,勾玉大概不至于随着人体动作而相碰作响。可是,难道就不会想其他办法听到"琼音"吗?

尤其不能在爱恋时听到"琼音"吗?我转而联想古人在爱恋时的"琼音"。

这大概是因为我目睹礼子把三块勾玉贴在喉下轻轻地摇晃脖颈,微微地摆动肩膀,同时也是由于我随之听到了

"琼音"。

想象中的勾玉古人形象,恐怕也叠印有勾玉治子的面影。毫无疑问,治子曾像礼子现在这样将三块勾玉戴在脖子上使之发出"琼音"。礼子是在模仿姐姐。

于是我又推想:治子爱恋时是否曾把勾玉戴在脖子上呢?有没有让恋人听过"琼音"呢?既然治子喜欢"琼音",女性爱的智慧自然会在这方面巧做文章。

倘若我现在听到的"琼音"能够从怀抱中的女性的脖颈上发出,那将是何等美妙的情语啊!

治子母亲刚让我们听"琼音"时,我并没有联想到爱恋时听到该有多妙,而是在礼子用脖颈晃响时才有如此联想的。对此自己都有些吃惊。

对了,治子母亲刚才问濑田,治子是否以前也让他听过"琼音",濑田支支吾吾地一阵脸红。如果听了,想必是在爱恋之时。我对濑田产生了妒意。

而且这种妒意含有无可排遣的悔恨——治子已经死了,无法抱着她听"琼音"。

虽说"琼音何袅袅,昨夜愁闻声未杳,相思又今朝",但终究"空舍临秋风,玉露涟涟泪涟涟,肠断魂归前"。

治子的情况正如勾玉盒底的这两首和歌一样。

我甚至觉得,自己始终未能从治子的脖颈上听得"琼音",致使自己失却了终生的幸福。这种说法听起来也许是卑劣无聊的遁词,似乎是说想爱治子于死后,但我确实认为再无第二个女性能在爱恋时让对方听到"琼音"了。

可是，治子在爱恋时是否真的让对方听得琼音，这点只有问濑田才能知晓。

濑田是怎样注视妹妹礼子在脖子上摇响治子的勾玉的呢？我正要观察濑田的表情，礼子却从脖子上解下勾玉，放在白绢上。

治子母亲抽下勾玉的丝线，交给每人一块，说在我和濑田今天来之前，就已商量好把勾玉作为治子的遗物分开。

濑田接过勾玉，放在手心看了一会儿问：

"有没有东西包……"

"有的。"治子母亲把一小块紫绸递给濑田，转而对我说，"也给您点儿什么包起来好吗？硬玉，就那么放进衣袋也是可以的……"

濑田用小块绸布把玉包起来装进衣袋。年轻的濑田对勾玉似乎比我还没兴致，对"琼音"好像也无动于衷。如此看来，濑田应该不曾听得治子爱的"琼音"。

礼子把勾玉放在白绢上装入小盒。

"是按年龄大小分的。新村的勾玉最好，其次是濑田，再次是礼子……"

同三人和治子关系的亲疏正相反。

"对勾玉我什么都不晓得，不过送给新村的，据说是块好玉。古代的勾玉也好，现在的翡翠也好，看法上都是一样的吧。"礼子母亲补充道。

"这样一个个分开,不就再也听不到'琼音'了?"我说。

"治子不在,家里也就没人听了……治子的忌日要是二位能来,请把勾玉带来,就又能听到'琼音'了,是吧?"

主意不错。我对濑田说:

"下个月忌日就把勾玉带来好了!"

若分开的三块勾玉在忌日那天聚在一起,想必治子的魂灵将为听这"琼音"而返回家中。

我把丝线剪短,系在怀表的银链上。

车过赤坂见附时,发现通往清水谷公园的桥对面的一片嫩绿丛中,有八重樱正在开放。桥中间栏杆上挂着鲤鱼旗。时值四月末,五月端午快到了。晚春与初夏之交,正是满月生辉时节。绿得柔和,里边的八重樱也开得柔和。于是我掏出勾玉,放到一只眼前,将另一只眼闭起,准备透过勾玉看城壕①对面的树木。啊,真是漂亮!我不由舒了口气。其实隔着手指肚般厚硕的古翡翠是不可能看见对面的,不过是勾玉本身显得透明。

深绿色?翠绿色?总之绿得出乎意料,是胜于青的绿,漂亮得不像是这人世间的颜色。勾玉本身虽然透明,但其颜色内敛而不外泄,仿佛里面别有一个浓墨重彩的世界。梦的长空?梦的沧海?一个美丽的五月。

我家里没有玉,说不清楚,莫非当今最珍贵的翡翠亦呈如此色彩?古代日本大概不产翡翠,实在难以想象勾玉时代

---

①城壕:日本皇宫周围的壕堑。

的人是怎样珍视、怎样磨砺这块翡翠的。

车从赤坂见附往四谷见附驶去。由于刚刚惊叹过勾玉中的颜色，树木的绿看起来格外清新。右侧是城壕对面的绿丛，左侧是朝原赤坂离宫方向升攀的映在水中的树林。两侧林木却蔚然涌出色调不一的嫩叶。路旁的树大概是银杏或悬铃树，刚刚萌出嫩叶。从车中看这新生的叶片，分不出是银杏还是悬铃树。叶太小了，加之是新绿，树干显得黑乎乎的。而黑乎乎的树干又使新叶甚为楚楚动人。眼前一片朗然。

蓦地，黑色的树干给我的心投下了阴影。我想起治子母亲说过，治子是因梦见竹子的黑干而知其不久人世的。虽然梦里的事难以说得明白，且是间接听来的，但黑干幻影的出现应是不容置疑的。阵风徐来，雾霭流移，竹梢随风摇曳，罩在雾霭之中，雾霭间带紫色。紫雾已非世间常色，更离奇的是竹干全部漆黑一色。相当粗大的黑竹干重重叠叠地簇立着，竹叶与现实中的同是绿色，唯竹干黑得奇异。治子梦醒之后，黑竹干仍留在她心中。

竹中有一种黑竹，水墨画中也有黑竹。但梦中的黑竹干则无法与之发生关联，令人悚然。治子视之为凶兆。

"梦后两三天，治子还瞒我来着。她说这话一旦出口就活不成了。"母亲说。

母亲只说治子梦见黑竹干，前后情节全不明了。治子在梦中做什么了？一个人吗？

尽管在光天化日之下的街道上乘车疾驰，但我脑海中勾勒起风与雾霭中的黑竹干来，也还是觉得不寒而栗。路旁不知是银杏还是悬铃树的黑干固然健康向上，而若换个看法，黑干毕竟令人黯然神伤。路旁的树干固然干得发黑，梦中的竹干怕是湿得更为漆黑吧。

我再次掏出勾玉。这回没有像在赤坂见附时那样贴在眼睛上贴得那么近，而稍微离开眼睛对日光望去。勾玉中那绝世的黛绿似也含有绝世的浓愁。从古至今，勾玉都是贵人的陪葬品。同时入葬的人体在形销之后是否骨存尚属疑问，但勾玉则丰美如初，度过悠悠岁月被挖掘出来，而有三块聚在治子手上，发出类似小鸟低鸣的声响。我想起刚才在治子的遗像前听到的"琼音"。

四五天后，濑田找到我家。

"那以后一直噩梦不断，我想，说不定是勾玉作怪，心里就怕起来。你什么事也没有？"濑田说。

"这……"我想了想，"像是什么事也没有啊。"

"是吗？难道是我神经过敏？"

"噩梦？什么噩梦？……"

"最讨厌的梦是关于脑袋里的血管的。睁眼醒来倒不记得对方是什么人了，只记得五六个人相互拳打脚踢，我也掺在里边。不知是被打得一塌糊涂，还是累得一塌糊涂，我一下子昏迷过去。头皮松弛，到处是软乎乎、松垮垮的皱纹，都能大把抓起。用手一抓，只见粗大的静脉就在那皱纹里边。不知是谁，还用手指捏住静脉胡乱揉搓。又听到其他人大叫什么，别动血管，别动血管！我心想这下怕是活不成了。对给人揉搓得皮肤松弛了的头部静脉，我倒不觉有什么痛苦，只是心里很不好受，说不出是什么滋味。"

"梦是够糟糕的！"我蹙起眉。

"莫不是勾玉叫我做的梦？"

濑田的梦比治子做的黑竹干的梦还使人在生理上感到疲惫无奈。

濑田从衣袋里取出勾玉，放在我的桌子上。勾玉仍包在那块紫色的绉绸里。

我拿起濑田的勾玉，又把我的勾玉从怀表链上解下，用丝线把两块玉穿起。

"已经约好在治子忌日那天把三块玉凑在一起听'琼音'……"说着，我提起来摇了摇。

"和三块玉发出的'琼音'不一样吗？"问罢，我看着濑田的脸。

濑田看样子并未倾听"琼音"，他几乎毫无兴趣，说不定心里以为"琼音"纯属儿戏，而暗暗觉得我好笑。

我倒是觉得上次在治子家听到的三块勾玉的"琼音"同现在两块勾玉的"琼音"似乎有所不同。但若濑田表现出的兴味索然亦属理所当然，那这微弱的"琼音"恐怕真的堪称一世绝响。

我把勾玉从丝线上取下，给濑田递去一块。但濑田并不伸手，我遂将两块摆在一起。治子母亲说是按年龄大小分的。

果如其言，我的勾玉与濑田的成色一目了然。濑田的勾玉整个颜色浅淡，有几处发白，不知是原本如此，还是在土中褪色所致，总之两块勾玉质量相差很大。我拿起濑田的勾玉对阳光看去，里边没有我的那种浑厚的光晕。

"你要是喜欢'琼音'，我的玉放在你这儿也是可以的。"濑田瞥一眼勾玉，"我想试一试没玉之后还做不做梦。"

"我同治子没有她和你那么深的缘分，即使把两块玉放在枕边，怕也不至于做梦的……"我说，"不过，是你有负于治子吧。"

濑田沉下眉宇，眉很粗。连鬓胡都刮得发青。手指上都长有黑毛，眸子也像毛色一样深。长脸盘，肤色发黑，一副堪称野性都市人的风貌，看不出会为病态的梦境所困扰。他露出白生生的牙齿一笑，便有睿智的魅力漾出，却又陡然敛起笑容——或许个性虽强但缺乏自信。

"因为治子死了，所以人们可能说我有负于她；如果治子还活着，该说她有负于我也不一定。"濑田冷冷地说道。

我也针锋相对道：

"不过，说你有负于治子仅仅是表面上的，毕竟对死人是无所谓负不负的。治子至死都在爱着你，所以谈不上你有负于她。对于你们的恋爱过程，我固然不大清楚，但我很同情治子。在我的想象中，是通过治子的爱来描绘你的。即使同你对坐的现在，恐怕也是如此。"

我想起在赤坂见附自己曾把勾玉对着眼睛。我是想透过勾玉来看对面的林木，但看到的只是勾玉中深沉的色彩。

"假如你并不十分爱治子或不十分了解治子，那么治子的爱便蕴含在那种爱之中，在我看来有时候甚至显得更深厚沉稳。"

濑田并非我很要好的朋友，加之治子已不在人世，我早已失去对两人终成眷属的期盼。因此，将治子的爱或爱恋中的治子，像对勾玉那样视之为独立于濑田之外的存在亦未尝不可。纵使治子眼下能宣称因死而爱，治子所爱的也可能不是现实中的濑田，而是虚构的人物。

濑田对我说想把勾玉还给治子母亲。濑田来我这里，大概也是出于内心的苦闷和烦恼，而不仅仅由于为噩梦所困。但在对坐的时间里，我已没兴趣再听濑田的自白。濑田还说勾玉太贵重了，退还为好。他听人说最好的勾玉价值三十万至五十万日元，我也吃了一惊。治子母亲给我们时恐也不知勾玉的时价。以新翡翠的市价来看，勾玉也的确身价不凡。而在古代日本，钩形翡翠的价值更是我们今天所无法想象的。

"可你还了，治子忌日那天怎么办呢？"我说。

治子五月份的忌日，在我们分得勾玉半个月以后。这天细雨蒙蒙。

治子的遗像仍在原来的位置，李朝的白瓷罐里同样满满插着浅红色的玫瑰。四人的座位也上次一样，只是今天治子的妹妹未穿校服，而是一身清清爽爽的便装。

庭园梅树下，山白竹叶片湿润润的。新叶初萌，柔嫩嫩的，还看不出是山白竹。梅树叶也有的仍很稚嫩，使我蓦然联想起少女的秀发。礼子的秀发散在脑后。古梅树干淋了雨，在圆树中最显发黑。

我一边从怀表链上解下勾玉，一边小声问濑田：

"那以后没再做梦？"

濑田大约没有听见，不声不响地从衣袋中掏出勾玉。

"讲好给治子听'琼音'的。"治子母亲把三块勾玉穿在丝线上。母亲并不知道那以后我曾同濑田一起听过"琼音"。母亲把三块勾玉提起来轻轻摇晃，眼望治子的遗像。

我也看着治子的遗像。如小鸟鸣啭般的"琼音"，治子可听到了？我侧起耳朵。

听起来，"琼音"仿佛是荡漾在生死之间的喁喁私语。

"治子常去新村家，可说过什么？"母亲问。

"啊……"

我女儿比礼子低两级，两人很要好。因此礼子的姐姐治子也开始到家里来玩。治子坦率告诉我，她有个恋人叫濑田。而我不过是端详了处于恋爱之中的少女的娇美。莫如说是治子死后，我才觉得她很令人依依不舍。柔情也真是奇怪。

治子母亲把勾玉递给礼子。礼子仍把勾玉系在脖子上，摇头晃肩奏响"琼音"。

但我没像上次那样产生治子在爱恋时是否让濑田听过"琼音"的官能幻想，而觉得似有女性微妙的生命由姐姐流向妹妹。

如果濑田退还勾玉,我也想把勾玉还给治子的妹妹。

细雨中新叶的绿色从庭园映到了礼子的脸庞上,好像也映到了治子的遗像上。

富士初雪

"富士山有雪了！喏，是雪吧？"二郎道。

歌子也从电车①窗口往富士山看去。

"不错，头场雪。"

"不是云，是雪，是吧？"二郎叮问。

富士山云絮缭绕，在晦暗的天空下，白云与山巅的白雪很难分辨。

"今天，是九月二十二号吧？"

"嗯。明天是彼岸②正中间，秋分。"

"年年到这时候富士山都下雪，怕是头场雪吧……"说到这里，二郎若有所觉地继续道，"不过，还真弄不清是不是头场雪。我们看富士山有雪，在今年的今天是第一次。也可能

---

①电车：电气列车。
②彼岸：日本称春分、秋分及其前后三天为彼岸。明治维新后废除农历，改用公历计，故时间与我国不同。

富士山在这以前就下雪了。"

"报纸上不是登了吗?配一幅很大的照片,说是'富士初妆'。"

"什么时候的报纸?……"

"应该是今早的报纸。不是昨天的晚报。"

"我没注意到。"

"是吗?你订的报纸和我家的不一样。"

"是吧!"二郎苦笑。

"和报上的照片一模一样。上面写到是用报社的飞机拍摄的,云也是这个样子……"歌子见二郎默不作声,补充说,"报纸是今早的,照片应是昨天拍的。昨天、今天云都是一个形状。云本来是动来动去的,形状却没变,也真是奇妙。"

二郎想,歌子说是"一个形状",其实不至于对报纸上的富士山照片看得那么仔细。

作为证据,歌子是在二郎说"富士山有雪"后才往山上看的,此前并没有注意。假如"富士初妆"那张照片打动过歌子,那歌子应当在乘上伊东方向的电车后比二郎先看到富士山才是。

电车驶过大矶。

想必歌子在听二郎说"富士山有雪"而目睹富士山之后,才想起今早报纸上的照片。十之八九的人都不会那么细看报纸上富士初雪的照片。

倘若富士山的云果真如歌子所说,昨天、今天一个形状,那将使二郎对大自然产生一种恐慌感。

不过，即使歌子今早的确被富士初雪的照片打动过，也应该在同二郎上车后忘诸脑后，这或许才是正常的。

同二郎乘电车去小田原这点，歌子今天一早就已知晓，因此她不是不可能记着报纸上的照片，以便在看到富士山时作为话题提起初雪，只是眼下她恐怕不会有此闲情逸致。

歌子七八年前同二郎恋爱过，而结婚却是同别的男人。她近日离了婚，今天同二郎去箱根，要想的事很多。

"报纸上说云在八合目①部位，那就是八合目吧……"歌子仍在说富士初雪，并觑了眼二郎的侧脸。

歌子觉得，二郎的声音在他愕然道出"富士山有雪"时才第一次恢复了往日的生机。

从东京站开始，二郎同歌子应答的语声在歌子听来，总好像疲软无力，以致怀疑二郎大概心绪不佳。

二郎继续从车窗看富士山。

歌子已憔悴不堪，二郎很想细看她憔悴到什么地步。与其说动机残忍，莫如说出于怜爱。可是二郎越是想看，好像越看不到歌子。

"刚才你说……"歌子开始丢开富士山，折回到自己身上。

"说你和染谷？"

"嗯。"歌子略一沉吟，"作为现在的我来说，无论对什么

---

①八合目：富士山高度大约百分之八十的位置。

都想尽可能宽容一点。"

"那是的。"

"怨恨染谷也解决不了自己的事。"

"那是、那是。"

"和染谷闹得分道扬镳，一开始恐怕也怪我不好。也不只是一开始，扪心自问，自己确实不够好。"

"既然对别人宽容，那对自己也应该宽容一点嘛，不是吗？"

"是啊。提出宽容别人，大概也是因为想使自己得到温暖的安慰。"歌子微微一笑，少女时代的歌子微笑起来是那样灿烂，如今则显得凄清而不自然，一侧的嘴角有点儿神经质地痉挛着，"不过也不完全因为这个。累了，没有气力。累的时候对人宽容一点，怕是最有效的良药。"

"你和染谷真是那么磕磕碰碰过来的？"

"是的。夫妻之间一旦别扭起来，那是无药可救的。可总的来说，我还算是能忍受的。在家里忍气吞声的总是女人……"

"不过同染谷分手还是不好受的吧？毕竟不同于和我分手那时候。"

"瞧你！时至如今再说那个可不够地道。那时什么都不懂嘛。也正因为有同你的那次分手，这次才忍受得住。"

二郎默然。

"较之分手本身，分手之前的忍耐更叫人痛苦。"

二郎点头。

"还有孩子,是吧?"

"孩子的事儿,刚才已听你说了。"二郎把目光从富士山的初雪移回到歌子脸上,"孩子的事嘛,这回的孩子即便不同你在一起,不也像是能长大成人的吗?和我分手的时候,因分手而孩子没命了。"一口气说罢,二郎又有些后悔。

歌子下眼睑和脸颊抽搐不已,指尖也颤颤发抖。

"那时什么都不懂,孩子的事也是不懂的。"

二郎见歌子眼泪汪汪,说:

"那是的。都怪那场战争,我是这样认为的。"

歌子摇摇头:

"孩子生下来弄得我狼狈透了,简直昏天黑地。"歌子仍然噙着泪水。

但是,歌子根本就没想起她和二郎之间那个死去的孩子,眼前浮现的只是留在染谷家的两个子女。

"狼狈倒大有可能,毕竟因为有了孩子反倒才不得不同我分手的……"二郎道。

歌子力图暂且忘掉染谷的子女,而回忆二郎的那个孩子。

问题是二郎的那个孩子一出生就离开了自己,当时去向都无从打听。

事情发生在战争结束那年。父母觉察出歌子怀孕,所以她同二郎的关系再也瞒不住了,于是歌子一家离开东京,疏散到偏僻的乡下。那里人地两生,只消说让出嫁的女儿在乡间分娩即可搪塞过去。

父亲因工作关系基本待在东京的家里。歌子怀抱婴儿，跟母亲返回遭受空袭后的东京，以便将婴儿送人。她本想见见二郎，但婴儿给人的第二天便被打发回了乡下。

战争结束后，歌子才听说孩子已在领养的人家夭折了。

"难道那孩子真的死了？……"歌子说。

二郎侧过脸去。

"我有时想，活着也不一定。"

"孩子确是死了的。"

"就算还活着，现在在哪里遇见我也不一定认得出了……"

"死了的孩子就别说了！"

不光是孩子，已然过往的其他事二郎也没心思同歌子详谈。

❖ ❖ ❖ ❖

二郎见歌子眼泪未干，从小田原站出来后便钻进出租汽车。歌子眼眶发红，虽说未到哭的地步，却俨然哭了一般，想必是身心交瘁反映到了眼睛上面。不管说什么，她都像立刻要掉下泪来。

二郎想看歌子往日的形象，眼前憔悴的歌子令他目不忍视。如此既想从现在的歌子身上寻觅往日的歌子，又想避而不视现在的歌子，自己的眼神怕也不知所措起来。

二郎觉得，从电车换乘小汽车大概更能使自己捕捉到歌子往昔的面影。就歌子来说，在电车和仅有两人的小汽车中也应该有所不同。

二郎心很细。也就是说，他是那样迫切地追索歌子往日的音容笑貌。

一度回荡过的声响，多年后若再次奏鸣，喜悦和悲哀都将汇成歌谣——一位诗人这样说过。可那歌谣将是怎样的歌谣呢？二郎感到不解。

汽车从小田原城遗址前驶过。二郎看林木时，歌子凑近身子低语：

"你可知道领养孩子的那户人家？"

二郎有点儿迷惘。

"这话就别再提了！"

"哎哟，你知道？"歌子一惊，"怎么知道的？"

"你父亲告诉的。来信说孩子死了。"

"哦……"

"你父亲的用意，大概是说我们两个的纽带从此断掉了。不过我当时觉得，也有可能是战败使你父亲变得懦弱起来，感到过意不去才通知我的。"

"父亲还告诉你了……"歌子难以置信似的重复说。

随即，她轻轻靠在二郎身上。至于是出于某种亲密，还是因为力不能支，二郎弄不清楚。

及至歌子感觉出二郎的体温，才似乎闭上了眼睛。

二郎原以为歌子会接着说下去，见她不再吭声，便悄声道：

"就靠一靠吧。"

歌子点了下头，但并未进一步靠紧，反而略微闪开肩膀，一动不动。

"就算父亲也通知了你，可还是不晓得那通知是真是假——和你这么待在一起，我有这样一种感觉。"歌子小声细气地缓缓说道，很像是爱的低吟浅诉。

歌子靠在二郎身上后，膝头瑟瑟发抖。为了控制自己，她说自己同二郎的那个孩子时，尽可能在眼前推出留在染谷家的子女。

歌子知道二郎怜悯自己。这使得她不能把心交给二郎，宁肯自己一人吞食苦果。

"刚才也说了，那个通知的的确确收到过。"二郎应道。他想起接到关于孩子夭折的那封信后，自己前去面见歌子的父亲，打听出领养孩子的人家的地址，并到那里表示惋惜。但他没有对歌子说。

"不过，我不后悔有过孩子。"蓦地，二郎重重说了一句。

歌子心里一震，稍微欠起身子，又马上附和似的靠住。

"即使影响到你的婚姻生活……"

"没那回事。那是两回事。"歌子摇头，"不是因为那个。"

汽车驶出小田原，穿行在路旁长有樱花树的镇子上。

"染谷说不是因为那个。"歌子补充道，"要是那样，就不会这么跟二郎来了。"

驶过汤本温泉，二郎也没开口。

离开宫下，很快到了强罗。乘出租车意外地近。

"上次来时是坐电车，觉得很远。只是季节是夏天，每座车站都一丛丛盛开着八仙花，漂亮得很。"二郎说。

"回来时路旁开有石蒜花来着，可看到了？"歌子问。

战前的财阀别墅，战后往往变成旅馆——强罗便不在少数。其中一处，庭园里依稀保留着往日高原山林的情趣，房屋也不像是旅馆样式。

主人显然不忍砍去原生林遗木，两人下榻的房间也罩满绿荫。

两人坐下望着贴近檐廊的几棵树的树干，什么树倒不晓得，但看上去很释然。

"好地方，做梦似的。"歌子放松下来，看了眼二郎的脸，"或者更像从一场噩梦中醒来。日子过得真是不成样子。"

"是来到个好地方！"二郎也痛快地说道。

"好地方还是有啊！"歌子打量着园里众多的岩块，心想应该带孩子来一次，要让孩子在这样的地方尽情玩上一天再同孩子分别。

"我家房子在空袭中被烧了，在武藏野一座乡下寺院里租了一间来住。一位谣曲先生也疏散来了，在院子对面的一个仓房里铺上草席，时不时有打鼓吹笛的人出出入入。一听到那鼓声和笛声，我就想起歌子你，难过得不行。"

歌子闪出欣喜的眼神道：

"你妈妈也一起住了?"

"啊,母亲、妹妹,三个人。"

"妹妹什么时候结婚的?"

"差不多四年了。"

二郎什么时候结婚的呢?歌子没问。对二郎的妻子,歌子一句也不打算问。

"寺里的和尚也会唱谣曲,那谣曲先生怕是因此才来的。一次我称赞和尚谣曲唱得好,和尚说还不行,总有一股念经味儿。"二郎继续道,"每当'砰砰'的鼓点随同'哟'一声、'噢'一声的唱腔传来,我胸口就一阵阵跳。失恋,再加上营养不良,身体弄垮了。在战况正吃紧的时候,有人坚持不懈打鼓吹笛,也真是令人佩服,不可思议。或许那些人除此别无他法……我俩却没有那种吹奏不止、不屈不挠的劲头。两人都在战败面前败下阵来。"

"我还是个孩子,什么都不懂。"歌子重复说,"可我也还是应该同你一起吹奏才对。因为没有那样做,所以才落到这个地步。"

女佣又来劝两人入浴,第二次了。

"浴室看过了,请二位……"女佣说。

"谢谢。没带毛巾来……"

"呃,这就把毛巾送去浴室。"

女佣走后,歌子红着脸说:

"不好意思。毛巾都没带来,还不给人家怀疑!"

两人原本没打算来箱根。

在银座碰了头，吃罢偏午的午饭，二郎把歌子送到新桥站。在歌子买票的时间里，二郎抬头看着东海道线的时刻表提议：

"这就去一下箱根如何？"

"今天？这就……"歌子身体似乎有点儿收紧。

其实二郎并没有足以使歌子收紧身体的不良用心。

歌子憔悴得厉害，活像惧怕什么似的战战兢兢，受过刺激的神经甚至从脸上也看得分明，二郎不忍心就此告别。

只是二郎担心一旦泡进温泉，那七八年婚姻的遭遇给她带来的变化、损伤都将无可避免地整个暴露在自己眼前。

二郎起身去浴室时，歌子还没有换穿旅馆的浴衣，袜子也未脱。

❖ ❖ ❖ ❖

因是硫黄温泉，故二郎无意多泡。身体一度沉入水里后，便茫然坐在浴池边上。水龙头里流出的倒像是普通淡水，而他又懒得借用旅馆的浴皂。

"可以进去吗？"歌子问。

"啊，请、请。"二郎回答。

歌子把浴室门稍稍打开一点儿，扶门站着，说：

"正整理你的衬衣，女佣又跑来说由她来，催我快进浴室。真是的！"

歌子穿着浅褐色的西式上衣，腋下挟着浴衣。

二郎没想到对方会不以为意地注视自己的裸体。

"温泉旅馆嘛，不洗温泉人家是不答应的。"

"倒也是啊。"歌子重新合上门，并不迟疑地滑进水里来。

二郎只扫了一眼歌子的肤色便移开眼睛，肤色白皙，蛮好看的。

歌子一直浸到脖颈，凝然不动。

二郎也脸朝同一方向，从靠近浴室窗口的岩石后面看低垂的胡枝子穗。

"也真是不可思议，在染谷家时一次也没遇见过你。不料和染谷刚一分手就一下子碰上了。世上竟有这种事！大概有神人撮合吧。"歌子浮起肩，开朗地说，"而且你也就在东京。虽说东京大，但七八年里也该在哪里相遇一次才是。"

"可是，也可能你在道的那边，我在这边，相错走过没发现嘛。就算有一方发现了，另一方佯装不知或躲进小巷……"

"哎哟，一方，指哪一方……你？还是我？"

"倒不是说我们。"

"可我是很少出门的……有了小孩，女人很难动身。"歌子改口道。

歌子想起自己同染谷结婚那时候生怕撞见二郎。

二郎想起在战败后拥挤的交通工具中，几次发现俨然歌子的背影或侧脸时——尽管明知歌子已疏散到乡下，心情是何等亢奋。

"想不到相见却是在那么不起眼的地方！如果能见到你的话，我还以为应该在更神气的场所呢。两人这么不期而遇，目睹的人怕是要发笑的——根本看不出是不情愿分手的人时隔七八年重逢。"歌子笑道。

两人是在新桥站碰上的。上楼梯的歌子发现正要上电车的一个男子很像二郎，便朝那个车门急步赶去。结果，同窗内的二郎打了个照面。二郎要下来，歌子要上去，两人在电车门口身体碰在了一起，车门同时合上。

今天这第二次见面便是那天约定的。

"瘦了吧？都这个样子了！"歌子把手放在胸上面的突骨上，"回娘家以后，这已经算好一点的了。"

"是吗？"

如此下到水里，毕竟歌子曾是给自己生过孩子的女人，那种不分彼此的亲昵也开始回到二郎身上。同时他又觉得好像是在注视陌生女人的肌肤，有些不知所措。

"同你分手和孩子夭折的时候也消瘦来着，但没这么厉害，毕竟年轻。"

歌子往日的肢体，二郎既好像历历在目，又好像模模糊糊。

"年轻，又是那样的年代，我只觉得有一种负罪感，似乎坏事都是我一个人干的，就再也不去考虑你我两人的事。是那样的，战争拆散了许许多多的情侣和夫妻。"

歌子也被征到兵工厂做工。有了身孕后她仍早出晚归，不知蒙受了怎样的屈辱，现在回想起来真有点儿不敢相信。

"同染谷结婚也是由于战争的关系。一切都搞糊涂了。"歌子眼里再次浮起泪花，"近来提起这个，胸口就跳得不行。在跟染谷吵嘴或被他打时，胸口也突突跳得难受，真以为会那么直接死掉。"歌子按着胸口爬出水，坐在冲洗处。

"我们的青春给战争糟蹋掉了。好在和你有那么一段往事，对我来说真是唯一的安慰。倒是苦了你……"

"不，那不是的。"

"不错，你是说要宽容别人来着。"

"是啊。回到娘家后，知道自己虚弱得不成样子，不宽容别人自己也就没救了，我觉得。"

"我也很恨你来着，也自责过。后来发现在所有日本人都很艰辛的岁月里，自己的情况还算是幸运的。即使战争打得最凶的时候，自己也有你这样一位情人。噢，是我整个迷上了你。"

"真高兴！"

两人并排站着擦身。

二郎忍不住想偷瞧歌子的后背。而歌子对二郎的躯体似乎没什么兴致，并无要看的意思。二郎有些费解，不知是女性特有的矜持所致，还是出于一如往昔的直率。

洗罢澡，歌子的亲昵传染给了二郎，晚饭吃得轻松愉快。

六叠大的房间旁边有一间三叠大的。女佣把矮脚桌搬到三叠大的房间里拾掇，两人便早早躺下。

"聊个通宵!"歌子低语。

"别聊不痛快的哟!"

二郎拉过歌子的胳膊。

"近来睡觉可好?"

"累了,也就……"

二郎不清楚她是说因为累才睡得好,还是由于过累而睡不好。

"像过去那样抱我!"歌子一动不动。

"怎么抱的呢?"

歌子见二郎有点儿困惑,含笑道:

"瞧你,忘了?"

"过去你可老实着呢。"

"什么都不懂嘛。"

二郎闭目合眼,努力在眼前推出空袭中烧焦的东京街景,推出空袭中惨死者的尸首。这是二郎遏制情欲的一个办法。

妻子身体不爽时,二郎使用此法成功地控制住了自己。战后不久,二郎和朋友去了一次颇不光彩的场所。女郎讲起其家人死于空袭中的事。二郎似听非听地听着。女郎见二郎似不相信,便不厌其烦地讲述死者身体的惨状。女郎亲眼所见这点倒可能不容置疑,但未必是其家人。只是二郎也想起了自己见过的惨不忍睹的死尸。

"怎么回事?"女郎问。

"战争性障碍。"二郎信口应道。

而在像过去那样怀抱歌子的现在，这个办法也同样灵验。

歌子在昏暗中触摸二郎的脸颊，似在询问何以如此。

"想起什么了？"

"讨厌的战争。"

歌子怀疑二郎想起了妻。

二郎温柔地抚摸歌子的头发。

箱根这次不意之行也罢，夜晚如此同床共衾也罢，二郎都觉得似有约在先般顺乎自然。歌子想必也并无疑虑。可是，歌子无疑筋疲力尽，无疑伤心至极。

"要是没那场战争，大概直到现在都会这样和二郎在一起。"

"可是在那座工厂里相遇的哟！没有战争，歌子也不会来工厂。"

"即使不在工厂，也一定在别的什么地方相遇，我想。"

二郎明显嗅出歌子的头发有一种不同于其他女子的气味儿。

往日那般老实的少女，结婚七八年，又生了两个孩子，将有怎样的变化呢？二郎固然感到嫉妒和冲动，但他还是将战火中的死尸塞进脑海。

带歌子到这里来，是因为歌子委实憔悴得使自己不忍分别。二郎在心中自语：对那憔悴自己也负有责任，并告诫自己，此行并非为了在歌子身上满足新的欲望。

而联想战火中的死尸的惨状，竟有几乎堪称奇迹的妙用，二郎对此生出一些恐惧。

歌子已把自己交给二郎,浑身软绵绵的,也是因为力正从她的身体中排出。这点二郎的手心都已感觉到了。

就歌子来说,放心诚然放心,同时又有一种熄火般的怅惘。

在新桥,二郎突然提出去箱根,歌子曾惊得屏住呼吸,莫非那是幻觉不成?当时倏然掠过脑际的念头,是住下来后尽一切可能拒绝二郎。现在想来,实在不是滋味。

静静过了片刻,歌子开始抽泣。她把脸贴住二郎,脸颊上满是泪水。二郎吃惊地用手擦拭。

"我动不动就哭是吧?"歌子笑了笑,"娘家父母也觉得奇怪。"

"神经太亢奋了。离婚这东西,总是件大事。"

"不是的。刚才也说了,是离婚前的忍耐叫人受不住。由于太受不住了,一松开绳子,身体就像悬空了似的。"

"婚姻不如意,原因恐怕还在我身上。我是悄悄为你祝福来着,可这太浅薄了,应该更加自责才是。"

"不是你的责任。我倒是说不提不愉快的事儿,可还是想说离婚前同染谷过的是怎样的日子,好吗?"歌子摸住二郎的手,"做梦也没想到会有一天叫你听这个,也没料到还能见到你。"

◆ ◆ ◆ ◆

第二天早上,二郎睁眼醒来,歌子还脸朝向对面睡着,腿好像有点儿弯曲。

从背后看，睡姿很是撩人情思，二郎不由得微微笑了，伸手轻摸歌子的头发。

歌子翻身转过脸来。二郎没想到歌子如此敏感，缩回手。但歌子并未醒。

外面的板窗没有空隙，房间里若明若暗。二郎觑了一眼歌子的脸，重新涌起依依的温情。他觉得歌子的面貌没有变。

他闭起眼睛，似乎再难入睡，便一个人爬起来去了浴室。

洗完回来，歌子已睁开眼睛。

"洗澡回来了？也不叫醒我。"

"九点了。"

"九点？不好意思。从没睡得这么香。"

"那就好。昨晚不也是比我先睡的？十二点睡的吧？"

"九个小时。啊，好痛快……"

歌子好像还在贪图痛快，没马上起身。

"脸朝那边蜷缩着睡的。"

"真的？"

"怕是背对染谷睡惯了吧。"

"哦？"歌子爬起身瞪着二郎。

歌子去了浴室，好久都不见返回。

在女佣收拾房间的时间里，二郎去园里散步。

二郎靠着园里一棵大树，朝在梳妆台前化妆的歌子搭话：

"这就去芦湖如何？"

"芦湖？"

"说不定富士山的初雪映在湖水里了,这么好的天气。"

"秋分了嘛。"

"听说从这儿乘电缆车出去,坐公共汽车到湖尻,从那里上游船就可以了。"

"是吗?"歌子从镜里抽出脸,"这就去?我不想动,想在这儿好好待会儿。"

"那就算了吧。"二郎走进房间,"洗的时间够长的了。"

"泡在水里看山蛮好玩的,看出神了。要是过去,那时候和你来这儿会怎么样呢?就想象起了果真和你来时的情景。"

"是吗?"二郎点下头,"过去可不是和女孩子泡温泉的时代啊!"

"现在就只剩下让人犒劳,让人安慰了?"

二郎未能回答。

"不过也好。时期不同,人最需要的东西也不一样。眼下我最需要的还是犒劳和安慰。"

两人心情沉静下来,开始吃早餐。

女佣离开后,歌子给二郎盛饭,亲切而又自然,二郎很觉不可思议。

歌子刚才的话令二郎颇受感动。昨夜那样度过,既非由于对歌子憔悴的失望,也不是因为怕给日后留下麻烦,很难断定是这样或不是这样。

如果同初次接触的女子前来并像昨晚那样度过,今早很可能觉得别别扭扭,不至于有同歌子这样的亲切感。

但这种话二郎很难对歌子出口，便说："过去分别的时候，我很绝望，认为一切都完了。好在两人之间还有宝贵的东西存留下来，就让我们把宝贵的东西当宝贝珍惜下去吧。"

"活像让人猜谜。"

"是像谜。"

"解不开的谜……解得开的谜……"歌子自我询问似的歪起脖子。

"往日各奔东西的两个人，重逢时没有相互怨恨——这不是再幸福不过的吗？"

"的确。"

两人乘下午两点多的公共汽车在小田原站下来。

随后透过同昨天方向相反的开往东京的电车窗口，远望富士山的初雪。

"没有云，一直看到山脚。"

"没有云絮缭绕，山顶上那点儿雪就没有什么韵味了。"

"是吗？"歌子不经意地碰了碰二郎的手，"是因为昨天看过了吧。富士山老看就没什么意思了。"

二郎明白歌子感觉出了分别在即。

"让你领来一见，太谢谢了。这回大概可以打起精神了！"

听歌子说得这么可怜而诚恳，二郎蹙了下眉头。

"不骗你的！"歌子强调一句，把二郎的手放在自己的两手之间。

二郎仍眼望富士山的初雪。

弓浦市

女儿多枝传达说，一位自称三十年前在九州弓浦市见过一面的妇人来访。香住庄介姑且把客人让进客厅。

小说家香住每天都要接待不速之客。此时也有三位客人在座。三人来路不同，说话则赶在一起。时间大约是午后两点，一个就十二月初来说堪称暖和的午后两点钟。

香住见第四位女客跪坐在走廊里，因顾虑先来的客人而开着纸糊隔窗不动，便说：

"请，请。"

"实在，实实在在是……"妇人语调似有些颤抖，"好久不见了！现在是姓村野，而见您时还姓田井那个娘家姓。您不记得了吧？"

香住看着妇人的脸。五十刚出头，看上去比年纪年轻些，白皙的脸颊微微泛着红晕。一双大眼睛能保留到这把年纪，想必是中年没有发胖的缘故。

"一点儿不错，到底是香住先生。"妇人盯视香住那闪着兴奋光彩的眼神同香住努力发掘记忆的眼神，劲头显然不同。

"模样没有变，从耳朵到下巴颏的形状，喏，就连眉毛那儿也一模一样……"妇人俨然相面先生一般一一道来，使得香住既有些羞赧，又不无内疚：自己这边竟全不记得。

妇人身披绣有家徽的黑色罩衫，和服和宽腰带都略显老气，且已穿得相当狼狈，但并未怎么透出家道中落的寒碜。个子不高，小头小脸，小拇指上未戴戒指。

"大约三十年前，您去过弓浦那个地方吧？当时还光临过我的房间呢，已经忘记了？在海港举行游乐活动那一天的傍晚……"

"哦？"

听对方说去过她自己——一个肯定很漂亮的少女——的房间，香住还是怎么也想不起来。若三十年前，香住则二十四五，尚未结婚。

"同贵田弘先生和秋山久郎先生一同去的，是去九州地区旅行期间到的长崎。正好一家小报举行创办庆典，三位也应邀出席了，就是那时候。"

贵田弘和秋山久郎都已作古。两人都是小说家，比香住大十多岁。香住二十二三岁时得到过此二人的热情提携。在三十年前两人都属于活跃在创作第一线的作家，也的确有过长崎之行，香住至今仍记得其游记和轶事。这对今天的读者来说也不陌生。

香住有些纳闷：当时初出茅庐的自己，能够在两位长辈的带领下同游长崎吗？如此追索记忆的时间里，贵田和秋山和蔼可亲的面容历历浮现出来，承蒙指点的种种场面也联翩而至，香住不觉沉浸在温馨的回想中，表情大概也发生了变化。

"可想起来了？"妇人的声音也为之一变，"那时，我刚刚剪过发，剪得很短，说自己很害羞，就像耳朵往后直发冷似的，加上正是秋末……镇上办了报纸，我也当了记者，却一咬牙剪得那么短。您目光一落到脖颈上，我就像怕被针扎似的赶紧躲开，这点记得一清二楚。陪您回到我房间时，我马上打开发带盒让您看，是吧？就在两三天前还梳长发打发结来着，是想给您看看证据。您吃了一惊，说这么多，我说从小就喜欢打发结。"

先来的三位客人默不作声。事情已经谈完，但因说话有伴儿，便未告辞，只管谈天说地。按理自然应把主人让给后来的客人，只是女客身上有一种令周围人开口不得的氛围。这么着，三位先来的客人便不往女客和香住脸上看，似听非听地听着。

"报社庆典结束后，沿一条坡路径直下到海边，是吧？晚霞就像马上要燃烧起来似的，您说房顶的瓦片都成了宝石红色，甚至我的脖子也红了——我可没有忘。我答说，弓浦是看晚霞有名的地方。真的，弓浦的晚霞如今我也未能忘怀。我就是在那一个晚霞如画的日子见到您的。弓浦是个好像在山脚的海岸线上雕刻出的弓形小港,所以叫作'弓浦',而晚霞的光彩也都堆积在了港湾里。那天,空中也缀满鱼鳞状的火烧云。天空看上去要比别的地方低,海平线近得不可思议,云层中一群黑色的候鸟真切可见,是吧?好像不是天空的颜色映在海里,倒像是天空把宝石红色一股脑倾泻在了这小小港湾的海面上。插旗的彩船上又是敲鼓又是吹笛,小孩也在上面,您说要是在那小孩的红衣服旁边划一根火柴,大海和天空真可能忽地一下子燃起大火,不记得了?"

"啊……"

"我也同样,自从和现在的丈夫结婚以后,记忆力简直坏得提不起来,只有这个没忘,可见对我来说是多么幸福的事。您一切称心如意,又忙,想必没闲工夫回忆往日无谓的琐事,也没必要记在心头……而对于我,弓浦终生都是美好的地方。"

"在弓浦住了很久?"香住问。

"不是的。在弓浦见到您不出半年,就嫁到了沼津。子女嘛,老大大学毕业,已经工作,下边的女儿也到了该订婚的年龄。我出生是在静冈,因同继母合不来,寄居在弓浦一个亲戚家里,出于逆反心理不久就去报社工作。父母知道后,马上把我叫回,打发出嫁。在弓浦,其实只有七个月左右。"

"您丈夫……?"

"是沼津的神官①。"

---

①神官:日本神社中从事祭祀仪式等事务的人员。

这种职业在香住听来有些意外，他不由看了看女客的脸。女客长的是富士额①——如今这种说法已经过时，反而可能有损形象。好看的富士额吸引住了香住的目光。

"过去当神官，生活还相当过得去。但战争开始以来，日子就一天比一天紧张了。儿子、女儿也都帮我说话，对父亲动不动就顶顶撞撞。"

香住觉察出女客家庭的不和。

"沼津的神社很大，弓浦那个逢年过节才热闹几天的神社根本不能与之相比。也正因为大，所以管理上就不够完善。丈夫把后院十多棵大杉树擅自卖了，前不久出了问题，我就逃到东京来了。"

"……"

"记忆这东西真是难能可贵啊。人不管沦落到什么地步，都能记得往事，肯定是神明的恩赐。走在弓浦那条坡路上时，路旁正热闹的神社里聚着很多小孩子，您说就不往跟前去了。洗手处的旁边有一棵不大的山茶花树，上面缀着两三朵重瓣花儿，花瓣薄薄的，看见了吧？直到今天我有时还想：栽那株山茶花的人，感情是多么细腻啊！"

毫无疑问，香住出现在了女客的一个回忆场面中。在女客话语的诱发下，香住脑海中也依稀浮现出那株山茶花树、那个弓形港湾的晚霞。但在这回想的世界里，香住有一种无法和女客奔赴同一国度的焦躁，其间仿佛有着幽明之隔。就

---

①富士额：富士山形的额头。在日本被视为美人条件之一。

这一个年纪的人来说，香住的记忆力较一般人还要衰退。即使同面孔熟悉的人长时间交谈，他也往往始终记不起对方的姓名。不安之余，还有一种惶恐感。眼下即是如此，虽然心里想让记忆复苏过来，脑袋却如坠云雾，且隐隐作痛。

"每当想起栽那株山茶花的人，我就后悔没能把自己的房间收拾得更好一点，致使您只是当时光临一次，之后整整三十年都没得相见。可当时我也还是把房间装饰得多多少少带点闺房味儿来着……"

香住压根儿记不起那个房间，额头上大概因此显出立纹，表情也不无严峻起来。

"贸然登门拜访……"女客于是开始寒暄道别，"多少年来一直想见您一面，今天见到实在太高兴了。呃……以后再来拜访，多听您讲讲好吗？"

"啊。"．

香住似乎顾忌先来的客人而欲言又止。及至香住下到走廊送客，关好身后的拉窗，女客才顿时放松了身体。香住怀疑自己的眼睛：那是只有在抱过自己的男人面前才有的姿势。

"刚才那位可是千金？"

"是小女。"

"没见到您太太。"

香住没再应声，在前头往门口走去。女客在门口穿木屐时，他对其背影问道：

"在弓浦那个地方，我果真到过您房间？"

"到过。"女客先斜过肩头,"还问我能不能同您结婚来着,在我房间。"

"哦?"

"我当时解释说,已经同现在的丈夫订了婚……"

香住猛然一震。记忆何以坏到如此地步!连求婚大事也忘得一干二净,面对当时的少女竟至相逢不相识!较之震惊,他更对这样的自己感到骇然。香住青年时代便不是随便求婚之人。

"您很理解我的解释。"说着,女客一双大眼睛湿润起来,随即用颤抖的手指从手提袋里掂出一张照片,"这是我儿子和女儿。终究时代不同,女儿比我高得多,但模样很像我年轻时候。"

照片不大,少女两眼闪闪生辉,脸形也很娇美,香住不由看得出神。三十年前自己果真曾在旅途中碰见这样的姑娘并向其求婚不成?

"迟早把女儿领来,让您看一看那时候的我。"女客声音似也浸了泪水,"我总对两个儿女提起您,两人都很了解,也很感亲切。两次怀孕都反应得厉害,精神都好像有点儿不正常了。当情况稳定下来,胎儿开始在腹中动时,我奇异地猜想怀的可能是您的孩子。在厨房里磨菜刀时或……这事也对两个孩子说了。"

"怎么好……这可不好。"香住没再说下去。

总之,这位女客似因香住之故而陷入了异乎寻常的不幸,甚至累及全家……但也可能是关于香住的回忆为其异常不幸的岁月带来了慰藉，家人也因此少了几许凄寂……

问题是，在弓浦那个地方邂逅香住的往事，虽然在女客身上历久弥新，但对于如同犯罪体验的香住而言早已烟消云散。

"照片留下好吗？"

听女客如此说，香住摇头说了声："不必了。"

小个子妇人碎步离开，背影消失在大门外。

香住从书架上抱来详尽的日本地图和全国市町村的名册折回客厅，请三位客人一同寻找叫作"弓浦"的市。但九州地区哪里都无此地名。

"奇怪。"香住抬起脸，闭目沉思，"战前好像没去过九州，是没去过啊。对了，冲绳战役正激烈时，我曾作为海军报道组的成员被用飞机送到特攻队陆屋基地，那是第一次到九州。第二次是去长崎看原子弹爆炸后的情形。是那时从长崎人口中听到三十年前贵田先生和秋山先生的长崎之行的。"

三位客人就刚才那位女客的幻想以至妄想各抒己见，谈笑风生。当然，结论为此人神经不正常。但香住不由觉得自己脑袋也可能出了问题，因为听女客的话时半信半疑，并搜索记忆来着。在这种情况下，尽管弓浦市这一地名亦属子虚乌有，且香住本人也全无印象，但别人记忆中有关香住的往事却不知有多少，就像今天这位女客在香住死后，也将一口咬定香住曾在弓浦市向其求婚一样。

竹声・桃花

是什么时候开始觉得竹声与桃花同自己互为一体的呢？

现在，竹声已不止于入耳，尚可入目；桃花不止于入目，且可以入耳了。

谛听竹声之间，有时亦可听到原本无法从中听到的松声。观看桃花之时，甚至可以目睹当时并未绽开的梅花。这对于人并非什么奇事，但宫川久雄则是在步入老年才有此体验的。

宫川在自家后山发现鹰是在前年春天，如今亦觉历历在目。

低矮的山脉绵延而来，在宫川家后面鼓出一个犹如长形烛泪端头部位的包，再不前伸了。这包即是座小山，山麓裸露的铅色岩体上附着许多凤尾草。山坡虽无引人注目的树木，却也一片苍翠，犹如一道绿色的屏风。

枝枯叶尽已许多年了，细枝也已凋零殆尽，唯剩得主干和粗枝，粗枝亦有不少梢头折损——松愈发形销骨立了。

鹰便落在这棵松的枝头上。宫川见了，一时屏息敛气。他没有想到鹰会飞临此山，甚觉不可思议，然而分明是鹰。身姿伟岸，威风凛凛，非鹰莫属。

枯萎的巨松如此被鹰一占，比平时显得小了。鹰轩然挺胸，颈项笔直，凝然不动。宫川仰视之时，身上不禁涌起一股鹰力。

这是春日的一个傍晚。雾霭迷蒙的浅红色天幕中，一鹰暂驻的枯松浑似黑色的刀锋卓然特立，又如全然同周围无缘的物体拔地而起。

迷离的晚空，应不至于有鹰飞来之途，亦不可能有鹰飞归之路。空中并无鹰路而鹰为宫川现身彼处，直令宫川叹为观止。

俨然一朵硕大的白莲花若飘若浮地绽放在熊熊烈火之中。春日光彩淡然的晚空全然不比熊熊烈火，鹰与白莲也毫不相干，然而枯松枝头上那威武的鹰却有一种静谧，一种火中白莲般的静谧。非白莲而何?!

屏息敛气的惊诧平复之后，一股吉祥感在胸中荡漾开来，鹰的出现乃是一种吉兆。宫川顿觉豪情勃发，激动不已。

这座距东京不远的海滨小城，从未见过也没听说过有鹰栖息，完全出乎意料。但鹰确在眼前，就在自家房后那棵枯松上。

鹰何以飞临此地呢？是有意而来，还是迷途所致，抑或浪迹于此？为何偏偏落在宫川久雄家房后的枯松枝头上呢？

宫川不以为事出偶然，而觉有其必然——鹰来这里可能是向宫川告示什么。

他心中自语：幸亏没砍掉枯松。会不会因为山顶有那棵巨松，鹰才飞来呢？会不会由于松枯，鹰才驻足其上呢？若无那棵枯松，自己恐怕终生都不可能在自家后山一时拥有一只鹰。

他所以庆幸没有砍松，是因为脑际曾不止几百次掠过要砍松的念头。那棵犹如宫川家标志，又如守宅神一般耸立的孤松，从开始枯萎到彻底枯尽，横亘着一段使宫川触景伤情的岁月。

松从电气列车的月台上也能看到。不仅宫川本人，家人也无意中养成了上下车总要望一眼孤松的习惯，以致几乎没人再说在月台上看了自家那棵松。

不过，从月台上望见的自家后山上的这棵松，有时很撩人情怀。回到小城，下得列车，一望见自家那棵松，或顿时舒了口气，或突然一阵兴奋。

宫川不具备只看树形即可大致推算树龄的眼力。四十九岁搬到这里时，和六七年前满七十岁时，松似乎没什么两样。据说至少有一百五十岁。

自家同邻居那座二层楼之间的院子边上，为挡人视线栽的橡树、楠树，还有院子中间铺展开来的百日红也都堪称古树了，但同后山那棵孤松相比，仍像晚了一大截。后山为什么只有这棵孤松而再无其他像样的树呢？莫非其他同龄树全部死尽，唯独剩得这棵孤松？

刚搬来树下的时候，宫川心想：松的寿命肯定比自己高出一倍，并且还将比自己多活下去。从年轻时开始，当他漫步山林面对古木老树时，每每以一种具象感觉出生命的绵长。这使他超越认识而忘却了人的生命的短暂，觉得树木植根于大地的坚韧不拔的生命同自身融而为一。

他开始觉得后山的孤松就在自己体内、心内。山坡陡峭，无路可攀，没机会接近那棵松，园艺师也无法修剪。想必松一开始便野生野长，未曾得到过园木的待遇。枝丫和叶片所以长得乱蓬蓬不成体统，恐怕是年老的缘故。但台风却未能吹折哪怕一条小枝。

叶片也安然无恙。宫川曾从厕所的高窗望过在风雨中摇颤的树木。由于木板套窗全已关严，家中只有从这个窗口能看见后山。他心里放不下那棵树，便进厕所立身守望。骤雨打在窗玻璃上，四下飞溅。不知从什么树上落下的宽大叶片在后园往来逃窜。松叶则似乎未被吹落。

即使吹落，从厕所的窗口也无法看见，但确实像一条松叶都未随风落下。山坡上的树木枝条翻舞，叶底尽现，其动势的迅疾同山顶孤松枝条的徐缓，全然不像处于同一台风之中。宫川于是从厕所里拥抱了后山上的那棵松。

蓦地，白菊花瓣悄无声息地飘零下来，身披白色婚纱的新娘手持白菊花束在宾馆的走廊上款款走来，估计是前往婚礼或婚宴大厅。裙裾拖在身后。白花瓣从菊花束上不时翩然落下。新娘身后的女伴弯腰从浅绿色的地毯上拾起花瓣，几乎无暇直腰。

这是宫川在走廊里迎面碰上的场景。拾取花瓣的女伴的动作同花瓣的飘落一样轻寂。新娘似乎尚未觉察到手中的花束正有残瓣飘落——没有那种迹象。

新娘手中的花束居然有花瓣掉下，这花店也真够马虎失礼的。想到这里，宫川恍惚看到一幕美丽的悲剧。多年后在风暴中无声飘落的白菊花瓣，即是新娘手中的落英。

后山顶上的孤松，在下得车站月台走上大街后，便被成排的房舍挡住，好一会儿看不到。直至走到拐弯处的一家蔬菜店前，随着街道走向发生变化才又重新出现。由于路不再拐弯，到家前的七八分钟时间里，随时都可看见松。

从海面也可望见。女儿加代曾告诉宫川，当她第一次和恋人乘游艇驶到后山小得若有若无的海湾口时，发现仍能看见那棵孤松，不由落下泪来。女儿的婚宴上，宫川想起了这番话，只是新郎换了，不是游艇上的恋人。当时他没好意思问女儿何以望松落泪。

万万没想到那棵松会在自己有生之年枯死。自己搬来后山立有一棵孤松的地方固然始料未及，但作为一个念头——百年以前便有一棵松树在此等候自己前来相逢的念头——并非完全没有。没想到松竟枯死。原本是为自己而生的松！

至于发红变焦是从顶枝开始的，还是从中枝或底枝开始的，如今已记不真切了。他曾向家人说起，看法也不统一。

纵使发现松叶有一处变红，宫川也不至于以为会危及整棵树的生命。他没同园艺师打过交道，所以请朋友帮忙找了一位。那园艺师不屑一顾似的告知松将死——当时松叶枯萎的面积已经扩大。园艺师说树受了虫害，一旦叶子变红，便说明已无可救药。他求其想想办法，对方竟毫不理睬。

只好任其枯萎。每次从房间、从院子、从街上、从月台看见，宫川都一阵心痛，如此持续了很久很久。虽然已再无绿叶剩下，但发红的枯叶却绝不轻易委地。

有时还觉得枯萎的孤松仿佛是自己不祥或丑陋的身姿，越不想看，越赫然入目。必须尽快砍掉，这不仅仅是为了使自己从枯松中解脱出来，即使为其送葬也必须砍掉。

但，如此又有几年过去了。枯叶早已落光，枯枝也从细小的开始折落，甚至粗大的也未能幸免。

忘记枯松存在的时候开始多了起来，就连砍掉的念头也逐渐丢去脑后。枯松也照样挂雪，雪使枯松焕然一新。挂雪的枯松既显得冷峻，又似很温情。

这次目睹了鹰栖枯松。毫无疑问，正因为未砍枯松，鹰才驻足其上。

未砍枯松，诚然有后山无路可攀的原因，但也同宫川的怠惰有关。事因并不清楚，总之后山顶上有棵枯松，枯松枝头落了只鹰。

鹰端然不动。宫川仿佛同那形象的力度发生交感反应似的屏息仰视。鹰的力似乎也传给了松的残枝枯干。

他想招呼妻也来看鹰——此时在家的只有妻,但招呼声很可能把鹰惊跑——距离并没远得大声方可听见。

突如其来的鹰如雕像一般纹丝不动,利爪仿佛嵌进枯枝之中。

鹰是活的,迟早要飞走,剩下来的只能是枯松,一棵曾有鹰驻足歇息过的枯松。而鹰既然为宫川所目睹,势必也将在他心中存留到某个时候。

鹰是来告示什么的呢?作为吉祥的征兆,鹰的出现将使眼下的自己交上怎样的好运,得到怎样的欢欣呢?而这会不会即是看见鹰一事本身呢?

鹰是前年春天看到的。后山顶上那棵粗大的枯松仍立在那里,样子几乎与前年无异。鹰则再未飞来,也许飞来了而宫川没有看见。

但宫川觉得,鹰就在自己心中。在这个地方,即使说有鹰来过自家后山恐也无人相信,故而他不大向人提起。

琼音（未完之作）

宫崎夕照

澄子第一次坐飞机,是新婚旅行时。

从东京起飞,途中鸟瞰纪伊半岛南端的潮岬、四国南端的室户崎和足摺岬,经两个小时海上飞行,降落在夕照中的宫崎。

由机场搭出租车过得橘桥,朝右拐向大淀川畔。

"海枣……"周一对澄子说,"两旁都是海枣树。"

穿过排列着海枣树的河畔公园和大街,便是一座旅游宾馆。两人被领到四楼一间西式客房。男侍放下两人的行李,留下钥匙,关门离去后,澄子觉得胸口到膝部好像变得硬邦邦的,原来自己一进来就原地站着没动。

周一把怀里的风衣搭在椅背上,旁边放有澄子的外套,澄子大概是学周一的样子。澄子先抱起周一的风衣，正往西服衣橱那边走时，周一叫道：

"好漂亮的晚霞，来看看！"

"啊，是好漂亮……春天似的。"

"果然，很难想到十一月都过半了。不像秋天的夕雾，更像春天的晚霞。"

"那么柔和，活像柔和的晚霞把所有景色都笼住了，就跟包上一场春梦似的。"

"春梦？"周一回头看澄子，"晚霞和大气融在一起，大气染上了晚霞，是吧？"

"……"

"这样的秋日黄昏，别处有没有呢？嗯？你可在别的地方看过这样的晚霞？"周一像问自己似的说。

"我没看过。"澄子毫不犹豫地回答。

"真的？我也头一次。"周一改口道。

"和你结婚第一天，我第一次看到了这样的晚霞，两个人笼罩在晚霞里！咱们一定得好好记住。"澄子点头，"河里漂着水鸟呢，是野鸭吧？"

"是吧。从西伯利亚一带冷的地方飞来的，想必。"

"脖子全朝上游伸着呢。"

"噢，怕是为了不给冲走吧。"

"水在流动？"

大淀川便是这样徐缓、这样平静，以致澄子发出这样的疑问。一只只野鸭后头仅有细微的涟漪,似乎正因为有这涟漪,河水才缓缓流淌。野鸭正慢慢游动,对面岸边映在河里的树影、房影则凝然不动。

"听说这里日落同东京差一小时……"周一说。

"哦!"澄子像是一惊,"真是那样的?"

"南方嘛……到这最南端,日本也是差别好大的。"

两人把目光投向夕阳。夕阳在远处橘桥左侧摇摇欲坠,一道灿灿的金晖长长地斜射在河面上。金晖中也有野鸭小小的黑点,鸭尾曳起细细的光波。

"下到河岸边去好吗?"周一劝道,"得仔细瞧瞧这夕照,好作为终生的回忆。"

"好的。"

澄子把周一的风衣搭在椅上,进浴室后站在镜前。她看自己的脸,只怔怔地看,没理头发,没涂口红。手袋放在外边,身上什么也没带。

"澄子!"她试着小声模仿母亲的唤声。

"澄子!"又学了声父亲的召唤。

时间其实很短,但澄子仍像有人催促似的走出浴室。

"好,走吧,太阳快下去了。"周一催道。

"走吧。"

海枣树

大淀川河畔公园的海枣树丛间，点点处处张着条纹布遮阳伞，下面放有简易的木桌、木椅。

海枣叶片差不多有苏铁那么大，剽悍的树叶从树顶四下舒展开来，呈弓形下垂，长长的叶片几乎触地，叶片间闪出的树干大约有一抱来粗。老叶被切掉后，留下粗鳞般的茎痕。

这些排列在河畔的海枣树，营造出南国风情。美人蕉仍有残花缀着，很委屈似的蜷缩在海枣树下。

海枣树影投在宾馆前面的人行道上。相对于夕晖的柔和，树影要鲜明得多，加之其粗犷有力的黛绿色叶片如鸟尾似的一排刀刃一般齐刷刷排列开去，无疑给这茜红色的夕照抹上了浓重的一笔。

过路到得河岸，周一摸了一下海枣叶片，澄子也不由自主地用手指碰了碰。

"有一种和这树名称一样的鸟。①"周一说。

"什么鸟？"

"神话中的鸟……大概是埃及神话吧，叫'不死鸟'……不死的鸟。"

"……"

见澄子不知道，周一继续道：

"一种火烧后还能复活的鸟。大约每隔五百年，那鸟便在祭神坛的火焰里把自己烧死，又作为雏鸟从中孵出。这种转世和新生每五百年重复一次，直到永远，所以叫'不死鸟'，是长生不死的象征。"

"鸟羽可跟海枣树叶相似？"

"啊，倒也是，或许吧。不过，毕竟是神话中的鸟……那个神话我知道得也不大详细，也可能这树叶使人联想到不死鸟，所以树名才同样叫phoenix。是不是呢？找书什么的查一查，是留在咱俩记忆中的树嘛！"说着，周一重新看树，"凑近看来，就像有强大生命力要喷出来似的。或许因为是热带树，才显得这么茁壮有力……"

两人穿过的路面上，有放学回家的少女们骑自行车通过，一辆接一辆的自行车全朝下游慢慢驶去。没有电车的市区宫崎，自行车很多，但少女们的自行车看上去那么悠然自得，

---

①海枣和埃及神话中的不死鸟在拉丁文中语源同为phoenix。

180

恐怕同柔和的夕色不无关系。

两人站在河畔，在夕晖中眼望夕晖。夕晖已扩展到河面，恬静的水色向夕色舒张开去，暖暖地融在一起，并无"晚秋夕色入水来"那种凉意，点点漂浮的黑色野鸭也不显得缩瑟。

河对面横亘的宫崎平原南边的山峦，暮色中也空蒙蒙一抹淡紫一袭浅红。山顶上空的茜红色越来越浓，往两人头上漫来，罩住地面。

不高的山峦朝上游缓缓伸去，越来越低，其尽头处夕阳正衔山欲坠。橘桥风姿绰约地映在水面。桥那边便是树丛了。

远在河上游的高千穗山脉已隐没在雾霭之中。

周一回头，见澄子一侧的脸颊和脖颈上淡淡镀了层夕晖，仿佛娇滴滴的澄子身上蕴含着暖融融的光波。

"幸福啊，我……像给幸福整个包起来似的，简直是另一世界。这么温柔的夕晖包笼我，想必是为了不让我在幸福面前狼狈不堪、不知所措吧！毕竟我对幸福还不习惯……活着真好！"接着，周一对澄子说，"谢谢，实在谢谢你！"

"我……"澄子嗫嚅起来。

"是谢你的呀。"

"哦。"

"你说像春天的晚霞，像温馨的春梦，你怕也感到幸福吧。并不仅仅是因为来到这么漂亮的地方，是吧？"

"嗯。"澄子点头道，"妈妈嘱咐我到了住处，要再次向您正式说一下。"

"说什么?"

"不好意思,说不出口。"

"是说'妾身无德无才,尚希终身垂爱'不成?"

"何至于,那么古板……不过,说也未尝不可。"

"何止无德无才……"

"瞧您,不是那样的……我对母亲说来着,相亲时谁还没说没劝就自己主动答应下来,这不也就算是正式说过了吗?……"

"就是嘛。那可叫我松了口气。"

"松口气的是我。相完亲刚回到家,当天您求婚的电话就追赶似的打了过来,父母都吃了一惊。"

"相亲席上我就想提出来着。那之前一看你照片,我就已拿定主意。即使看照片订婚,我也无所谓的。在等待相亲期间,我总是看你的照片。哪怕再拖一个小时,我都心焦得不行,生怕你有恋人或又有别人提亲。照片现在还在上衣袋里呢。"

"瞧您!"

"相亲时也在内衣袋里,护身符嘛。我在心里祷告,求照片施展法术把你套住。"周一半开玩笑地说,"进宾馆从窗口看晚霞时,我心里想,恋爱结婚好比火车,要二十小时才到宫崎,可相亲结婚的飞机两小时就到了,对吧?"

"……"

"在天上飞没看路上的风景……相完亲两个月时间才见了

三次面。"

"因是三次,所以每次见面您说的什么我都一一记着。"

"是吗?三次光是'快结婚吧'恐怕就说了十多遍……恨不得相亲第二天就结婚才好。"

"那么十万火急的,我家这边……"

"感到蹊跷?怀疑里面有什么名堂,有什么怕人知道的,是吧?"

"哪里,父亲说我毛毛躁躁的,担心您信不过……"

"我对幸福还不习惯……觉得幸福就像闪电或彩虹似的,怕一下子消失,怕幸福消失,怕心爱的人消失,像我父亲那样。我父亲有时候就突然失踪。"

"……"

"婚礼上只有单亲露面,是我继母……这么说是不大好,总之不是我生母。"

"……"

"不是生母也是好母亲。你也这样认为的吧?"

"嗯,是位好母亲,比您还要好……"

"这么说可是为安慰我?"

"不是安慰,真是这样。"

下游有声响传过,三节车厢的列车驶上前来。夕阳暖洋洋照在车厢上,车影依样映在水里移动。

暮霭中,入海口似乎离得很近。

新婚旅行

周一拉澄子坐在海滩遮阳伞下的长椅上。遮阳伞呈鱼糕形，偏长，下面足可放两张配长椅的长桌。便是这样的遮阳伞点缀在河畔公园的树荫里，从橘桥到宾馆下游。

照在车厢上的夕晖，也使桌椅的旧漆淡然生辉。

"想到从今天起就可以和你一起生活了，很有些不可思议……"周一说，"我能遇上你，奇异得就像海里开出牡丹花一样。直到今天……不，在得到你的照片前，我一次也没见过你，甚至不晓得世上竟有一个叫澄子的人。缘分啊！"

"是啊。"

"人和人相见都是不可思议的，那恐怕也就是人生。不过，再不可思议也比不上你我的幸遇。"

"觉得不可思议就不可思议……"

"不觉得不可思议就很可思议啰?"

"……"

"两人这么坐在宫崎的河边,可是真的?是真的?"周一重复道,"活着真好!也许别人听着不顺耳,以为小毛孩儿不配说这种话,可我也到了可以这样说的时候了嘛……"

"别再么说了……"

"啊,欢喜的事该直说才是,"周一压低声音,"不要咬文嚼字的,是吧?"

"高兴是高兴,可我想消失了。"

"消失?什么想消失?"

"害羞得想消失,不可以这么说?"

"消失不好的。你要是像晚霞时分河里的精灵,消失到水里去了,我可怎么办?"周一盯视澄子道,"你身上只有一样不能消失……"

"哦,什么?"

"头发。剪短了吧?"

"头发?嗯,说是那么长婚礼上不好做发型,不是一会儿戴假发,一会儿摘下来的吗?!"

"换装的时候?"

"嗯。"

"可惜啊!婚礼又是午饭时间,不换装不也是可以的吗?"

"毕竟一生就这么一次,母亲到底……您挺遗憾的?"

"是啊。心想那么长的头发可以往手上缠好几圈……"

"……"

"晚间睡觉要解开的吧?"

"嗯。"

"多可惜。"

"还可以留的嘛。"

"要几年才能长那么长呢?"

"反正一直在您身边,几年也好,多少年也好。父亲就说来着,问我断发离家不成。"

周一点头"嗯"了一声,但仍意犹未尽:

"眼前浮现出你摊开长发卸妆时的样子了呢,连样子我都看到了。"

"……"

澄子似乎缩了下身子,没有作声。较之在宾馆的房间,本来出门后澄子感到舒展来着,但周一的谈吐有时使她感到意外。

"澄子,照片带来了?"周一问。

"照片?"

"贴你小时候照片的影集……去你家时给我看的。"

"瞧您,好几本,又大,又重……"

"真遗憾,叫你带来就好了。你小时候的事儿很有意思,很让我喜欢。要是有影集,新婚旅行时可以不断听你讲往事。

有很多照片的吧？我小时候的照片压根儿就没有。我情绪不好的时候，只要你像唱摇篮曲似的讲起自己小时候的事儿就可以了，比如你说过的那场雪，就好像能把我洗干净……"

"在雪地上按脸印的事儿？"

"是啊。宫崎不下雪，有的孩子没见过雪，好几年飘一次雪花，小学的孩子们都跑到院子里朝天上看，说这就是雪。不赶紧看就看不到了——我这么提起宫崎就是在这样的南国气候时，你就想起了去雪国亲戚家玩时的事儿来。多大时候的事儿？"

"十五岁，冬天，寒假。"

"十五……你和当地的少女们一起在雪路上走，少女们把脸按在路旁的雪里……"

"突如其来的，吓我一跳。虽说是路旁，但雪也深得稍一弯腰，脸就能触到，就在那雪上把脸按下去一动不动，然后用双手把压出脸形的雪小心捧起来。我觉得很新鲜。"

"你也学了？"

"嗯。"

"人人都捧着那'雪脸'往家里跑，趁还没融化的时候……"

"你也一样，我都看见了在银白色世界里一路奔跑的小澄子！"

"……"

包笼两人的夕晖仿佛做着大面积呼吸。

"太阳快落下去了……"澄子道。

两人望着下垂的夕阳。随着夕阳下垂,西方天空的茜红色变得浓郁起来。暮色迷蒙,几乎使人察觉不出物影的消失。

周一不经意地把视线转往旁边的遮阳伞,不由"啊"了一声。

遮阳伞下的长椅上坐着一位老人,同样望着西方的落日。老人是刚才一个人慢慢走来河边坐在椅子上的,周一没有注意到。

"去一下,我……"

"怎么了?"澄子抬起头来。

"哦……像。"

"像谁?"

"父亲,我的……"

太阳和神话

周一从老人的椅旁走过,若无其事地看了眼老人,走过几步后又折身回来。这回他止住脚步,忽然盯住老人,目光同老人碰在了一起。周一略微低头道:

"失礼了。"

"哪里。"

"觉得您很像我家老人……"

"老人?你父亲?"

"嗯。"

"嚆,我像?"老人放轻声音,"父亲会在儿子新婚旅行时跟来?"

"啊,"周一不胜羞赧,"冒昧认错人了。我的父亲怕是沦落得不成样子了,肯定是的,可我却……太冒昧了。"

"不、不。"老人不无惊异地看着周一，流露出抚慰的目光，"我和二位是同一班飞机来的。"

"是吗？没注意到。您一人旅行？"

"不，新婚旅行。"

"……"

"飞机上、宾馆里全是新郎、新娘，以致我也想这么说一句。我是被歌词，被那句'太阳之国，神话之国'的歌词招引来的。可一到宾馆，岂不闯到新婚之国里来了？！"老人静静地说道，"我就想……不错，新婚是太阳，是神话。"

"太阳，神话……"

"天孙下凡来新婚旅行，不是吗？……这倒是开玩笑，不过民族确实是在你们这些新婚旅行之人的身上生生不息的。何况，新婚本身不就是很有神话意味的吗？"

"啊……"

"祝你们幸福，请……"

"谢谢。"周一对老人鞠了一躬，"请原谅。"

澄子用眼睛迎着折回的周一问：

"认错人了吧？"

周一好像忘了在澄子对面的椅子上落座。

"我胸口怦怦直跳。"澄子小声道。

"我也像要喘不过气来。"周一摇下头，"傻瓜……出洋相！"

"可确实像的吧。"

周一点头道：

"是心迷，心迷才会眼迷。我这个人，动不动就发现有人像父亲。每次都弄错。不像的人也觉得像，因寻找父亲的愿望已在心底扎下根来。"

"会找到的，一定……父亲也肯定想见你的。"

"给你这么坦率一说，父亲好像马上就要出现似的。"周一看着澄子，"你这么坦率，连躲在地底下的人都能给你唤出来……"

"我并不那么坦率的啊！"

"坦率，我喜欢坦率。父亲大概比我更向往坦率。他恐怕现在还在为寻找一颗坦率的心在哪里流浪。"

"……"

"我想是这样，但也未必。已经十四年了……父亲失踪……"

"十四年……十四年，那年我刚上小学。"

"是吗？"

周一显出回忆当年的神情，旋即像要从中挣脱出来似的说："算了，那种不开心的事儿……原本打算在我们新生活走上正轨之前是不提这件事的。"

"你父亲的情况以前听你说了许多，说多少都没关系的。"

"结婚和不结婚是不一样的，我想以结婚为界，把自己的过去一笔勾销……想着想着，偏又在这里错认了人。还是把我的过去封住堵死，听你愉快的往事好了！"

"往事什么的我也忘了，还是谈谈两人以后的事儿吧。"

"也是。不过你的往事同我的过去截然不同，能够明晃晃照亮我的未来，使我获得新生……我的青春从结婚开始，从和你结婚开始，一点儿不错！"

"……"

"每晚睡前都希望你讲一下小时候的事儿，一小段也好。"

"我怕没有你说的那么多往事可讲，马上就会接续不上的哟，怎么办呀？"

"只一点点就可以的嘛，一辈子都说不完的！"

"一辈子……"澄子的声音透出惊愕，"我小时候的事儿能讲一辈子？"

"好了。"周一像要把自己吞下去似的屏住呼吸，凝目朝宾馆前边的路面望去。

一群身穿白运动服的少年沿路跑来，看样子是在跑马拉松。暮色拥揽着这群少年，那染在白衬衫和裸腿上的色调使人感到夜晚即将降临。海枣树的叶片已黑魆魆的了。西边天空浓重的茜红色也已消失在寥廓的天宇。河面的暮霭和着滞涩的水色越来越深。

"走到桥那儿再拐回好吗？"周一说。

"好的。"澄子站起身来。

通过相邻的遮阳伞时，周一朝老人轻轻低下头去。老人点了下头，澄子便也不由低头致意。

橘桥栏杆上的灯已经亮了，一字排开的灯盏将意外长的影子投在水中，勾勒出道道光波。

退休与家人

一阵马蹄声使直木老人醒来,仿佛是拉车的蹄音,不是晚秋的声响,而带有春日那悠然的韵味。

虽然路就在窗下,但声音并不足以把五楼上的人吵醒。自然醒来时正好马蹄声从窗下响过,直木便觉得是那声音把自己吵醒的。拉车的马似乎是为了以声音表示直木今晨的醒来才慢悠悠一路走过的。

"啊,睡了个好觉!"

直木在枕旁听蹄音远去。老人早已习惯醒来即一跃而起,即使没睡足也不恋床,但今早他根本不再理会枕旁的闹钟。

一场酣睡仍甜津津留在脑海里。

"我去睡觉,捞回欠了三四十年的觉债!"直木离开家时这样说道。他觉得一夜睡了好些年的觉，或者说好些年都没睡过如此痛快的早觉。

不用看表，从窗口挤进的光亮和房间的温煦告诉他已十点左右。昨晚快十一点睡的，一觉睡了十一个小时，一个梦也没做。

直木始终认为只有在自己家里方能睡得安稳，觉得昨晚睡得不可思议，怀疑是否真正算是酣睡，然而醒来的感觉到底使他无法怀疑。

不过他要怀疑也是有足够的理由的。

他所以对家人开玩笑说"我去睡觉"，恐怕也是因为心底潜伏着不安，担心在旅馆中睡不踏实。其实那天即使在家里，也是有可能睡不安稳的。直木是离开公司后第二天外出旅游的。

家人们也并非没有料到直木不久将从公司退休，但作为事实得知时，还是觉得是突然袭击而神情一变。对这一冲击的反应，家里的每一个成员——妻、长子夫妇、二女儿、三女儿——各有不同。这来自各自性格的差异、对直木的感情以及立场的差异，丝毫不足为奇。但直木对每个家人的感情波动的差异即人的差异感受得那么明显，恐怕还是由于他本身的弱点，毕竟不是一般场合。

家人议论直木退休的话语，如果在各自所受的不同冲击下仍然音量很高，那么现在的直木是要感到不快的；但若相反悄声低语而似在安慰自己，真木又感到厌烦。相比之下，直木本身应既不逞强又不怯懦才是。

不不,好坏是老人终于退休的一天,逞强也罢怯懦也罢,岂非怎么都无所谓了吗?二者所以交替出现,互相纠葛,无非因为他难以从中挣脱。

退休日期确定之后,直木胸中忽然涌满对家人的依恋。那是一种无可遏止的亲情,一种滚烫的爱,一种更为纯粹的感情的沸扬,而不同于离开工作岗位后那种对家庭的回归及对家人的依赖之感。

但同时直木又蓦然觉得家人同自己之间产生了隔阂。或许唯其如此,直木才为何时将退休的消息如实告知家人而迷惘和踌躇,而他平时并非这样的。

直木告诉家人是在正式退休那天的晚饭桌上。家人们刹那间屏息般安静了下来。最先开口的是最小的女儿加代子,她对母亲而不是父亲说:

"妈妈知道的吧?"

"不知道,没听说。"

"哥哥听说了?"

哥哥治彦也没听说。

"刚刚听到的。"

"真的?"加代子一副难以置信的样子,"妈妈、哥哥都不知道?爸爸这以前就没提过?"

"没有。"母亲说。

"真的?"加代子看向父亲的脸,"突然袭击!临时定下的?"

"也不是临时……离开公司是今天。"父亲说,"今天明确定下来的。"

"我看出来了,爸爸,"二女儿晶子叫了声,"这三四天看您那样子,我就料想您可能离开公司。就说今早吧,您用鞋拔穿鞋时那脚势就和平时不同,我不由扶了您身体一把,是吧?"

"嗯。"父亲点头。

"那么说,我也看在眼里来着,"母亲接着道,"你爸爸是跟平时不太一样。晶子说起今早的事,对了,平时扎上领带,穿上西服,稍看一眼镜子就完事了,可今早又多看了一眼——小动作多着哩。"

"我心里也有感觉。"加代子问父亲,"退休的事您写信告诉京都我姐姐了吧?幸子姐昨天来信提起爸爸,我就觉得提法奇怪。"

"怎么说的?"

"说爸爸您新的人生刚要开始什么的。"加代子快嘴道,"告诉远嫁的女儿,却不跟身边的妈妈和女儿说,爸爸您也……"

"人性机微嘛!"治彦轻声道。

"机微?"加代子反问,"机微是这样子的?能告诉远处的女儿,却不好告诉身边的人?我们这些人也够怪的,既然感觉出来了,那为什么没问爸爸有什么没有,没问是不是要退休？妈妈也好，晶子姐也好，我也好……统统莫名其妙！"

"这……"

母亲刚要说下去，治彦叫了声"加代子"，责备妹妹似的说："现在爸爸告诉我们他已退休，是爸爸说话的时间，应该静静听爸爸说才是。你也该知道，对爸爸来说退休是多么重要的事，是吧？爸爸今天也就是现在把这件事告诉给了我们。我们听完爸爸的话，再安慰或者鼓励爸爸，总之全家人要把心放在爸爸身上……"

"哟，好贤明的哥哥！"加代子不无揶揄地说，"还是别再让爸爸不好意思了吧！"

"什么？"治彦瞪了眼妹妹，转而道，"加代子，眼泪快出来了吧？"

"哪里出什么眼泪了？！我想起五岁时爸爸利用公司招待的旅行带我去箱根来着。"

二女儿晶子也对加代子说：

"爸爸不是有意瞒着大家，是用心告诉我们来着，我想。"

"好了，明白了。"加代子应道，"现在是爸爸的时间……"

直木感觉出家人在自己退休这一冲击下表现出来的明显或微妙的情绪差异，则是在此后家人继续交谈的时间里。

莫非因为自己现在急转直下地处于被动地位，所以才对家人的那种差异格外敏感吗？

难道当时自己既想投入家庭的怀抱又要退离一步不成？

在宫崎这家宾馆的早上,醒来的直木恋恋不舍地沉浸在一场酣睡——长得令人难以置信的酣睡——的甘美余韵中。于是,前天晚饭桌上的家人浮上他平静的脑海。

直木陡然爬起,满目阳光晃得他不禁"啊"了一声,自言自语道:"旭日直射之国,夕阳辉映之国。"

这是《古事记》神话中迩迩艺神从天上降临日向时说的话,至今仍被用作赞美日向。直木便是被这句话吸引到宫崎来的。

《日本书纪》和《日向国风土记逸文》中也提到日向国名来自景行天皇之语——"此国地形正对日出方向,应名之为日向"。

这"旭日直射之国"和"正对日出方向"的地形现在正坦荡荡舒展在直木眼前。

一觉睡到快十点半,早已过了"旭日"或"日出"时分,但由于晨光清新,大淀川的水面仍像银箔一样闪闪烁烁,想必毫无杂质。长空朗然,远山色暖,阳光灿烂,无论如何都不像时至冬日,且较之阳春,更像是初夏。直木给这南国的阳光照得浑身舒坦,仿佛身心整个被照透了似的,一时离不开窗口。

正值退潮时分,铁路桥下面现出河底,连河泥也淡淡闪着一层光。六七只野鸭贴着河面掠过。水面漂浮的野鸭虽黑,但飞翔的野鸭展开的翅膀却像是白色的。

几个皮肤黝黑的汉子在河中弓着身子。待他们坐上小船,直木才注意到,原来水深只及膝部,汉子们在用脚慢慢划动。

"很浅啊!"直木回头对进来打扫房间的女侍道,"河很浅吧?"

"是啊,退潮时候。"

"下河那些人干什么呢?"

女侍凑近窗口道:

"捞沙蚕呢。"

"沙蚕?做鱼饵吧?"

"是的。"女侍点头道,"茶放在那里了。"

"谢谢。噢,脸还没洗!"直木轻松地笑笑,"光穿睡衣都不觉冷。"说罢走进洗脸间。

内廷偶人画[①]

在餐厅里直木也挑一张洒满阳光的桌子坐下。桌上放有一盆鸡蛋大小的仙人掌,顶端开着一朵宛若人造花的小紫花。时近中午的早餐,偌大的餐厅里只有两对新婚旅行的夫妇。

他们也都靠南窗坐在明晃晃的阳光下。直木蓦然看出他们眼神中带有婚后第二天早上的倦意,连忙移过眼去。直木近处桌旁的新娘以略含笑意的脉脉含情的目光对着新郎,却又像是不敢正视的样子。那脖颈白得楚楚动人。

另一对呢,新娘不断央求什么,新郎则好像故意拒绝。但不一会儿,新娘从衣袋里掏出一封信递过去,新娘打开来看,没等看完,新郎一把夺过去,低声念了起来。新娘满脸

---
① 内廷偶人画:日本以天皇和皇后为模特的古装偶人。

红晕，肩部都像透出羞涩。新娘好歹要回信后，从手袋里取出笔来在上面勾画改写什么——连坐在这边的直木也看得出来。她不停地眨闪眼睛，时而抬头觑一眼新郎那思索什么的模样，显得甚是可爱。想必两人今早给新郎父母写了封航空信，而新娘对自己的措辞不够满意。

直木想起长女幸子婚礼前后。他没想起自己早年的新婚，而想起了女儿当时的情景。

幸子远嫁京都，因此婚礼和婚宴只能在古都饭店举行，新娘一方举家从镰仓开赴京都，是婚礼前三天乘火车去的。父亲第一次嫁女儿，准备用两三天时间逛逛樱花时节的京都，放松一下幸子的心情，也算同女儿惜别，这种心意毋宁更带有感伤意味。说起来，全家人从未一起外出旅游过，且以后也可能机会不再。他让在建筑事务所工作的长子找借口出差，就说想去物色京都一带例如周山那样的山村（时下大多成了城镇）可以购置的传统民居。一方面有人撤下山村搬往城镇，或另建结构合理的新宅，因此意外有便宜得等同于不要钱的旧屋；而另一方面，城里又有不少人讲究情趣，喜欢古建材的韵味而用来建造茶室和农舍风格的住宅。

小女儿加代子还是初中生，又正值新学年开始，便让她留在镰仓看家，可是加代子死活都不应，说若不领她去，就拿出自己的存款坐飞机从后面追去——家人出门后立即赶往羽田机场，差不多可同一时间到达京都。听加代子说得那般轻松，直木颇有些吃惊。

"对了,爸妈,你俩打赌怎么样?"加代子满脸认真。

"赌什么?"直木问。

"赌我一个人能不能飞往京都……爸爸您不是不信吗?肯定!可妈妈以为我能去。你们两位正好打赌。"

"嗬,我们两位?……赌多少?"

"去大阪的机票多少?"

"六千元①,单程。"

"哦,那就赌六千元。"加代子不失时机,"要是妈妈赢了,在京都给我六千元,正好是机票钱。"

母亲藤子笑而不理。不过,加代子的说服到底奏效,母亲心里明白怕是也要带小女儿去了。

"我要是不去,幸子姐可是要哭的哟!"加代子不肯作罢。

"幸子会哭?"母亲反问,"加代子,幸子可是高高兴兴嫁到好人那儿去,有什么好哭的?如今的姑娘!她又开朗。"

"反正婚礼头天晚上或婚礼那时候或婚宴上,我不哭出来眼泪也要在眼眶里打转的。"加代子回答,"幸子姐见了也得眼泪汪汪。"

"喂、喂,别说得那么严重,加代子!"二女儿晶子皱起眉头,"我顶讨厌你这点,老是算计琢磨别人的感情,一辈子你都心不清静,加代子!"

"瞧你!哪里算什么琢磨什么了,自然而然的嘛!"加代子故作镇静。

---
①六千元:指日元。下同。

"幸子姐离开家门时,流泪给人看的只有我这个最小的妹妹,我这个孩子。"

"给人看?"

"晶子姐只知道挑我的字眼儿……谁都不可能总是说山百合那样清纯漂亮的话的嘛!"

"晶子,加代子说得或许不错。"大姐幸子插嘴进来,"加代子,到京都去,闪泪花给姐姐看。"

"加代子就会这样钻人家空子……"晶子声音镇静下来,回头看了眼母亲。母亲只是微笑。

"钻空子有时也是一种温情嘛,在我身上。"加代子说,"人与人相逢交往,是活在世上的标志。要是像晶子姐那样老死不和人往来,人只能是零,只能一个人躲在深山老林里给山神当新娘去!"

"你这是误解、曲解。"晶子再未多言。

起居室在二楼,十二叠①连着一个仅四叠大小的房间,但壁龛开得大,檐廊宽,加之远处海阔天空,因而显得格外敞亮。树篱外长着高大的树木,挡得看不见街上任何人家的房脊,也看不见由比海滨。右面是稻村崎山,左面逗子海岬揽海角入怀。这在镰仓可谓天造地设的景致。海湾绵软的光波在春日的午后时起时伏。再往前可以望见四五页船帆。

这是动身去京都前两天,父母和三个女儿坐在起居室里。

---

①叠:榻榻米(一张比单人床小些的草席),亦用作量词。十二叠即房间的面积为十二张榻榻米大小。

直木这时便向公司请了假，倒也不是因为妻子和大女儿叫他在家。儿子尚未娶妻。

壁龛里挂着内廷偶人画。宽大的壁龛同窄小的挂轴颇不谐调，内容也已落后于时节了，但由于幸子出嫁，便将在桃花节①一度挂过的这幅画又拿了出来。画出自明治时期日本画家之笔，是以前藤子过桃花节时别人送的，结婚时随嫁妆带了来。不久女儿出生，过桃花节时藤子想起后挂在了壁龛里，一直挂到大女儿结婚小女儿上初中，年年如此。也正因为年年如此，家人对画的印象也就淡薄了下来。画家简历和作品风格三个女儿原本都从母亲口中得知了，但近几年挂出来也没有人再仔细欣赏，画家的名字也无人提起了。

不料，幸子婚事定下后提出想把内廷偶人画带走。家人都觉意外，恍然大悟似的重新朝画上看去。

"姐，你早就打这主意了？画上的一对偶人可是我们姐妹三人的宝贝哟！三人过桃花节时都挂来着。你要是想带走，那我也想要。"小女儿舍不得也情有可原，"晶子姐也是吧？嗯？"

"我不稀罕。"晶子不屑地说。

"是吗？晶子姐是这样的，我知道。晶子姐可以让幸子姐喜欢的画家给自己画一幅嘛，是吧？"

"算是吧。"

"因为晶子姐根本不珍惜往日的回忆……不珍惜叫人怀念

---

①桃花节：日本每年3月3日的女儿节。

的过去。"

"瞧你这自以为是的劲头,小小年纪……我也是珍惜往日回忆的。"

"爱情也……"

"珍惜。只是我不愿意像你那样讨所有人喜欢,让很多很多人爱。"

"好了,明白了。可我们家这幅偶人画也是有我自小的感情在上边的哟!是我贪心……"

"也不见得吧。我也没说你多情或薄情的嘛。"晶子停顿一下,"你说我们家的画,是我们家的。实际上是妈妈的,早已成我们家的画了。所以,要是妈妈想送给出嫁的幸子姐,送也可以。"

"倒也是。"加代子看着母亲说,"妈妈您还有第一次过桃花节时的记忆吧?"

"记什么忆呀,加代子!第一个桃花节不是只有几个月大的婴儿吗?"母亲笑道,"幸子想要,送给她就是。不过,等幸子生下女儿,在女儿过桃花节时给不好吗?"

"假如没生女孩儿呢?一个又一个都是男孩儿……"幸子道。

"那种事儿也是有的。"

"那就第一个生女孩儿的要。"加代子说,"就算那样,我怕也抢不到第一。"

"不是有新婚的年轻夫妇像一对偶人那种说法吗?现在就

送给姐姐也是可以的嘛,妈!"晶子劝道。

"让幸子带走好不好呢?"藤子问丈夫,"你一直没吭声……"

"请、请。"直木回答,"有幸旁听了一场妙趣横生的家庭会议,作为旁听人或陪审员,我别无异议。"

"那么就定下来了。"幸子说,"是为祝福我挂在壁龛里的……"

毫无疑问。

竹叶旋律

壁龛里挂着内廷偶人画，画前摆着彩礼。至于习俗上彩礼应摆到什么时候，直木和藤子都不知道。翻翻妇女杂志，问问别人马上就可弄清楚，但不知不觉间一直摆到了今日。

幸子的嫁妆两三天前就已送往京都男方家中。内廷偶人画是母亲出嫁时随嫁妆带来的，幸子这次看来要迟一步送去宫本家了。

直木一边漫不经心地听着关于这幅画的"家庭会议"，一边隔着小房间打量庭院的东面。起居室同小房间之间的隔扇以及小房间对着檐廊的拉窗都已两边拉开。从二楼看去，庭院东面的树木便被以隔扇和拉窗为框削去了周边。树木为掩人视线栽得很密，挺拔的松杉和阔叶常绿树交织在一起，其间有一丛孟宗竹。

春雾蒸腾，海天迷蒙，犹相抱而眠。在这样的午后，树叶纹丝不动，唯独竹梢似摇非摇地摇动。直木刚才就注视竹梢细枝的摇曳，不注意很难看出。直木觉得，竹叶的摇颤仿佛低微而遥远的音乐旋律，除了自己，无人察觉，无人听见，甚至同在二楼起居室的家人也无动于衷。

即便直木提醒，家人现在怕也感觉不到竹叶的低吟浅唱，也不会觉得那是一种旋律。万木新叶初萌，唯独这竹叶犹残枝败叶般泛黄。

在直木听来，那竹叶的旋律仿佛故人即将远离时依依的感伤，又像是亲友远来相逢时袅袅的前奏。但它既非惜春怀秋那种缥缈的情思，又不尽是漂泊无依那样苍凉的况味。直木兀自凝视竹叶的微颤，恍如初次嫁女时那种对长女幸子的父爱正在并不狭小的庭院一端弹奏不为人知的音乐。即使幸子的母亲和两个妹妹看不见听不见，也同看见听见并无二致——作为父亲的直木如此想着，只管默然无语。

相邻的四叠房间里，摆满幸子的物品。

那是幸子生来到出嫁前所有的东西：有戴的、穿的，至今剩在家里的、没能装到嫁妆箱里的。因此无不是富有女孩和少女色彩的东西，如和服就五彩缤纷摞了一堆。不过都已分类整理妥当，不光是按种类区分，还以赠送对象划分开来。除去少量准备送给孤儿院和身心不健全者疗养院的，其余几乎都归小女儿加代子所有。加代子说她什么都想要。二女儿晶子则表示什么都不想占有。

晶子特别希望得到的是勾玉和银戒指。勾玉当然是古坟出土的文物，属琅玕类翡翠，颜色好，瑕疵和荫翳很少，比晶子的脚趾还粗，作为玉无论大小还是质量都属上乘。

想必是日本古代王侯将相戴在脖子上的。那是晶子的祖父年轻时得到的。那时候就连土偶、陶偶、陶器和铜铎也极少被视为古艺术品来买卖。如今恐怕值二三百万日元。

所以在直木家乃是一件珍宝。虽然没有明确说归长女所有，但幸子初三过生日时，曾把勾玉穿一条细细的金链悬在脖子上走进客厅让来宾们吃了一惊。一个朋友灵机一动，说戴此首饰的幸子俨然一个邪马台国的女王卑弥呼。

"不是卑弥呼，是台与。"幸子应道。

"什么台与？"朋友问。

"卑弥呼后面的女王啊。卑弥呼死后国家乱了，为了治理国家，十三岁的少女台与被立为女王。我要是生女孩儿，就取名叫台与。"

卑弥呼和台与王国出现在公元三世纪，这在中国当时的史书《魏志·倭人传》中有记载。日本为弥生时代，尚无文字。至于卑弥呼王国在九州还是在大和[①]，国学家和史学家议论至今仍莫衷一是。

不管怎样，直木家的勾玉应该可以说是弥生时代卑弥呼、台与等女王作为首饰所用之物。

[①] 大和：日本旧国名之一，范围相当于今奈良县全境。

古代的中国和朝鲜均无勾玉，因此当是古代日本民族的独创，而非来自大陆。

初三生日的夜晚，幸子把勾玉收入开启时有音乐声响起的宝石盒，藏进自己的小匣子里。当然她不晓得是如此贵重之物。那以后升值的事直木一家也无人知晓。只是直木把从父亲口里听来的告诉给了全家：幸子的祖父买这勾玉时，那古董商有五块差不多同样大小的勾玉，用细绳穿在一起，在顾客耳旁轻轻晃动，结果玉与玉相碰的妙音，听起来仿佛小鸟低微的鸣啭。

店主说这叫"琼音"，具有"轻微""似有若无""倏忽"等意的"琼音"一词即源于玉与玉相碰发出的这一音响。

在勾玉作为饰物或炫耀身份之物而被实际使用的古代，当然不至于故意手摇玉串让人听琼音。琼音想必是戴有勾玉项链的人随着起居动作自然鸣奏出来的。并且，由于制作大块勾玉的矿石在古代日本至为难得，因此项链不全用勾玉，而在勾玉与勾玉之间掺杂管玉之类。纵使王侯之家，一串项链也不至于使用许多块勾玉。

直木的父亲只买回一块勾玉，所以现在家里还没哪个人听到过琼音，就连幸子的祖父听到过的事大家也早不记得了。

虽说幸子把勾玉收进了自己的宝石盒，但并不等于归她所有。幸子快出嫁时，晶子恳切地希望把勾玉留给自己，家人这才想起勾玉的存在。另外一个细细的银戒指虽不足为道，但是幸子贴身的纪念品。

那还是上初中那年春天，幸子跟母亲去银座央求母亲买的。从那时到现在，随着时间的流逝，幸子的左右手或戴在无名指或小指或食指上，洗澡时也不摘下。原本雕有什么花纹，但早已磨损得面目全非。幸子新有了订婚戒指、结婚戒指，这旧戒指便不再戴了。

晶子提出想得到这两样东西时，小女儿加代子两眼一立。

"晶子姐这个人，简直是要把幸子姐的魂儿都扣去，她就是这种人！"虽然委屈，但未再穷追猛打下去，"我这个贪心不足什么都想要的傻瓜，活像捡破烂的。"

直木一边回想因二女儿和三女儿的性格造成的财物分配方式，一边倾听竹叶的旋律，不由觉得很像尚未听得的琼音。随后说道：

"去光则寺看海棠花好吗？花开得正盛吧！"

自妙本寺那株有名的海棠树战败时枯萎后，长谷光则寺的海棠便成了镰仓最好的景观。

海棠花

像海棠这样花团锦簇、云蒸霞蔚的开花树，在大凡所知的开花树中求其同类，恐怕当举连翘。无须说，较之连翘的深黄，还是海棠的浅红更具女子风韵。即使同梅花、樱花或山茶花、桃花相比，海棠也以其丰盈、娇柔、翩然若举的风姿堪称少女的象征。

直木心想：幸子以少女之身观赏光则寺的海棠怕是到今春今日为止了。如此想着，同家人缓步朝寺院的茅门踱去。门内闪出的巨株海棠虽看上去含苞待放，但随着距离拉近，开始绽放的花朵便点点闪入眼帘。

这座存有曾囚禁过日莲上人弟子日朗上人土牢的光则寺，有一方镰仓动物保护协会辟建的猫狗公墓，春分时节举行祭祀活动。

一片古梅树前，以竹杉葱茏的青山为背景，站着一位直木熟识的寺僧，寒暄几句后，直木说道：

"孔雀开屏了，好漂亮！"

寺僧回头望去。

"孔雀时常跑出，跑得很远，很伤脑筋。有时甚至从由比海滨您家打来电话，说孔雀到家里来了，叫去接回。也有人特意抱着孔雀送来。街上都知是光则寺的孔雀……"

"这点镰仓算是好的，没人盗杀迷路的孔雀，没人搞恶作剧。不过，大佛路车这么多，人都很难横穿，孔雀怕很危险吧。"

"有时还半夜跑出去……"

"孔雀夜游，春天……"直木笑道。

眼下宫崎的晚秋，很像镰仓的那个春日。

直木吃罢很晚的早饭，走出餐厅，回房间把袖珍本《古事记》揣进衣袋里，下到服务台，两块婚宴立牌扑面而来。自然是当地人的婚宴。值班员告诉他昨天、今天住有四五十对前来旅行的新婚夫妇，多的时候一天八十对。直木很感意外。宾馆并不大，若八十间客房全给新郎新娘占满，果真成了新婚专馆。

"老头子一个人住在这里，够不识趣的啊！"直木开玩笑道。

"哪里、哪里！"客房部的人连忙否认。

"快要成障碍物喽！自己倒不愿意那么想……人一上年纪，渐渐觉得自己在妨碍自己似的。"

话是随口这样说了，但果真如此不成？所谓"自己在妨碍自己"是怎么回事呢？自己的老年真的会是这样吗？直木认为眼下尚不至于。刚才出口的话又折回自己胸际，往下的心理活动当然不便对宾馆客房部的人诉说。

直木放下钥匙，专心地吸着烟，走上近二层高的大厅，坐在靠窗口的长椅上。大厅比二楼走廊低些，于是走廊便成了大厅的装饰墙，悬垂的黄菊、白菊、红菊一直垂入大厅。花枝招展的新娘正同家人亲戚拍照，没见到新郎模样的人，估计婚礼即将开始。摄影师脑袋探进黑布袋，将箱式摄影机的三脚架拉到几乎紧贴直木膝头这边来。直木起身走出大厅。

直木发现大厅两侧一种热带树上开着一种被称为"天使喇叭"的白花，果然名副其实。

他径直朝河下游走去，排列着海枣树的河畔公园很快走尽了，沥青路也走完了，而变成了乡间土路。公共汽车道从小户桥那里离开河畔朝左边的村庄（虽说是宫崎市内）拐去。直木登上大淀川堤岸，荒草中闪出一条小径。

莫非是赤江港？上游冲来的沙土长年累月在河口沉积下来，扩展露出水面的泥沼面积，将河口堵住。前面冷冷清清竖着一条小船的桅杆。江户时期作为连接关西海路的热闹的港口的景象已无从觅得。大淀川岸边鳞次栉比的妓院和饭馆在战火中焚毁一尽，而在其遗址上建了河畔公园，栽植了成排的海枣。从这橘公园到儿童公园、仙人掌公园以至日南海岸的观光公路，战后点缀了富有热带风情的植物，成为观光设施。而直木此时看到的河口、港口和海滩则被排除在外。

《古事记》神话中伊邪那岐神口称吾"既临污秽之国，当净身祈禳，遂至筑紫日向橘小户之阿波岐原净身息灾"。直木离开宾馆便是为去看这阿波岐原。

橘街、橘桥、小户町、小户桥等地名均来自《古事记》中同样的地名，阿波岐原这一地名如今亦然。而赤江港之北、阿波岐原之东及一叶滨一带，据说即是伊邪那岐神净身祈禳之处。原本就是神话。

直木在高中学《古事记》时还是大正时期，那时候的学生尚能以神话为神话自由发表看法，而不久后便成了禁书。当时如津田左右吉博士的《神代史的新研究》和《古事记及日本书纪的新研究》等书很受学生欢迎。高中时代，直木的兴趣就是猎读民俗学、考古学、神话学以及比较神话学方面的书籍，并且同志趣相近的同学就此讨论和外出旅行。

这么着，直木从未认为伊邪那岐神实有其人，亦未曾将日向神话直接视为史实。但直木一贯认为日本神话毕竟是日本神话，无论怎样寻求它同其他民族、其他国家的神话的相似之点，日本神话终究是日本神话。直木既非神道大家，也不是神话学者。

直木过去这样做，不过是出于一个学生——一个法律学科的学生——的兴趣或好事而已。加之在公司工作四十年间疏于读书，因此关于战败后日本神话得到怎样的研究、怎样的解释，只限于从报刊上不时抽筋拔骨看得的零星片段，所知几近于零。学生时代读过、看过的记忆也已依稀，或者不如说大多已忘光。上衣口袋里揣来的《古事记》全是古文，一无注释，二无白话译文，能否看懂尚属疑问。

尽管如此，但如今退休动起旅行念头，最令他神往的依然是"神话之国"日向，继而是出云之国、大和之国。至于为什么，直木自己也不甚明了，很难简单归结为对学生时代、青春时代求知情结的怀念或老来对故国的乡愁。与其说是寻根，莫如说他想从这样的旅行中寻觅自己新的出发点，甚至可以说希求为第二个不同的人生而"祈禳"。他首先要用日本的神话、传说、历史及大自然来将自身洗涤干净。

直木走下堤岸，从河口继续往一叶滨走去。他以为有路通过去，却似乎没有，只好折回原路。橘桥上空和远方的上游雾霭迷离，尽头处浮出山尖的大约是高千穗峰了，直木根据山形想到。峰顶如三角形端头一般尖溜溜的，那里是大淀川的发源地。

银箔一样光灿灿的水面上，野鸭在这正午时便已成群结队；而不反射阳光的河段则显得滞重，黏糊糊浑浊一片。河水中污物的臭气，在堤岸上都可嗅到。这"黑水河的恐怖"，直木也从今早的报纸上知道了。几十座淀粉厂往河里排泄废液，致使河水脏污发臭，鱼死饵尽，甚至危及市区供水。宫崎县是马铃薯产地，淀粉生产自是一项产业，但工厂的废液污染河流，公害亦非同小可，据说县市正在商讨对策。只知欣赏河中旭日落日的游客对当地人的生活未免熟视无睹、麻木不仁，直木今早还这样想。想虽然想，但对于直木而言，早上那一杯咖啡的味道恐怕要现实得多。所谓"遁于旅、学于旅、生于旅、死于旅"，终归是旅人的事情。

一叶滨

东京隅田川的污染,可以说是东京或者日本近年来"公害"的标本。"百年河清",虽然说的是希望渺茫,但其所指的是黄河水乃是自然生成的浑浊;而相比之下,隅田川则是小人所为,和往柳桥上胡乱涂漆同样鲁莽不恭。

直木那个主要从事住宅、商店设计建筑的儿子治彦也对东京几乎绝望,原本对京都古城至少还怀有希望,岂料京都颇具昔日情趣的民居和商店也接连摇身变为比东京还浅薄廉价的洋楼、洋馆。京都商店中的小店铺恐怕比东京还多。但若仍是原封不动的京味老门面,如今的顾客便不屑进门,除非相当特别的老店铺。就民居来说,也不可能为保持京都老街风情而强迫市民使用昂贵的良质木材去新建那种居住不便、采光不良，夏天闷死人，冬天凉彻骨的煞有介事的古风建筑，何况又是国家和市政府的权力所鞭长莫及的。如此情况下，甚至令人担忧为时不久京都的民居便将统统变成比东京还要俗不可耐的、如电影剪辑的那种浅薄不堪、不伦不类的建筑。

"啊，看不见山，山看不见了。"直木近年来走在京都的街头，不由自言自语地要感叹。京都之美，其一就在于从街上即可望见东山、北山、西山、比叡山和爱宕山。但由于楼宇相继落成等原因，望不见山的街道多了起来。且较之东京，那些楼宇显得粗糙而寒碜。毁于战火的地方城市全都失去了乡土特色，而成为千篇一律且又杂乱无章、了无情趣的速成建筑。眼下唯独京都还算是日本地道的古都，但也正朝着战败式乡村城市蜕变。不久，未必没有可能沦为东京繁华地段的一截尾巴。

"如果这就是日本的现在，这样下去也可以的吗？"直木边下堤边说，"该毁灭的任其毁灭吧，该死亡的任其死亡吧！"大淀川的臭味儿使他口出这样的话语，"就连巴黎的塞纳河……"想到这里，直木的表情松弛下来。

前年夏天去纽约出差的直木途经欧洲又转到北极。在巴黎观光一周期间，日本商社的一个朋友邀他乘游艇游览塞纳河。巴黎圣母院在灯光辉映下的景致也可以从游艇上看到。直木不懂法文，不知是诗还是散文，亦不解其意，总之有大约关于巴黎圣母院的拿腔作调的朗读声从教堂里传到游艇上。巴黎圣母院竟也沦为夜间观光之用了，直木产生的莫如说是一种幻灭感。

但这还算是好的。后来游艇行驶不远,夜幕下的河面便有白色之物点点浮现出来。他以为是树叶。听说巴黎秋早,不过八月尚未过半,街树底枝才偶有叶片泛黄,不可能有如此数不胜数的落叶。原来是死鱼!随着游艇的行进,死鱼几乎把黑乎乎的河面铺得发白。若说是将烂鱼抛进河中,数量未免过多。是死在河里的,死鱼群似流非流地漂着、荡着。

"怎么回事?放毒药了?"直木对同伴说,"不像话,满满一河死鱼,头一次见。"

游艇的玻璃窗一直连到圆形天花板,又有冷气,但直木还是觉得有死鱼味儿进来,胸口阵阵作呕。这就是全世界都在讴歌的塞纳河?但它也是一个证据,证明较之死了如此之多鱼的亦即有如此之多死鱼的塞纳河,隅田川的污染尚不算严重——直木转而想道。然而塞纳河那翻着白肚皮的一层死鱼还是在直木的脑海里挥之不去,有时甚至使他想起死于关东大地震的火灾和二战空袭火场的几万具尸体。

走下大淀川堤岸的直木乘上过路的公共汽车,穿过村落。这一带农家用一种名叫"金竹"的细竹编扎树篱。田里排列着塑料棚,里面种着准备提前上市的蔬菜。虽值秋末,但从田地里归来的农妇们仍头戴遮阳斗笠。

直木在一片平坦的松树林中下了汽车,一块写有"鸟兽保护区"的木牌立在那里,空无人影。林间有一家像是专门做名锚鱼的饮食店,也似乎空无一人。直木沿林间小道走去。

阳光在树叶上跳跃,照着树干,光点漏在沙地上。

走出松林,是一片低沙丘样的沙滩。在赤江港和大淀川河口的水滩上扔着一条破旧的小船。海边有人在编扎金竹篱笆,篱笆很长,似是双重。

"冬天防风用的吗?"直木问。

"不,防霜。"抱着细竹的妇女回答,"里边栽了小松树苗。"

"宫崎也下霜?"

"下的。"

直木站在水边往海里望去。古代传说中"日向橘小户之阿波岐原"的一叶滨想必就是这里。海是日向滩、太平洋。在冲绳处于那种状态①的今天,太平洋黑潮首先冲抵日本本土的地点即是此处。日向滩海岸即宫崎县的海岸线由南端都井岬至北边延冈市边缘,南北几乎呈一条直线,无凹凸处。大淀川河口的南边有座名叫青岛的小岛,岛上——唯独这小岛上面——生长着很多古来便不可思议地自生自长而非近年栽植的槟榔树等亚热带植物。旅游专车从山间开凿的公路驶出以后,玻璃色的大海豁然袒露在眼前。

"那是太平洋!"导游小姐将在堀切岭这样介绍——直木虽然还未去,但不难想象稍远的前方即是那番光景。

直木想起昨天在橘公园的夕晖中将自己错看成父亲的新郎,料想那对新郎新娘今天也已翻过堀切岭到日南海岸观光

---

①那种状态:大约指美军占领时的状态。

去了。

"父亲会在儿子新婚旅行时跟来？……"

直木当时戏谑地轻声说着，一时以为自己大概长得像新郎父亲的哥哥或弟弟，使得在新婚旅行中意外碰上的新郎吃了一惊，结果不是那样。新郎明明白白说的是父亲，说的是父亲沦落得不成样子了。

诚然，并没有像萍水相逢之人结萍水情缘那样提起或询问一段身世，但新郎同父亲的分别无疑非同寻常。而且，在新婚旅行当中，新郎竟将似是而非的直木错看成了父亲，他道歉的语声，自有一种意味，令直木为之心动，直至今天仍不禁想起来。尽管茜红色的夕晖中新娘的柔美似乎辉映着新郎，但直木依然感受到新郎内心的黯淡。两人轻轻点头走过河边时，直木得到的便是这样的感觉。

被年轻人错看成是父亲的记忆，虽说未曾有过，但直木倒觉得今后迟早还会在哪里遇到，若今天回宾馆吃饭时碰在一起就好了。那对新婚夫妇前往观光的日南海岸本来在中午正强的阳光下的大海那边，却似乎笼罩在依稀的雾霭之中。

"故乡尾铃山，秋来山岚散如烟，望之何凄然。"若山牧水这首和歌，直木也是知道的。里面说的尾铃山，歪头左望应该在松林前远些的地方，于是直木开始用眼睛搜寻。未带山形的照片，只觉得群山中的一座便是了。羁旅诗人牧水生于日向是尽人皆知的事，导游手册上说仅宫崎县一地便有他五六座诗碑。

神武天皇东征时起航的美美津港有耳川汇入，那上游的尾铃山麓便是牧水出生的故乡。

小时随母亲第一次看到大海时的惊愕，牧水曾引用《智惠子抄》的作者、诗人高村光太郎年轻时的诗加以表达："大海惊涛涌，太古奔雷今复吼，声声撼苍穹。"

他写道："我六七岁时，曾跟母亲顺耳川而下。船即将驶入美美津时，看见蓝湛湛扶摇而上的巨浪越过眼前的沙丘溅起雪一般的浪花，吓得我紧紧抓住母亲的衣袖问那是什么。母亲笑着告诉我说是海浪。船靠岸后，母亲特意把我带到沙滩上，告诉我那就是海，是大洋，令我更是愕然，更是不可思议。"

牧水说："我想初次目睹大海时的惊愕，大概是所有惊愕中最伟大、最崇高的。"

海边长大的直木，生来就以大海为伴，没有像牧水那样的山村孩子看海时的惊愕，但还是可以从牧水的叙述中想到其惊愕之情。

一叶滨连接美美津海滨。此时直木独自站在一叶滨，他好像感到一种人生旅途中始料未及的惊愕。

古事记

牧水还有这样一首诗:"海天茫茫兮,盘古悲凉涌心底,涛声鸟无迹。"此外直木还记起这样两首:"孤独之神兮,且在如铁黑岩上,刻留我身翳。必当获新生,如此自言复自省,潸然泪涕零。"直木和他的同学在高中时喜欢吟咏牧水的诗,也有同学擅长朗诵。例如这三首"破调"①诗,抑扬有致地朗诵起来,便有一种东西流入人的心底。直木想起牧水的诗歌也就想起自己的青年时代。那高中生朗诵的余韵像至今仍荡漾在这海滨。"孤独之神兮"和"必当获新生"诱发的情思,在高中生直木与年过六十退休了的直木身上,应有人生晨昏

———————
①"破调":日本传统样式的诗歌(即和歌)由五句三十一字(五、七、五、七、七)组成,多或少一两字者称为"破调"。

之别。显而易见，牧水的这首诗富有青春气息。"必当获新生"也许来自失恋或创作道路上的挫折，但与年老退休绝对无关。不过直木并未怎么感觉出这样大的差别，或者不妨说感觉并未达到想要特意确认和把玩这种不言而喻的差别的地步。时下直木在休憩与来去的自由中，有着今晨醒来时的那种新生之感。青春岁月的回忆使他变得年轻，里边没有感伤，也似乎并非是对现实的逃避和漠视。

然而最后一句"涛声鸟无迹"却是真切出现在直木眼前。没有大淀川中的野鸭，没有鸻科鸟，没有海鸥，除了编扎篱笆的人，便只有直木了。声音也只闻隔篱笆的剁竹声和海浪声。海浪声音不高，浪头也不大。这里古来便以浪急闻名，所谓"一玄海，二远江，三是日向赤江滩"，想必海边常有台风袭来。现在莫如说静得近乎虚无，长长的水线无弯无曲，亦无分外醒目之物，加之这初夏般的暮秋阳光是那样的静谧，因此早已超越"南方虚无感"而更近乎荒凉了。

生于宫崎、殁于宫崎的小说家中村地平，针对游记作家所谓"宫崎山川敦厚丰饶、悠然自适"的说法，指出"日向风物暴戾不羁"。本地人认为，这来源于赤江滩、一叶滨在其儿时的脑海中植下的狂暴印象。

这一带阿波岐原虽说是伊邪那岐神净身祈禳的神话故地，但见不到任何类似神武天皇的宫崎神宫，海幸彦、山幸彦的青岛，鹈茸草茸不合尊和丰玉姬的鹈户神宫以及战后人工建造的橘公园、日南海岸国立公园等纪念性遗址和新的旅游设施，唯有单调延展的沙滩及其后面绵绵不断的松林。靠海边的小松林叶片已经泛黄。

但这毫无特色可言的寂寥海滨反倒让直木感到释然，尽管他不是乡土文学家中村地平。直木并不孤寂，使他为之执着的东西似也离去。阳光透过毛发，温暖他头部的肌肤。

他在沙地上坐下，开始从头跳读袖珍本《古事记》。"别天神五柱"和"神世七代"很短，接下去就是关于伊邪那岐神和伊邪那美神的神话。这对男神女神"欲生国土一方，而不知何以生之"，伊邪那美神曰"吾身有一开裂处"，伊邪那岐神曰"吾身有一凸余处"。这问答虽然出自开朗健康的古代传说，但在《古事记》——受朝廷之命为皇室编纂的这部《古事记》——亦被奉为"神典"的战前，已足以使高中生直木为之震动了。当然也有年方二十的关系。

直木此刻力图追忆童贞时期的震动，但很难完全回到四十五年之前。对这种交合，从中感觉出神话的天真无邪对于步入老年的直木也并非难事。诸多民族关于这方面的神话，直木已经不止于记忆依稀，应该说差不多忘光了——而他又全无亚当与夏娃那样的所谓"罪"，当然这种情况下是不能相提并论的。

只是，由于女神求爱道："真好男也！"男神接道："真淑女也！"——"女子不宜先启齿"，即犯了女子主动传情的错误，致使交合后错生出马鳖来，只好放入苇船中顺流扔掉。于是下回男神先道："真淑女也！"而女神应："真好男也！"

改了男女顺序，故有"八大岛"国诞生。

直木觉得改变男女顺序耐人寻味。既然女神先说而惩及所生之子，《古事记》为何不一开始就让男神先说呢？《古事记》成书于和铜五年，即公元八世纪初，其时元明天皇为女皇，后来以奈良为都时女皇也居多。尽管如此，但由于早已确定了家长制、男权和男子的优先地位，也还是出现了不妨视为这种训导女子的寓言性神话。同时，也许神话中女王的生活和女子优先的习俗仍被口头传诵，从而书录下来。直木随身只带有袖珍本《古事记》，所以在这里无法读到学者们关于神话与古民俗的研究或推论，他很想回镰仓的家里查阅一番。随即，较《古事记》还要早的明朗欢快的古代歌谣、陶偶以及年代更为久远而颇有强度的土偶等，纷纷然浮上他的心头。

生国神话中还有这样一段："生伊豫二名岛，此岛一身四面，面名各异。"——现今的四国地区，爱媛为女，赞岐为男，阿波为女，土佐为男，四国均被赋予男女性别。这段直木本已忘了，现在重读起来，仍觉饶有兴味。爱媛（伊豫）与阿波，想必自神话时代便有女性韵味。

八大岛国土生毕，继而生诸神，先生河海、山野、土石、草木等自然物，之后生火神时烧伤下部而病倒。"伊邪那美神因生火神而失却自身"，日本神话于此首先出现死。

较之《古事记》神话，日本学生更熟悉的是普罗米修斯因盗来天火而被绑在岩石上任由秃鹰啄食肝脏的希腊神话。

直木对此感到不解。他在沙滩上一边读伊邪那美神之死的神话，一边回想昔日尚是青年学生的自己从中得到的感觉，但已如烟似雾了，毕竟时隔四十余年。那时多少对古代研究怀有兴致，并未将其单纯视为荒唐无稽的传说，然而何所思、何所感却是模模糊糊的了。纵然在六十五岁的今日，也并不明确和朗然，但越读越有新的惊奇，而并不觉得尽是离奇怪诞之谈。

这既是死亡起源的神话，又是生之开端的神话。为夫的男神伊邪那岐神因为妻的女神死之不净而逃至这日向阿波岐原净身祈禳，那之前竟有这许多故事。这点直木原已忘了。直木还想起，有学者认为因妻的死之污秽不净而逃离，乃意味弃妻、离婚和对家人的避舍。

忽然一句话掠过直木心头："海里唯有水，直木唯有恶。"此语来自对《妙好人才市之歌》的模仿，每当他回首或懊恼自己时，便如此自言自语。

"我的心旋转不止，因那业障之车"，"一直转到临终，从此再无车"——才市之歌也浮上心来。才市是石见国一贫穷的草履作坊主。

火与雷

生火神烧伤下部的伊邪那美神卧床临终之际，仍从呕物和屎尿中接连生出金山、制陶土、灌田水、农耕及食物诸神。食物神丰宇气毗卖即伊势外宫所祭之神。

伊邪那岐神俯在妻之尸体的枕旁和脚下痛哭，其时"成泪之神坐于香具山亩尾树下，名为泣泽女神。故伊邪那美神葬于出云国与伯耆国交界之比婆山。"

但爱妻死于产后的伊邪那岐神对其子火神和迦具土神大为恼火，拔"御佩十拳剑"斩掉火神脑袋。结果，从剑锋、剑茎、剑柄沾存的血中生出八尊神来，个个勇猛强悍。直木心中称奇，从怒斩亲子的剑血中居然生出这许多神来。建御雷之男神便是从剑柄的血中生出的。

进而，又从被斩杀的土神的头、胸、腹、下部、左手、右手、左足、右足生出司掌山谷诸神。就是说，死尸中亦有生命源源不断，具有浓厚的创世神话色彩。

此后，伊邪那岐神因思慕伊邪那美神尾随至"黄泉之国"，道："吾之爱妻，归来兮（吾与汝所造之国至今未讫）。"

但伊邪那美神说："（惜哉！）夫君若不速来，妻将食此黄泉之物而身受其秽。夫君既来，妻亦有意返回，即与黄泉之神相商。但夫君万勿随入，不可窥妻此时姿形。"

然而，等得不耐烦的男神自行折下发髻上竹梳的一根梳齿，用火点燃进入里面。于是目睹了女神的尸体：无数蛆虫蠢蠢涌出，几乎可闻其蠕动之声。就是说，尸体已经腐烂，至此尚属常景。而往下这神话中尸体则离奇起来：如此女神的尸体上，头部有大雷，胸部有火雷，腹部有黑雷，下部有拆雷，左手有稚雷，右手有土雷，左足有鸣雷，右足有伏雷，共生出八尊雷神。如同因烧伤母亲而被父亲砍死的火神身上有山神、谷神降生，女神开始腐烂的尸体中亦有雷神生出。

"火与雷……"直木喃喃有声，眼睛来回在《古事记》中的这一段上移动。《古事记》用的是古代神话语气和文体，毫无矫饰，毫不顾忌。由于仅带来这一小本《古事记》，又没有注释，因此尽管直木学生时代的关于日本国土及森罗万象的创造神话同世界其他民族的创世神话具有怎样的异同以及外国神话传来之后如何融进日本特色的那些出于兴趣的记忆已经模糊不清了，但他反倒觉得还是含义都难以把握的原版

《古事记》直率无杂，加之此时又正是他告别四十年公司生活后外出旅行中平心静气的时刻。据传伊邪那岐神窥见妻之死尸丑秽不堪而逃出以水净身祈禳之地，便是这方水滨。

直木再度觉得，因生火神而被烧伤且从其腐烂的尸体中生出雷神的伊邪那美神乃是性格暴烈的女神。在产生神话的古代，人们对于雷鸣和雷击是怎样看待的呢？直木无由得知，但无疑人们会感到恐怖和惊异。凡此种种无不被奉为神明。日、月、山、谷、川、海、岩、树、雨、风、雪等几乎所有自然物质和现象都曾是神。时至今日，原始诸神仍无可胜数地留在区域性风俗信仰和流传信仰中，衍生出富有人情味的民间故事者有之，幻化为淫祠、邪祠等迷信者有之。神道教和佛教均属于多神教。因是多神教，也就产生了直至末法、末流等莫名其妙的神神佛佛，且神佛混淆，而日本民族的心灵情结便是这神佛混淆赖以发生和成长的母体。在基督教传入之前，日本不存在一神教。

直木自己去欧洲各国旅行了两三次，相比之下，还是日本无条件投降战败而由盟军——主要由美国——管制那一时期使他亲近了《圣经》，尤其《新约全书》。那时长子治彦是中学生，常常去镰仓的教会"圣经班"，不久又带年纪尚幼的妹妹晶子去——由于同孩子们的关系，父亲也就自然而然对《圣经》产生了亲切感。况且对于幼小的晶子，也只能浅显易懂地讲述基督教及其信徒的事情。就直木而言，即使不算从高中到大学经常出入本乡基督教青年会馆那一时期，当然也是读过《圣经》的。第一、第二外语之所以分别选学英语和德语，也是因为经常接触《圣经》的章节和里面的故事，并且从当时感兴趣的比较神话学和民俗学方面也开始接触《旧约全书》。可是，直木蓦然觉得，学生时代的自己从《圣经》中受到的感动同战败不久时的中年的自己从中得到的，有着相当的不同。诚然，像《圣经》那样的古典或神典，无论年纪多大的人在哪个国家读起来，都应是新鲜的清泉。直木感觉上的差异，想必同其年龄的增长以及战败带来的虚脱、困惑等环境有关。即使就《古事记》来说，如今——学生时代的直木曾将其同《旧约全书》等诸多国家与民族的创世神话、信仰等书进行过比较研究（尽管很肤浅），而从中觅得的一些见解现今已大多忘了——在这据说是伊邪那岐神祈禳过的一叶滨（可能是假设），在这所谓神话遗址一个人坐于沙地上读起来，也还是别有一番滋味的。

"《古事记》中原来这样写的啊！"直木甚至嘟囔出声来。战争期间，《古事记》《日本书纪》以至祝词、宣命等古典文体被胡乱用来宣扬神国思想和国粹主义。那时从关于天降的解释中得到的感觉，也同今天大相径庭。

这倒是另外一件事——说起来在受圣经班影响上面，治彦和晶子也截然有别。固然，晶子当时很小，尚不足以受其影响，长大以后上大学学的专业也不是西方文学而是日本文学，而治彦所受的影响和浸润则很深远，延续至今，以致直木甚至为儿子感到不忍。现在父亲同儿子之间在性格、感情上的某种不好理解的乖戾，儿子同母亲静子之间微妙的疏远，根本上恐怕也是由此而来。作为建筑学家的治彦，眼下虽然对日本式建筑、古民居等风格心驰神往，但作为战败国、被征服国家的少年，对战胜国、征服自己的国家的人曾怀有过度亲昵感。直到成人后，那创伤岂不仍留在身上？直木多年后开始生出这样的疑问和悔恨。这在战败不久的当时，是做梦也想不到的。

治　彦

　　长相端庄、衣着整洁、聪明伶俐、惹人喜欢的治彦，首先得到的是教会中外国牧师的疼爱。随后事传开，又受到美军将校和文官们的喜爱。治彦同其家人也熟识起来，开始出入他们家门。他最先接吻的初恋对象是个年纪比他大两岁的美国少女。在大多数少年过着战败国的凄惨生活之时，治彦快活得就像做梦一样。因是少年，自然没有大人们对占领军阿谀逢迎、趋利避害那样的猥琐。与之初恋的少女，当然返回美国结了婚，住在西海岸的西雅图，但至今仍每年给治彦寄来生日贺卡和圣诞卡，从未间断。据说正作为亲日派妇女在美日交流的门户西雅图市开展活动。

　　在占领军执掌一切的投降初期，包括直木家任何人都根本没想到那会给治彦留下什么影响或者精神扭曲以至创伤。莫如说，治彦这个同美国占领军来往密切的少年，俨然成了直木家生活中的核心人物、重要人物——就差没一时成为一家之主。就是说，占领军对日本的统治通过被其若干军政人员所喜爱的治彦而波及或者说缓冲至直木家来。少不更事的少年成为如此奇特的存在，自是由于日本处于颠倒的岁月所使然。

镰仓得以免遭战火，没落下空袭炸弹，没受到来自空中的机枪扫射，成为继奈良、京都之后第三座未被毁坏的古都。战后人们说是由于美国空军的手下留情。而得益于沃乌纳博士等人保护日本古都运动的说法传开后，为感谢博士之恩，还在奈良法隆寺后面建了一座纪念碑。

总之，镰仓得以在东京附近奇迹般作为完好无损的古城存留下来。加之战前便是幽美安静的住宅城，离横须贺军港和厚木军用机场又不远，所以有不少房屋被"接收"下来给占领军家属居住。实际上几乎是被绝对权力强行腾空交出的。直木家也有接收人员来事先查看。不料美方人员瞧见治彦，亲热地拍着他肩头道了句："噢，治彦，原来是你家！"结果不仅直木一家，日方人员也吃了一惊。

"你家几口人？"美国人问。

"七口。"治彦回答。

小女儿加代子虽未出生，但治彦的祖母活着，还有女佣。

"七口？"美国人说，"那么多人，要是借了这房子，旁边房里又住不下，可爱的治彦就得离开镰仓。唔，可能。"

"不是可能，肯定要离开的。"治彦用英语回答。美国人大约听得很清楚，点了两三下头。

从此房子接收的事再无下文。或许对方认为房子不适合美国人一家居住，但"治彦的家"这点也使得对方网开一面，对此附近的人都有议论。

"可爱的治彦就得离开镰仓"——治彦的母亲在家中时常重复美国人的这句话，可能是这句话传到了周围人的耳朵里。虽说美国人是笑眯眯半开玩笑说的，但里边应该含有好意的关照。

少年治彦不时被在镰仓的两三家占领军请去，自然父母也同时被请去，于是直木家也把占领军家属请到自己家里来。出乎战败后的日本人意料，美国人对这种家庭式交往很感兴趣，表示出意外开朗的善意。

"有什么不方便的吗？没有什么不方便的。"对方当然这样问答。对战败的日本来说，何止"不方便"这种温暾暾的字眼，简直是饥寒交迫。虽说未化为焦土的镰仓街上没有显出荒凉的混乱，然而粮食紧张的程度同其他地方并无多大区别——就直木家来说，尽管战争期间在黑市的买卖中失去了相当多的衣物，但眼下尚不至于很困难。治彦从美国占领军那里拿回来的巧克力等糖果、士兵盒饭就成了难得之物。不久，随着家庭式往来的增加，从美国罐头到烟酒砂糖，便由美国人作为礼物带来直木家中。不妨说，直木家由于治彦这个少年的关系而看上去多少成了"特权阶层"。

令人啼笑皆非的是,有的"特权"小孩子治彦有,而身为父亲的直木却没有。占领初期,横须贺线的电气列车分为二等车和三等车(二等相当于现在一等,三等相当于现在二等),日本人不允许坐二等车,二等车为占领军方面专用。所以,直木乘拥挤的三等车去东京的公司上班,而治彦却得以跟美国人坐二等车,新名词称作"伴伴女郎"的妓女也和占领军士兵乘坐二等车。

这些女人大多刚操此业,手脚粗糙脏污,衣装不伦不类,观念上同过去的妓女也相差甚远。她们的土里土气、愣头愣脑,她们的肆无忌惮、寡廉鲜耻,在战败的虚脱和对占领军卑躬屈膝之中,与其说是令人目不忍睹的无知的自我作践,莫如说更让人想起野性的勃发和野草的韧力,当然也不妨视为女人旺盛强悍的生命力在不惜满身泥污的情况下的一种发挥。这种风俗在任何时代、任何国家,在酷烈的战争中,在惨烈的战败后,都是并不罕见的。

直木想起初期肉笔浮世绘①风俗画中表现古代女子如此粗野鄙俗的那幅罕有的《浴女图》,口中自言自语:"果真把个战国时期的'伴伴'画得栩栩如生,像极如今的伴伴女郎。"画上的六个浴女,唯独和服花纹算是漂亮的,而那俨然倚门卖笑的毫不检点的打扮,那不要脸皮的神情,所体现的却像是从长期战争的深渊中爬出来的土著众生的野性。那无疑是

---

①浮世绘:日本江户时期主要以世间风俗为题材的画作。

长期战乱后的颓废,而又似乎带有"颓废的生气",蕴含着勃兴、反叛与蛮力。纵是同一时代的肉笔浮世绘风俗画,《松浦屏风》《本多平八郎姿绘屏风》,尤其《彦根屏风》要优美艳丽,甚至流于纤弱。如此一想,直木开始对伴伴女郎刮目相看,觉得她们的土气和野性带有类似当时黑市上那种原始活力。相形之下,治彦这类令人怜爱的文质彬彬的美少年,岂不成了《本多平八郎姿绘屏风》和《彦根屏风》?!

不管怎样,少年治彦坐过日本人不能坐的横须贺线的二等车,随美国人一起坐着流行的小汽车替代物——客运三轮车——及吉普车在镰仓街头穿行过,为此遭过无数白眼。而同占领军家属有明显交往的直木家受人反感、嫉妒、敌视和蔑视自是理所当然的了。

镰仓住有很多曾去横须贺军港上班的海军军官,由于战败而放弃军备,这些军官的命运急转直下,各所不同。有人说距直木家隔两三家前面的一个海军少校在没收刀剑时私藏了一把名刀,每天劈砍院里的树枝以泄积愤,后来由于砍杀了一条误入院内的别人家的狗被美军MP[①]逮捕。据说那少校看见同美国人搭坐三轮车的少年治彦,口称务要一杀为快。

那时治彦两个妹妹中,下面的晶子还十分幼小,根本提不起来,却不知为什么害怕美国人,或者说害羞,极少凑上前去。令人奇怪的是上面的幸子。幸子是小学生,正是逗人喜爱的年龄,加上衣装漂亮,每次给美国客人端茶送水,客

[①] MP:Military Police 之略,宪兵队。

人都欢喜得睁大眼睛，啧啧称赞。幸子生来诚实，懂得关心人，喜欢和人打交道，知道照料客人，在外国人面前也落落大方，和颜悦色。奇怪的是，她并不像治彦那样主动接近美国人希望对方喜欢。她对外虽有引人注目之处，但在家里则是个喜欢一个人做手工的女孩子。她把亲手用小布块拼做的日本偶人痛痛快快送给美国人赢得对方欢心时，她自己也很高兴。甚至缝抹布她也不喜欢用破布，而别出心裁用漂亮的布块，弄得像刺绣一般。美国人见到，便讨了带走。

"幸子给的那块抹布嘛，"治彦说，"去肯莉家一看，原来放在餐桌上当摆设呢！"

"出洋相！你怎么不告诉说是抹布呢？"幸子一脸不快。

治彦回答："美国大概没什么抹布，告诉了，人家也不明白。在餐桌上也挺好看的嘛！"

少年翻译

"没上学那时候我顶顶聪明来着。"幸子常对妹妹晶子和加代子说,"灵感、第六感那样的智慧时常闪出火花,都夸我是神童来着。身体虚弱的孩子,脑袋怕也虚弱。由于虚弱,大概才有纯真的火花冒出……"

幸子身体的确虚弱,幼儿园都没去,基本在家老老实实待着,跟母亲写写看看,她喜欢这样。后来独自跟书交上了朋友,从幼儿连环画一直看到小学高年级以至更难些的书本,且不局限于童话。总之,聪明的幸子小小年纪就成了蛀书虫,不管看懂看不懂,都扑在书上不放手。莫不是自我实施早期教育?以往的教育是一下子就从小孩子不知所云的四书五经的机械式朗读开始的,而幸子的情况也多少有点儿相似。

不管怎样，幸子上小学时，老师教的和教科书上的，她早已知道了。虽说不够均衡、不合规范，但幸子在学习上的实力恐怕远在小学高年级学生之上，因此她觉得上课有些傻气。每天上学身体固然结实了，而学习热情则丧失殆尽。初中、高中也是如此，别说平时，考试前也全不用功，但成绩名次却未曾低于二十名。父亲、哥哥大致劝了劝，她也没上大学。当妹妹晶子给自己一个女同学的男朋友看中而处境尴尬时，最先赞成妹妹从大学辍学的即是幸子，尽管那时她已嫁去了京都。

"日文专业那玩意儿，说到底，学的不是日语，不是自己国家的语言吗？再古再难，我想也是随便自学得来的。若是晶子要当老师，想拿个资格倒另当别论……"幸子以无所谓的语气说，"从小学到大学，学校那地方不就是把人弄得千篇一律吗？像平整地面或修剪院子的树篱一样……"

幸子所以这样，也是出于其实际体验。虽说她算不得神童，但在学校里也像是竞赛马同耕地马慢慢悠悠一起赶路，这点晶子也很清楚。幸子告诉晶子，男生有时可以在学校里结交终生朋友，学业有时可以关系到终生职业，而女生长远可就指望不得了。

幸子上小学时正在打仗，初中和高中阶段是战败以后。即使在战祸少些的镰仓，如今回想起来那也算不上按部就班的正规教育。

在世风日下之中，幸子保持了自幼的情操，并且培养了自己。她从小就不喜欢外出张扬，而宁愿静静守在家里，或做手工，或习字绘画。女孩儿味十足的幸子，一旦拿起毛笔，字的力度竟不在男子之下，令人不可思议。而且较之藤原假名，幸子本身更喜欢唐、宋以至更古远的中国书法。也许幸子这个地道的女孩儿身上有这种男子汉气度。做饭做菜当然也喜欢，并有自己的创意。此外，对父亲的日常起居也照顾得无微不至，这或许出于长女自然形成的责任感。而幸子出嫁之后，母亲才如梦初醒似的意识到幸子的难能可贵。二女儿晶子很难马上接幸子的班。直木一家为幸子的婚礼提前两三天就去了京都，并不完全由于初次嫁女的父亲的感伤。

"幸子要是离婚再回来就好了！"直木甚至这样说道，"幸子为什么动了心思要同那个姓什么宫本的男人结婚呢？一个原因怕是由于向往京都，向往那个零零碎碎留有过去传统手工的京都吧！不知跟她说过多少遍了，京都那个城市，京都的家居，游客看到的同居民看到的之间是有很大差别的！"

"老地方估计都是那个样子，都是京都旧民居那个模样。"治彦也开口道，"不过，作为父亲反倒指望出嫁的女儿再回来这种说法，可是超越父女感情，有点儿自私自利了，不管幸子对父亲是多么得心应手的宝贝。日本家庭就是这点不好。"儿子责怪父亲。

后来治彦的媳妇静子所以对待直木多少有点儿类似幸子的地方，想必也是因为直木身上有某种足以使年轻女子变成如此存在的因素。但静子毕竟是儿媳妇，不同于亲生女儿，直木也罢静子也罢，难免都有所拘束。这恐怕来自儿媳妇那种有别于亲生女儿的另一种温馨。

总之，幸子不仅对父亲，对母亲和妹妹们也一向体贴入微。但她骨子里似乎又有一种十分固执的东西，比如说，出入直木家的美国占领军那些人无论怎样夸她可爱，她也没有想要亲近的意思。经大人说，她也会穿上漂亮的衣服进客厅寒暄，也会送偶人等手工艺品，但仅此而已。美国人邀她上门做客也硬是不去，很是令人奇怪。

这是幸子与哥哥治彦截然不同之处。就连教会的圣经班她也不肯去，哥哥怎么劝也不应。治彦于是放弃幸子，后来把小妹晶子带了去。治彦从小学到大学始终出类拔萃，而幸子几乎未曾与之比较自己的成绩而有竞争意识。二女儿晶子仰慕哥哥的才华，在哥哥的影响下自己也用功学习，幸子却没有这样的表现。晶子总是在功课上这个那个求哥哥指教，幸子则从未问过一次。

治彦对还小的晶子道：

"这么啰唆！什么都让人教，自己落得舒服。别老依赖别人，要自己多少动动脑才行。我可不愿意别人觉得家里有个方便的家庭教师。"

话是这么说，治彦到底觉得这样的晶子有其可爱之处。学校里的成绩晶子自是比幸子好，但治彦始终认为还是幸子聪明。这也不完全是因为幸子年幼时智力的火花仍然留在治彦的记忆里。

虽然幸子温顺乖觉，但治彦却没有办法把她带去教会的圣经班那样的场所。而且，当治彦同美国占领军的交往越来越深时，幸子始终是一副漠不关心的旁观者姿态，无意特别主动地接近美国人。但两人毕竟都还年少，治彦因此觉得妹妹别扭甚至碍眼。过了些年回头看去，治彦仍好像对这个妹妹有所顾忌。就是说，美军占领时期莫如说给治彦留下了创伤，而幸子则完好无损。这种顾忌或许只是长大后的治彦单方面感觉到的，而幸子则大约不知不觉。它未必不是来自治彦的一种扭曲。

但在占领结束日本独立自主之后，父亲直木也开始明显看出，少年时代受到美国人过分喜爱的治彦，在向青春时代过渡当中生活和心理上的迷惘、失望以及由此自然生成的挫败感和失落感。直木当时对把儿子交给美国人感到犹豫，后来便后悔了。形式上虽然近乎一种留学，但那当然不是自费——喜爱治彦的一个波士顿人一再表示要把治彦领回美国，让治彦住在自己家里。供儿子读完美国的高中和大学，这种美国人特有的毫无功利性的善意，直木心里也是明白的，但他还是拿不定主意，倒是母亲藤子积极支持。

波士顿那个美国人赞成治彦在美国学建筑。那个美国人虽然是搞经济的，同建筑没有直接关系，但每到休息日便带着治彦这个不很顶用的小翻译全家外出。从京都、奈良的古神社、寺院到小地方的旧商号、旧民居，四处参观。他喜欢日本建筑，也考察过日本的风土、自然同建筑的谐调，并希望化为"焦土"的日本重建时能有漂亮的建筑。那个美国人认为，如果没有建筑学方面的视角，国家的构建或城镇的构建就无从谈起。当时在经过战火的废墟上，那些小窝棚和临时木屋虽然正不断被改建成"真正的建筑"，但都是毛毛躁躁、急于求成或唯求省钱的堆砌物。风景秀丽的日本正沦为充斥着不三不四建筑的街衢。那个美国人为之惋惜，尽管情有可原——没时间、没材料、没资金，不得已所使然。那个美国人乃意大利贵族后裔，熟悉欧洲各国的古都古城，想必这更加重了他的惋惜之情。

治彦自小出入教会，出入那个美国人家门，看过许多欧洲古建筑的照片，为之心驰神往。至于日本古建筑之美，虽然作为小翻译在旅途中由那美国人开导过，但年龄尚小的治彦似乎很难理解。较之照片上的西方建筑，实际目睹的日本古建筑无法打动治彦，使得他只停留在旁观的程度上。而这恐怕并不完全是治彦的年少所致。大至神社佛阁，小至茶室，日本建筑大约莫不如此。美国人对于日本建筑的热爱（或者说喜好）在治彦心中播下的种子，在他大学毕业后方得以萌芽。

其实治彦进大学所以选学建筑，其动机之一恐怕便来自心中的这颗种子。治彦毕业论文题目选的是西方教会建筑。那并非富有广度的史论，仅是局部一项小小的研究。对此，治彦只能通过照片和文献来查证，无法以自己的眼睛实际确认西方的古教堂。在远离西方的日本，这种查证方法是学生常用的，有时甚至比亲眼看见的还要详细。况且当时日本政府正对出国严加限制。

那个美国人回波士顿以后，也常给治彦来信。信上说美国的大学暑假时间长，不妨利用暑假去欧洲各地的古教堂看看，学生暑假旅行有办法少花旅费，这方面可以由他安排。父亲却不同意，治彦为此曾和父亲吵得很厉害。

"您不了解美国人，不懂得美国人那种热情和善意。人家不是什么恩赐，也不指望你回报什么。"治彦说，"那是一种坦率透明的、单纯的好意！您之所以反对怕是出于一种曲解，一种自卑感，以为战胜国的人要领养战败国的孩子，发达国家的人要照顾落后国家的孩子。可人家一丝一毫都没有垂怜那样的意思。"

"这我知道。"直木是这样回答的，但为之后悔则是很多年以后的事了，后悔没有接受美国人的好意让儿子留学。较之顾忌某些日本人的反感，更是出于一种担心——因为不仅仅是留学本身，主要是少年治彦当时过于接近美国占领军。也就是说，当时治彦已经从原本地道的日本少年变成了一个可谓战败后在日本土生土长的不上不下的"美国仔"，这点直木很快就已看出。而通过留学会不会使之变本加厉呢？虽说治彦不至于明显沦为无国籍者、亡命者或美国式的装腔作势之人，但变成同日本格格不入的奇妙的日本人并非没有可能。直木对此感到担忧，其中也许潜藏着作为战败国国民的屈辱感和自负心理。

当直木意识到还是留学能促使治彦的才能和性格得到充分发展，已悔之晚矣。那般得到美国人喜爱的经历和当时俨然"特权者"的幸运，给治彦留下了父亲意想不到的创伤。家人都没有怎么觉察到治彦在十分敏感的阶段所遭遇的异常。就拿那次同美国少女的初恋未果来说，家人就因对方是生性开朗的异种人少女而没有充分体察治彦的感伤。

而且，治彦第一次真心诉说那番深深的感伤是说给新婚不久的妻子静子，恐怕也是治彦性格中的某种扭曲所使然。

静子因而认定那个美国少女是丈夫"永恒的女性"。

塔

　　直木虽未去过，但不看导游手册他也知道，从宫崎神宫左拐北上的山丘上耸立着一座高塔。那视野开阔的山丘现已辟为公园。如今称塔为"和平之塔"，公园为"和平之台"，是因日本战败改的名。这座三十七米高的纸钱串形塔，是作为皇纪二千六百年纪念活动之一而建造的。皇纪二千六百年即昭和十五年（公元一九四〇年），业已在中国战场的泥沼中焦头烂额，翌年又孤注一掷，向美英宣战。在这种情况下，昭和十五年举行的"皇纪二千六百年"纪念活动，便成了进一步鼓吹日本乃神国的大好时机，举国上下煞有介事地大加庆贺。为提高国民士气，加强团结一致，各地竞相举办各种庆典。作为拥有据传神武天皇东征前所居神宫的宫崎，当然要举行建塔这样隆重的庆祝活动。

塔被命名为"八纮之基柱",因为日本用"八纮一宇"这句口号来宣扬战争思想。塔是作为"八纮"即"全世界"的基柱和中心的象征而建造的,因此含有日本——不只是宫崎市甚至宫崎县——基柱的气势。例如,塔正面大门上取材于神武天皇之神话故事的浮雕便是将全国大学生捐来的一钱铜币镕铸为铜板雕成的。至于筑塔石块,国内各地自不用说,还有不少是国外的日本人从中国、巴西、秘鲁、加拿大等国掠夺后漂洋过海送来的,亦有亲日派外国人捐的。

塔的设计者是日名子实三,现已不在人世。

另外,正面"八纮一宇"这表明塔之来由与意义的四个字,已因战败而被胡乱剜除。塔更名为"和平之塔",丘更名为"和平之台",塔基四角立着的四基神像中,军神已被拆除。但塔背面所嵌铜板上"皇纪二千六百年"一行字依旧留在那里,注意到的人想已不多了。

于是,立有由"八纮之基柱"摇身变为"和平之塔"的这个山丘,开始作为和平公园迎来旅游专车。丘前视野开阔,丘后林木幽美。

出人意料,昭和三十九年[①]东京奥林匹克运动会,国内圣火传递第二站的起点选在宫崎。九月九日清晨,从冲绳空运来的圣火在宫崎神宫待到傍晚,之后被运到"和平之台",在"和平之塔"前的圣火台点燃,在此举行国内圣火首传仪式。

---

①昭和三十九年:1964年。

由"八纮之基柱"改成的"和平之塔"因此而燃起了新生火焰。当时的大型圣火盘，形状为绳文陶器风格，想必出自宫崎市有名的陶俑仿造厂。

此塔成为奥林匹克"圣火"点火站，尽管意义不同，但若说是新生，恐也并不为过。近年来，围绕纪元节恢复与否有两派争执不下，即由于赞同恢复论的抬头，反对之声亦随之高涨。而与此同时，作为与神武天皇的神话有关之地，并为此建有巨塔，宫崎的确有人希望将因战败剜下的"八纮一宇"字牌重新放回塔的正面。这点直木也从报纸上看到了。直木虽然没有见过原物，但应有塔名之处确像有一道伤痕。因为"八纮一宇"字牌挖走后，"和平之塔"字牌又没镶上去。

"虽然如此，但恢复'八纮一宇'旧字牌也……"直木在一叶滨自言自语。

直木不甚明了"八纮"一词的含义。若是战争期间鼓吹的"八纮一宇"中的意味全世界的"八纮"，那么将宫崎此塔称为"八纮之基柱"在今天无疑是荒唐的；但若将"八纮"的含义仅局限于日本，那么作为源于神话传说的纪念塔亦未尝不可。不过相比之下，恐怕还是作为日本战败纪念塔留下来好些。塔高高耸立在阳光朗朗的山丘上，与之面对的人，有的回味建塔时的自豪，有的想起塔名被剜时的悲哀，有的仅仅观看奇妙的塔形——这样又何尝不好呢？！大凡古迹和纪念性建筑，无不因观者心境而异。至于前往参观旅行的中小学生，即使从导游口中听得介绍，怕也还是不明所以。

总之，塔是作为"八纮之基柱"建造的，后来更以"和平之塔"的新名，这自是战败的狼狈。而作为奥林匹克圣火进入日本的庆典之地，得以获得新的生命之后，若再恢复纪元节，那么将原来刻有"八纮一宇"的铜匾重新镶回塔的正面也并非没有可能。纪念塔随时势之变而变。如此在岁月的长河中不断更新的纪念性建筑估计不在少数。

相比之下，直木此时所坐的沙滩，即神话中伊邪那岐神以水净身的海滨，以及包括这海滨的阿波岐原，却不见任何纪念碑，唯有在稍离开些的地方编扎冬日防霜防风之竹篱的人似有若无的声响和今日安详的涛声。岸边除直木再无别人，一片寂寥。温馨的海滩上纵使空无人影，也没有寂寥的氛围，而这里的海滩并不温馨，唯南国阳光炫目耀眼。

直木手上的《古事记》里，无论伊邪那岐神那位将与其共同创建国家的爱妻伊邪那美神的尸体腐烂生蛆即视为不净的神话时代之死，还是男神逃出以水净身的奔遁与祈禳，都有一种诸神、诸物诞生的欢快与开朗。直木深切觉得，就连糜烂的女神尸体怀有八尊雷神并且狰狞剽悍的雷神们从中降生，也非今天所能想象的。

"大概还没有火葬吧。"直木歪头低语，"如果火葬自己的火焰发出震天动地的百声惊雷……"

古今任何英雄豪杰俱无此事。

"不，这只限于基督。不过基督以外也好像有这类人物。"

不管怎样，女神的死尸中有雷神降生这个神话使直木感到某种生命的律动。

早在学生时代，直木就通过阅读和听讲比较神话知道日本神话有不少与南洋各国的神话相似。但无法一一记起，只是依稀记得若干类似的地方。

不过，直木此时在沙滩上便不理会那样的记忆了，几乎下意识地慢慢重看《古事记》。

本应是死人的伊邪那美神却又不像死人，这怕也是神话的关系。被丈夫窥见丑陋死尸的女神叫道"吾已蒙羞"，命黄泉国（夜见国、死国）的丑女们追赶逃走的男神。男神扔掉扎头发的发套，遂化为野葡萄。死国的丑女们食野葡萄时，伊邪那岐神趁机逃开。再次追来时，这回拔下发髻上右侧的梳子折齿扔开。梳齿化为竹笋窜出地面，在丑女们挖食竹笋的时间里，男神终于逃生。

女神随即命八尊雷神率领一千五百名死国军士追赶男神，男神后手挥"十拳剑"逃到黄泉比良坡下，拾起那里的三粒桃核朝追兵掷去，于是死国之人逃了回去。

直木想起来了，有的学者认为这黄泉比良坡就是现于人世的黄泉国，即死之国与生之国的分界。"比良"一词大约是悬崖之意。《古事记》中特意加上一笔，说黄泉比良坡"今为出云国伊赋夜坡"，不知是何缘故。女神命令追赶伊邪那岐神的"黄泉国丑女"，也被认为是死之污秽的化身。

这"黄泉国丑女"也罢，雷神所率的"一千五百名死国军士"也罢，无不如此不了了之，女神终于按捺不住，亲自随后追来。男神拉来"千引之岩"——须千人之力方可移动的磐石——塞于黄泉比良坡口。《日本书纪》曰"发绝妻之誓"，即伊邪那岐神隔此巨岩表明离婚之意。

恋 母

男神与女神隔此"千引之岩"的问答广为人知,作为创建国家时期的神话尤其令人兴味盎然。

伊邪那美神愤愤地说:"亲爱的丈夫哟,既然你如此无情无义,我要将汝国众生,一日绞杀一千!"

男神应答:"亲爱的妻子哟,你若做这种事情,吾一日立产房一千五。"

《古事记》中随后写道:"是故,一日必死人一千,一日必生人一千五。"

当然,这与后世关于人口问题的说法根本不是一回事,而是创世神话对人的肯定——一日若有一千人死去,则必有一千五百人降生。

问答中，伊邪那美神被称为"黄泉津大神"，意思大约为死国之神。

由于同爱妻创建的国度尚未完成，伊邪那岐神遂去请妻子返回。但那里是不净的死国，妻子必须净身方能从污秽的死尸及其污垢中挣脱出来。

男神道一声"吾为汝祈禳"而来到的地方，据传即是直木此时所在的入海口——"筑紫日向橘小户之阿波岐原"。

为准备净身祈禳，女神将所穿之物一件件脱下扔开，不料从脱掉扔开的衣物中亦有神生出。例如，从最先扔开的手杖中生出驱灾逐厄的冲立船户神，从接着解下的衣带中生出守护大路的道之长乳齿神，而从左右手腕抛开玉饰时又有冲渚海神生出。这么着，因"脱所着之物"而降生的计有陆海神各六。

最后脱光的女神道"上濑水流过急，下濑水流过缓"，于是潜入中濑水流逆水净身。此时又有许多神从女神身上的污垢及其净身祈禳的动作中生成。往下是这样一段文字：

"洗左目时所成之神曰天照大神，其次洗右目时所成之神曰月读神，再次洗鼻时所成之神曰建速须佐之男神。"

伊邪那岐神此时大为高兴："吾子生生不息，终得三尊贵子！"众所周知，净身祈禳时所生十四尊神中，此三尊神是《古事记》的神话中最主要或最有戏剧性的神。

伊邪那岐神将脖子上的玉饰送给天照大神，命其"治理高天原"。其时穿在长长细绳上的玉珠相互触碰，发出袅袅轻音。这玉串所以被命名为"御仓板举之神",自是认为玉石亦有神灵之故。而其所奏之音,不妨认为即是"琼音"。

接着,命月读神"治理夜之国"。

随后命建速须佐之男神"治理海原"。

然而,唯独须佐之男神不从父命,一直哭到八握之须垂至胸前,哭得"青山为之枯凋,河海尽悉干涸",始终不肯去受命治理之国赴任。

"为何哭得那么厉害?"伊邪那岐神问。

"我就是想去死去的慈母之国,去那个根之坚州国,所以才这么哭。"

伊邪那岐神大怒,将须佐之男神赶走。

读至此处,直木不由一阵凝思。他很奇怪,自己竟将须佐之男神的恋母忘得一干二净。恋母之哭写得如此明显,而自己没有记住,没有像他在高天原胡来和在百万神聚会天安河原时作乱那样留在记忆里。也就是说,没有像记须佐之男神乃狂暴之神那样记住他的恋母。

不知是小时读的《古事记》故事里没有写须佐之男神的恋母,抑或仅仅一笔带过致使自己只对其狂暴一面感兴趣。总之,直木觉得较高中、大学时代读的《古事记》原文及若干研究资料,倒是小学时在神话、童话中零星读到的简易《古事记》鲜明地印在自己年过六十的大脑中。

此外忘却的——尽管不很意外——也有几处。须佐之男神登上高天原时,"山川悉动,国土俱颤",天照大神为之震惊，疑其来夺国土。但须佐之男神并无异志邪心，告以即去母亲之国而来辞行。

"既如此，如何知汝心地清明？"天照大神问道。对此须佐之男神回答，二人各生其子，由子判别可也——似此有趣之处恐非神话莫属。

于是天照大神拿来弟神的十拳剑，折为三段，以水洗净，入口咀嚼，旋即哈气，雾中生出三尊女神。

须佐之男神则拿来妹神左侧长髻上所缠的八尺琼勾玉和右侧发髻上的玉佩，又取过其左右两手上的玉镯等物，分别嚼碎吐气，雾气中共生出五尊男神。

天照大神说："后生的五个男孩儿来自我身上所带之物，所以是我的孩子。先生的三个女孩儿来自你身上所带之物，因此是你的孩子。"

须佐之男神的应对最使直木意外："'吾心地清明'，证据是'吾得弱女子为子'。由此看来，'自然吾胜'。"

也就是说，神起誓以所生之子判别心之黑白。但生女孩儿者为何"自然吾胜"呢？仅仅因为女孩儿心地善良不成？直木不得其解。学者们对此是怎样解释的呢？他准备回到镰仓的家时查一下《古事记》的参考书，弄清生女孩儿何以成为"心地清明"的证据。结果，须佐之男神乘这所谓"自然吾胜"的语隙而大耍威风，天照大神躲进天石屋，一时天昏地暗。

直木读至生女孩儿者"胜"这里时，眼前不觉现出自己的三个女儿。于是《古事记》的词句几乎无法再看下去了，他望着海湾折身转回。

在松林道上搭上公共汽车，返回宾馆。

在服务台拿钥匙时，被告知有他的留言。原来镰仓的家里和公司的女秘书有电话打来。秘书三好国子打电话问他在宫崎滞留到什么时候，如果久留，想前来探望，让他今晚回个电话。直木想不明白国子何以知道自己住在这家宾馆。

女司机

京都这座千年古都，可以说一年之中几乎无日不热闹。

在那些作为体现京都风情而又不为人知的俨然躲避外地人的小神社、小寺院里——主要是这类场所，每天都有在某处举行的不事铺张的小型祭祀和佛事活动，其中有不少带有古俗古风，透出古雅质朴的情趣。然而纵使世居京都之人，除了与自家或自己生意有关的以外，也记不大清楚，并不总去进香。

即使专门研究古民俗和祭事的学者，要想从古代文献和传说中完全澄清其由来，要想四处亲眼考证流传至今的各种祭祀场景，估计也要花费相当的岁月。小小不言的祭事、佛事委实太多，多得历史学家举不胜举，甚至民俗学家也因其过于繁多而无法一一顾及。京都报纸的边边角角每天都密密麻麻加以报道，但很少有人留意，漏写的怕也不在少数。

不过，即使今日京都被一些粗糙不堪、不三不四的廉价西式建筑迅速改头换面，典雅淳厚、玲珑剔透的山川风致被无情破坏，那些古来便与京都人的性情和生活息息相关的固有的神佛祭祀活动，以及难以称为神佛方面的某种奇妙占卜或巫术活动，感觉上似乎也并未从京都底层消失，尽管城里大多数人都可能淡忘了。

诚然，四条大街和河原町大街等繁华路段说得不好听些已不再是京都，而如同东京银座模仿纽约、巴黎成为地区性城市那样，变成了与银座相仿的日本地区性城市，但一走进小巷小路，仍然可以见到京都的原貌。尽管传统民居之间不断矗起有损谐调的怪模怪样的洋楼，但提醒人身临京都的街容依然没有消失。

举例说，直木接到幸子邀他来看葵祭①的电话后，带二女儿晶子来京都，那天黄昏时分在河原町通往木屋町的小巷一家小饭店凳子②上（那饭店二楼倒也设有几个蛮像样的单间，但坐在凳子上可以看到店主或厨师在眼前烹调的情景，并可就此交谈。况且吃刚出锅的，味道也较端上二楼的饭菜微有不同）吃晚饭，然后去祇园一处古旧的小茶馆那次就有这种

---

①葵祭：京都市上贺茂神社与下鸭神社于每年5月15日举行的大型祭祀活动。
②凳子：大约指烹调台（或厨师工作台）前面的凳子。在日本较小的饭店常可见到这种情景。

感觉。

茶馆位于鸭川东边一条不大引人注目的街上，往前是花见小路（祇园大路）和四条南座，后头是过去有很多青楼妓院的宫川町，现在有电车通行。这一带有很多小巧的祇园茶馆。但这家更小，如同高利贷者的不显眼名牌那般小的招牌挂在门口一根柱子上，且旧得几乎难以辨认。路面很窄，看样子两辆车很难并排通过或勉强擦肩而过。就在这如此局促的祇园一角，排列着样式大同小异的古旧的小店铺，夜间静悄悄、冷清清的，极少有人走过，很难想象这便是祇园的一段花街柳巷。

去欧洲旅行时，直木也喜欢晚间一个人在僻静的街巷漫步。当时他常常自言自语道："巴黎是多么冷清的城市，多么冷清的城市啊！"诚然，高大的石建筑同日本的木建筑不同。而若没有行人，就更觉不同。夜幕下排列着石建筑的街巷，格外令人感觉出孤独的重压。

不仅是住宅地段，甚至香榭丽舍大街，稍微往里一斜，也有分散着冷冷清清的饮食店的街巷。伦敦的皮卡迪利大街亦不例外，只要往旁边穿一两个路口，直木便不由对公司领自己参观的人说："这不简直就是银座后街吗?！"

与银座后街不同的是，那里的饮食店里没有嬉闹声，没有活气。巴黎香榭丽舍后街上喝酒的男人的表情身影，从幽暗的巷口扫上一眼都觉其寂寞。日本酒馆那种在旁边陪酒的年轻女郎那里当然没有。偶有携女伴的食客，直木也从没有看到欢快气氛，以致他往往想起德加①的《苦艾酒》。

无须说，这街道靠近所谓世界繁华街衢的香榭丽舍大街和皮卡迪利大街的后街酒馆，恐怕并非贫民、无赖、酒鬼的聚集之地，而不妨视为里面的居民。只是他们喝酒时孤寂的身影，使直木久久难忘。那完全不同于日本街边路角饮食店里的热闹与亲切。在巴黎他不止一次感觉到那里有着比自己旅愁还要强烈的孤独。

他也有时半夜一个人溜出旅馆，混进蒙马特山丘的民谣酒吧。当然，他人地两生，是循歌声进去的。狭小的酒吧或什么小房间里，顾客挤得转不开身——也许有外国游客，大家随着歌手一起哼唱民谣，气氛热烈。有便宜酒供应，喝不喝无所谓，事后直木已记不起地面是水泥还是旧木地板了。

时间使他忘了国籍，出门已是后半夜三点。他找不到回程的出租车，在那条旧石板坡路上上下下。这时，一个女司机的车从对面开来停下。

"啊，太好了！"直木用日语说罢，随即用相当蹩脚的法语的只言片语道，"谢谢！在纽约傍晚交通拥挤的时候一次，巴黎下阵雨的时候一次，两次都是女司机在我拦不到空车走投无路时救了我，今天晚上又是……"

"是吗？"女司机回头看了眼直木。她年纪四十上下，身体壮实，面部很是一般，但无荫翳。

---

① 德加：埃德加·德加（Edgar Degas，1834—1917），法国画家。作品多表现现代世俗生活。

"大概您女运不错吧。我好像听到上帝的召唤,让我救救这个外国人——说笑话。其实我准备从这下面红风车剧院那儿回家来着,一算今天的进款,少了点儿,就爬上这山丘,总算像有一位不错的客人在等着……"

"错不错倒难说。"直木笑着递过标有旅馆的地图,"凯旋门附近。"

"哪里都不要紧……孩子早已睡了……"

提起原本不在交谈范围内的孩子,或许因为女司机对直木蓦然产生了亲切感,也可能是一种寂寥感的流露——毕竟半夜三点还在开车,且又是赚不到钱的夜晚。

那年美国、欧洲气候都不正常,七月多雨,犹如日本的梅雨时节,气温又不稳,少热偏冷。

"深更半夜,又是妇道人家,开车不容易啊!"直木怀着得以乘车的感激之情说道,"吃得消吗?"

"怎么说呢,"女司机沉默了一会儿,"在巴黎,很少有人说这样的话,很少啊!"

车到旅馆时,终究时间太晚了,直木多递了些钱过去,也算一点谢意。

"拿您这么多……"

女司机看着手心里的钱,扑簌簌落下泪来。吃惊的倒是直木,不过是搭出租车时的小费,款额当然也并不出格。

"爬上这蒙马特山丘到底是上帝的召唤啊!流水出租车,想必您很难再搭第二次了,祝您旅途愉快。"女司机用手抹了把泪,"但有一点可以发誓,要是再次看到日本人搭不到出租车,我来送他,一定!"

"难得,难得!"

"说到做到。"

女司机打开车门,站在那里目送直木走进旅馆,直到他进入电梯。

女司机莫不是有什么特殊情况,有什么伤心事,或者那天有什么特别委屈不成?

不管怎样,法国女子因区区小费而在日本人面前泪水涟涟,使得直木有些凄然。原以为法国人不随便流泪,那怕也是自己没有道理的想法。

在日本国内,直木由本公司的车或对方派的出租车把自己从所去的其他公司、人家或政府部门送回,次数也不算很少。车费当然不付,但觉得礼节上应对司机多少有所表示。自然也有司机理所当然地收下,有的则大致客气一下,有的坚决不收。有时心意钱比车费还多,但终究不足为道。不过为此而目睹对方流泪,只有深夜蒙马特那个法国女子一人(不晓得具体是何人种),令人难以忘怀。

直木常问从法国回来的日本人,在巴黎坐过女司机开的车没有,回答坐过的人连一个也没有。

当然,直木并非不知道,纽约也好巴黎也好,都有灯红酒绿的夜总会,也有年轻人夜晚狂喊乱跳的地方。大约专门接待游客的豪华商店直木也见识过。然而,留在直木印象中的，唯有巴黎、伦敦的那些小酒吧，里面只有男人家在凄然悄然地喝酒。在直木眼里，酒吧不无寒碜，位于僻静的路段，但距涌满世界各地游客的通衢大道仅几步之隔。

故　人

　　在祇园小路上，直木不期然想起巴黎，想起巴黎那种紧挨繁华大街的寂寥凄清的路段。在京都，这样的小巷不仅限于祇园一带，只是光景全然不同于西方夜晚无人通行的街巷，完全没有那种凄凉。这大约来自街巷上的建筑物——高大的石建筑与低矮的木建筑——之差，空气的干燥与湿润之差。西方小巷的凄寂，感觉上仿佛连夜里的空气都硬邦邦的，里边有一种令人黯然神伤的孤独，而并不含有旅愁那样的温馨。

　　在巴黎，一天夜晚在幽暗的小巷行走时，直木看见三个年老的妇女，三人分别领着丝毛狗。白色的小狗甚是相似，直木心想大概是一胎三只而由三个老妇分了。就领狗出来散步来说，时间已经过晚了，且三人止步不动，只管站在那里絮絮不休，的确是絮絮不休。直木觉得也可能是领狗出来撒夜尿的，因而三位老妇每晚夜深人静时都在此聚会，说东道西，日久成习。她们没有注意到从身旁走过的直木。而当三只狗有一只绕着直木脚下跟来时，一名老妇尖叫似的吆喝那只狗。直木吃了一惊，丝毛狗自然慌慌张张跑回那老妇身边。

直木走了一会儿回头看去，昏暗中三人仍聊个没完。较之日本妇女在井边或路旁闲聊的光景，这三人即使算不上地底下或无人世界里的老妖婆，也够使人不寒而栗的了。三人都那么肥硕，衣装虽有些狼狈，但生活恐怕还过得去，应是公寓里的住户。

在日本，纵是陋巷里的穷老婆子，也不至于从骨子里沁出如此的孤独，至少直木未曾见过。自己的狗跟在别人后头便那般厉声高叫的人，日本想必没有。

直木也只是这样自己回想而已，并不打算说与人知。何况说出来，没去过巴黎的人怕也很难理解。

晶子很早就听说过京都的祗园。或许因为里边有着近乎少女憧憬的什么，修学旅行的女生们每当在街上碰到古装舞伎，便围拢上去求对方签名。

此外晶子还得知京都商界正在东京的大百货店竞相举办京都名特产展销会。其中姐姐幸子和宫本第一次相遇的那个会场也装点得俨然京都缩影，并从京都带来几名舞伎。她们身着长带飘飘的盛装，在展销场地插花献茶，接待来客。

京都商界来东京举办展销活动的情况大体如此。在纪念日美通商一百周年的芝加哥博览会上，也有几名京都舞伎前往助兴。葵祭之夜，直木应邀去罢祇园的茶馆回来，路上被花见小路横头一家新开张的蛮漂亮的小酒馆请了进去。店里没女孩儿，只听老板娘唐突寒暄道："好久不见了！"直木没有印象，遂问：

"可在哪里见过？"

"在芝加哥……"

"啊，那个博览会上！"直木想起来了。面影虽依稀如旧，但从舞伎到酒吧老板娘这五六年间形象变化之大，实是直木想象不到的。对方在芝加哥当舞伎时，自己是作为公司头面人物到博览会办公事的，慰劳时也在舞伎们休息的地方露过面，现在则已退休了——话虽没这么说，但感伤还是有的。芝加哥博览会上那用人造桃花几乎连墙壁都整个装饰起来的大门，那个大风日子的光景，一时翩然浮上脑际。"出息喽！"他简单说道，"女人的变化真是意料不到啊！"

酒吧有三四名侍者，不算很小，装修也还考究，地点又合适，不知店是她自己的，还是受雇于人当的老板娘，直木不便询问，但还是道出一句"出息喽"，里边未尝不含有轻微的惊愕，惊愕女人一夜之间身份大变。

就结婚而言，情形怕也如此。由于宫本在京都开店，长女幸子的婚礼无论仪式还是宴会都在古都宾馆举行。直木一家三天前就来到了这家宾馆，就连小女儿加代子也巧妙地缠着跟了来。婚礼当天不巧下起了远非春雨可比的大雨，好在那之前已经去京都观赏樱花的景点逛过,唯独平安神宫那谷崎润一郎在《细雪》中称以"丰丽"的红重樱和仁和寺的御室樱尚未绽放,令人遗憾。不过,去了醍醐三宝院,三个女儿还登了奥山。樱花触目皆是,尚未沾染浮尘。

刚刚装修一新的五重塔,颜色鲜艳夺目。古代刚建成时,无论法隆寺、东大寺抑或奈良的古寺,应该全部涂以这种中国风格的明快绚丽色彩。佛像也光彩照人,堂内秘不示人的佛像至今仍多少保留往昔的漆色。这番话是对晶子说的。因晶子对刚装修过的五重塔的色调感到失望,说具有日本情趣的枯淡和贵重感俱已失去。直木告诉她,不必拘泥于色调,要注意端详以新绿为背景的塔的造型。

为幸子婚礼而来的两三天京都之旅,直木一家当然一起去了祇园的茶馆。所去的茶馆位于祇园醒目的地方,新建的两层建筑,里面宽敞,也像近来饮食店里常见的那样用纸把部分天花板糊了,从上面采来柔和而明亮的光,俨然吉田五十八设计的那种新型日本式宴会厅。

相比之下,葵祭之夜宫本领去的茶馆那里,街面也好,民居样式也好,宴会场所也好,全都不伦不类。直木过去虽在祇园到处转过,记得由此往鸭川方向,即往西前行不远,便是一条小商业街,如往昔的乡间小镇那样延展开去——直木喜欢那条街道。今日当也不至于有什么改变。

但晶子觉得这祇园小路好玩。战后在东京长大的晶子大概从未见过这般古旧萧索的街道,何况这还算是烟花柳巷,就更觉奇怪了。

"这房子是干什么的？"晶子问。

"这个嘛……"直木小声支吾过去。

一排又旧又暗的小房子，门灯若有若无，既没有茶馆样的标匾，门上又几乎不见艺伎的名牌。直木也没了信心，不知至今仍是茶馆还是艺伎馆，抑或仅为等待常客，总之不像是能招徕外地游客的所在。因为首先游客不路过这样的小巷，看上去也不像能使客人进入的样子。直木本想问问宫本或幸子祗园东边这种小房子近来是不是游客少了，但没作声。只见有的地方拆了三四家这样的茶馆、艺伎馆，而新矗起两三栋每个房间都带浴室、电视的俗不可耐的廉价造爱旅馆，大大摧毁了古街风情，明显破坏了谐调，且这趋势无疑有增无减。

直木想起一件令人怀念的事来。一个算不上朋友但颇要好的男子曾长期借住在一家艺伎馆的二楼。他是东京人，做古董生意，但不开店，拿来东西到文物商的店里去，或造访出手大方的古董爱好者，也就算是靠腿脚做买卖的人。当然有时他也把客人请到自己的住处。

直木去时吃了一惊。大约六叠大小的两个房间里，靠墙四面堆满了古物，重重叠叠。这也是理所当然，对此直木并未吃惊。惊奇的是，他一个人独占了这仅有两个房间的二楼，一副神气活现的样子。艺伎馆莫非常租二楼出去？直木很是费解。从周围布局或房子结构来看，一楼并不比二楼宽敞。

多一两个小房间倒有可能，恐怕都是京都样式的格子拉门，幽暗狭窄。有名牌挂出的三四个艺伎到底住的是什么样的房间呢？即使因有各种演习和宴会服务，加上要去美容院而很少在家，也没有必要出租二楼啊！为什么出租呢？

那男人同馆里的艺伎无任何往来，情人在另一条花街上，倒也有趣。

"真叫人羡慕，"直木记得自己这样说道，"四下里全是胭脂味儿！"

"那也不是，地点倒是……"

"到底是京都，有这样的房子出租……"

"京都总是京都，"男子看上去并不介意，"还有一家出租房间的小艺伎馆。和那里的艺伎可是什么事也没有哟！动那心思可不成。住处一要便宜，二要不受约束……要是有意，我来介绍介绍。"

那男子常到镰仓直木家里来，希望得到直木家朝鲜李朝带有秋草图案的彩釉花瓶。这类人一旦看中什么，往往纠缠到底，即使并非出于生意需要。由于常来死缠活磨，直木遂同他以弥生陶壶换了。圆形壶底诚然无足为奇，使直木动心的是那恣肆的红色线条，作为陶器居然没有褪色。线条技法的浑然天成也令人神往。

带有秋草图案的李朝花瓶，到底是眼光独特之人看中之物，大约身价不凡，直木后来在一本图鉴上看过一次。

但直木所以怀念这段有关那男子借宿的往事，并非因为什么李朝花瓶、什么弥生陶壶这两件千百年前的器物，而是由于一个曾活在世上的女子。直木遇见岛由美子，便是由那个男子在他那间破烂的宿舍引见的。

人很难预料在什么地方遇见什么人。当时作为一方的直木完全没有想到这次邂逅居然扭曲或者说改变了岛由美子的命运。

由美子是五条坂一带一个性格古怪的陶瓷工的女儿。父亲的窑很小，店也不起眼，不是知名的陶瓷艺术家，也不是土特产商，只是不声不响、兴之所至地或手捏或转动辘轳烧一点点陶器、瓷器。作品当时在市面上也算不得上乘。父亲深知自己才能有限，所以非常不喜欢女儿由美子从小学自己的样子转动辘轳或用手捏土。

"别搞了！"他大声申斥女儿，"我已经够无能无才了，不愿意再传到你身上。陶瓷活儿是男人干的，还没听说哪个能工巧匠是女的。由我谈论能工巧匠当然滑稽可笑，也正因为这样，才一看见你捏弄泥土我就身上发冷。趁我不注意时悄悄扔到窑里去，让我来烧，你不要搞！你手里出来的，只有描花偶尔说得过去，有点像萨摩瓷工笔画。工笔画有生气倒也还可以，死板板的临摹趁早算了！一个女孩子家！"

父亲这些话对由美子打击很大。小时的由美子不是没有想接父亲班的想法，但从那时起便死心了。

从父亲似乎不是很成功的瓷件中，时常以自己的眼光挑走尚有可取之处作品的人，便是这个在祇园的艺伎馆寄宿的男子。当然，他也没有本事使父亲成为世所公认的陶工。但由于这层关系，由美子不时到他寄宿的艺伎馆二楼来。对男子来说，由美子正是他炫耀其文物知识的合适听众。

直木应宫本之邀去的祇园这条狭窄得顶多能容一辆车勉强通过的老胡同里，应该有那男子住过的艺伎馆。无奈大致相同的小房子比比皆是，无法辨认得出。

只是，在这里初次见到的身穿小菊花和服的由美子，仍在他眼前历历浮现出来。怕已是二十年前的往事了。

葵　祭

　　幸子同宫本的婚礼、婚宴都是在古都宾馆举行的，直木一家那时住的也是古都宾馆。这次观看葵祭，是由宫本在这京都宾馆订的房间，葵祭队伍大约从京都御所出发，经过市政府和京都宾馆之间的河原町大街，往下鸭神社、上贺茂神社方向行进。实际上，直木和晶子是从京都宾馆二楼往下观看的，没有怎么看清。

　　这次应宫本之邀领晶子前来京都，不仅仅是为看葵祭，也想稍稍看一下幸子和宫本的夫妻关系，看看宫本的店，同时也是为晶子。晶子若有什么不便对自己这个父亲和母亲藤子讲的，想必可以讲给幸子。幸子有这样的本事，使人容易向她倾吐衷肠。

有时候较之当面谈，更觉写信方便，晶子也可能把在家里不好开口的事写信讲给了幸子。直木离开公司时便是这样。

"能告诉嫁到远处的女儿，却不能告诉近在身边的母亲和儿女！"直木曾给加代子这么抢白过。其实直木在给幸子的信上也并未明确提及，无非是幸子敏感地体会出来的。况且即使幸子，也不见得确切知道父亲是否彻底离开公司，只是从父亲与往日口气不同的信中推想父亲身上大概有什么变化，因而在写给加代子的信上意味深长地写道："父亲的人生才刚刚开始。"直木事后想到。

但不管怎样，直木还是后悔在给幸子写那封不无感伤意味的信之前，至少应对妻子藤子说个明白。当然，说明白藤子也不能怎么样。直木有个毛病——好坏另当别论，工作方面的事尽可能不在家里讲，怕是这点最后都在制约着自己。

但是，除去已经算是独立的治彦，妻子对直木退休的反应是很镇定的，或者可以说几乎没有表露明显的困惑，那天夜间也没有谈及丈夫的退休。翌日清早，治彦上班，加代子上学走后，藤子抱一个蛮大的文件袋走进直木的书房。

"您看……"

对自己较一般人的退休年龄多劳作十年表示感谢这样的话毕竟没有从妻子口中说出。

"怕您心里不踏实，把家里的东西先给您过一下目。"

"那是存折和有价证券之类。存折有好多种，已经以孩子的名义分好了。"

"嗬,蛮可以嘛!"直木并未细看。他有些惊讶,也像不大好意思。

"都是您的功劳呢!"藤子说,"只要钱不一下子贬值到底,即使这么不景气,也能轻松过得下去,生活上不用担心。"

"噢。"

"您自己要是想做点什么,我名下的山林在信州还多少有一点……什么时候卖都可以。"

"没那个打算,怎么好打老婆不动产的主意呢?……问题是先要做什么。"

"啊,我也只是这时候说说……治彦想开一家住宅建筑方面的小公司,想法倒不错,但多少有风险的吧!"

"唔。"

"您要是一起来就放心了。"

"这个嘛,不急不急。"

"去宫崎或随便去哪里慢慢想想。"藤子把存折和有价证券装回文件袋,"虽说名义上是我和孩子的,但实际上都是您的,归您支配。"

"唔,我觉得至少一半是你的。"

"哪里。"藤子摇头道,"只是这里边幸子名下的可是一点儿也没有。"

"出嫁时给她带了一些嘛。"

"不过那孩子的像是最少。当然喽,到晶子、加代子,嫁妆我都不打算再像幸子结婚时那样操办了,可以吧?"

"幸子结婚时和现在相比,仅三四年时间,钱的价值就不一样了。"

"我现在还觉得奇怪。您为什么把喜欢的幸子嫁去京都了呢?"

"不是嫁去的,是人家自己去的嘛!既然你这么想,当时为什么不使劲反对呢?"

"倒也是啊,"藤子笑着沉吟,或者说边沉吟边笑,"对您要做的事和孩子们要做的事,我从不反对,也不插嘴,这已成了习惯,三十几年都是这样过来的……"

"加上我也没怎么跟你商量。"

"您说京都近,飞机四十分钟到一个小时,新干线电车三小时左右。但从嫁女儿的角度来说,还是远。不可能那么常来常往吧!您就是再疼爱治彦媳妇,也代替不了幸子,亲生女儿……"

"胡说些什么!"直木像被碰到痛处似的蹙起眉头,岔开话道,"藤子,那袋里好像你名下的什么都没有吧。是没有什么吧?"

"没有,有就给您看的嘛。藏藏匿匿的,那种不地道的事儿这种时候可干不出来。我无所谓,孩子们多少有点倒好,一直这么想的。您的就当是我的……"

"唔。"也因为是退休的第二天,对于藤子如此襟怀坦白的说法，较之由衷的谢意，直木莫如说感到一种不无滞闷的重压。

"您那种性格，我知道迟早要离开公司，所以早就盘算好了，不妨开店做点生意。这我觉得还是做得成的。"

"拿信州的山林当本钱？"

"别一口一个信州的山林、信州的山林。开小店那点资本还是有人肯借的。刚才给您看的孩子们的这些也差不多够用。"

"算了吧！"直木不悦地站起身，"丈夫给公司逐出，老婆开始做小买卖，成什么样子！"

"是那样的吗？不可以的吗？"藤子意识到说的不是时候。何苦非今天说不可呢?！确实不够体谅丈夫的心情。不过，自己想做点什么是藤子多年的心愿。以前也跟直木说过两三次，直木都好像没怎么当回事来听。

小女儿加代子已上高中三年级了，家里又有治彦媳妇，藤子不是不能到店里去。但说得似乎这么刻不容缓，恐怕是伤害了直木的自尊心或使他感到屈辱。藤子后悔自己的轻率，于是此后再未提起想要开店。可是在听治彦想独立搞建筑，听幸子说想把宫本的店迁到四条大街或河原町后，出于性格，藤子便想助一臂之力。

"在京都好好看看幸子的店。"藤子请求直木。

"嗯。这个嘛，只消跨进店门一步，就能看出兴旺还是不兴旺，有活气还是没活气。"直木回答，"至于没活气、不兴旺怎么办好，可就难了。当然，只要灵机一动，要个小聪明，未必不能起死回生。开店做买卖也罢，管理公司也罢，都有个走运不走运的微妙问题。人一生的命运也不例外。"

直木打算利用这次京都之行去见见幸子的公婆，好好聊聊。直木接到幸子的婆婆一封十分诚恳地表示感谢的信，说幸子的公公因轻度脑出血倒地时，幸亏幸子照料及时才没出问题。直木觉得幸子因此而同这户老京都人家融洽起来。同时直木也想看望一下她公公恢复如何。

不料昨晚一到京都就给宫本带来这祇园的老茶馆，时间已晚；今天又从宾馆二楼大厅和晶子两人看葵祭队伍，还没找出时间去看宫本的店。

今年的葵祭，天皇和皇后陛下等皇族都亲临京都观赏。这是前所未有的事，看热闹的人也空前得多。时值五月十五日，昨天一场夜雨，新绿格外动人。两位陛下等皇族的特别看台设在建礼门院前面，那里是葵祭队伍出御所首经之处。

平安朝时期，说起祭祀便是指贺茂祭，亦即这葵祭，起源和来历都很古远。如今五月的葵祭同七月的祇园祭、十月的时代祭并称为"京都三大祭"。是战后的昭和二十八年[①]恢复的，停办了十二年。而加进以斋王代为中心的女子队列则始于昭和三十一年，从而给队伍增添了王朝画卷式优美艳丽的色彩。

古代的斋王或斋宫乃是皇女。皇女于贺茂河滩祈禳之后，

---

①昭和二十八年:1953年。

进御所"初斋院"吃斋三年,再度于贺茂河滩祈禳,然后移住紫野斋院,这才得以成为具有侍神身份和高贵修行的庄严的公主。大约由此之故,在现在的葵祭中不称"斋王",而称"斋王代"。

斋王代每年从京都名门世家的千金中挑选。作为葵祭之前的一个仪式,斋王代于五月十日前后在上贺茂神社或下鸭神社进行祈禳。今年斋王代的祈禳是在下鸭神社进行的,里边的洗手池已被改建恢复成古时样式。

"晶子,"幸子没先叫父亲而叫妹妹,她手放在妹妹肩上,对直木说,"久等了……从这窗口看不清楚吧,再说队伍已进市政府歇息去了。"

"是吗?像是。"直木离开窗口,一边用眼睛在厅里寻找空椅一边说,"昨晚宫本招待得不错。"

"宫本叫我向您道歉呢,说不够周到。"

"哪里、哪里。"

"爸爸,今年的斋王代是一家叫尾张屋的老荞面店的姑娘。"幸子说,"尾张屋的荞面饼干,我们店里也卖的,跟那姑娘很熟。大概在同志社女高读三年级。看完队伍登上贺茂河堤和在上贺茂神社举行的仪式,归途中到那家荞面店看看好吗?"

绿遍山原

东京的隅田川需往上游走很远才可像古代那样泛舟游玩，而京都的贺茂川仍无大碍。四条、三条等市中心段到底有人工痕迹，但往上至下鸭神社、植物园一带，河岩河滩便近乎自然原貌了。也是作为琵琶湖源头远离大阪湾河口的关系，水是流动的，不同于东京的隅田川和大阪的淀川。京都美人所以皮肤细腻，亦是因这河水。

在葵祭队伍自下鸭神社往上贺茂神社行进时，堤上当然不准车马通行。

直木和女儿们学京都人的样子，坐在河滩青草地上等待。午饭席地打开瓢正店的细竹叶饭卷。幸子知道直木不喜欢瓶装和罐装的果汁、可口可乐等玩意儿，就用保温瓶装了茶水来。

"保温瓶这东西到底不行，茶味儿都跑光了，对不起。"幸子朝父亲道歉，原本是今早用心煮的。

"啊，没关系。"直木像一般老人那样躺在软绵绵的青草上，头枕臂肘，朝比叡山望去。温煦的五月，比叡山薄雾迷蒙，虽然新绿初萌时节已经过去，但樟树叶片仍绿得那般鲜亮、那般水灵。

这片河滩位于贺茂川西堤坡下，离下鸭神社已不太远了。河岸上的一排树也煞是好看。河滩上大多数人在等待葵祭队伍，也有垂钓客和下河嬉闹的顽童，那光着的腿脚也已不显得那么冷了。

葵祭队伍定于十二时开到下鸭神社，并在神社前举行仪式，然后于下午二时离开下鸭神社，过北大桥沿贺茂堤行进，三时三十分抵达上贺茂神社，同样在神社前举行仪式，至此最后结束。

直木一家是从京都宾馆乘出租车来的，距葵祭队伍开来上贺茂需等相当长的时间。这期间便在河滩上不动。不过直木和年轻的女儿们不同，较之观看葵祭队伍，似乎舒舒服服躺在这青草地上更为惬意。他可以一边悠然眼望京都的群山，一边任清风微拂，任春夏之交的阳光温暖自己的身体。在镰仓和东京都无从觅得如此祥和的情致。

今年入得五月，报纸上说巴黎下了雪，京都也降了霜，下了冰雹。报道说北方有遭遇冻害的危险，但今日天朗气清，仿佛在说那一切无非虚构。

直木撒开臂肘，仰面呈"大"字摊开手脚。

"啊！好天气！年轻时就常来京都，可从来没在贺茂川这么往上的地方躺过。"

"虽说我住在京都，但也没在贺茂河滩上坐过这么久。"幸子说。

"我想起宫崎那次旅行，"直木闭着眼睛说，"想起海老野高原上的红松。海老野高原有硫黄喷出，一种荒凉感，周围的山也比京都的山高，上面红松很多。早上推开宾馆的窗户望去，太阳照在红松林树干上，很是好看。或许那里的红松树干的颜色本身就比京都的漂亮。"

"收到您寄的海老野高原红松的明信片了呢。"幸子也说。

"明信片也够漂亮的吧？"

"嗯。"

"有一种说法，说那片高原的秋色美得像海老①色一样。"直木满脸追思的神情，"从海老野高原到高千穗町②，然后翻过山道，下到大分县竹田町回来的。关于高千穗町，回到家时已经说了。天照大神的高天原和天岩户、八百万神聚会的天安河原、天孙降临的高千穗峰，遗址全部集中在高千穗町。即使作为神话传说也太贪了，不够合理。街上游客熙熙攘攘，不像是神话故地，但随处可见的山丘、树林都很有神话风姿。

---

①海老：在日文中意为虾，故海老色应指虾色。
②町：相当于我国的镇。

这里的高千穗夜神乐和刈草民谣，你俩都看电视，知道的吧？"

"知道。"晶子回答。

"不过高千穗峰大概有两处，鹿儿岛县还有一处。传说常有这种情况。卑弥呼和台与的邪马台王国，中国史书中有记载，那是确凿无疑的。至于是在九州某个地方，还是在大和，至今没有定论。不说那么久远的了。就拿《荒城之月》来说吧，歌词记得是土井晚翠在竹田古城遗址上创作的——那里也建了文学碑，但也好像是在仙台写的。作曲家泷廉太郎是大分人，大约也去靠近大分的竹田古城遗址游历过，这激发了他配曲的冲动，于是也就有了这种情况。大分市也有泷廉太郎纪念碑。"

"竹田古城遗址大倒不大，但风景优美，镇子又小，出入都要钻山洞，别有一番情趣，我很喜欢。说起来，竹田更有田能村竹田的故居被原封不动保存下来。据说竹田招待赖山阳用的便是那故居前面田里的菜，不知是不是真有其事。"直木缓缓说道，"我去了竹田故居，那块田也看了，在镇上高些的地方。"

"我嘛，这次来京都想去紫式部墓看看。"晶子说。

"紫式部墓？"直木有点兴味索然，"晶子是国文专业的大学生嘛。墓可有根有据的？在新京极一条乱七八糟的小胡同里，还有清少纳言的什么。"

幸子准备了一本关于葵祭的小册子，本来想给父亲和妹妹讲讲其中主角的名称和服饰,但幸子本身对这所谓"王朝画卷"式行装也所知无多,看说明也不甚了然。

"晶子,看这个。"接过来的晶子也对王朝服饰知之不详。《源氏物语》《落洼物语》《枕草子》以及《荣华物语》《大镜》《今昔物语》《徒然草》等书中都提到葵祭,小册子里也引用了有关章句。晶子固然想得起自己曾读过这些原著,但和幸子一样,没有信心把葵祭的行装向父亲解释得通晓易懂。

"树木枝叶虽未呈葱茏蓊郁之势,然已一片新绿,鲜嫩可人。但见玉宇澄澈,云雾无隔,令人油然而生快意。若傍晚初阴,夜空迷离,时闻远处杜宇啼声如梦,又何其心旷神怡。及至祭日即临,将橙黄茜红布料卷入长匣,略裹以纸,携之东西行走,每觉兴味盎然。而染以或由浅至深,或深浅相间,或一色深浓,亦较素日平添妙趣。"《枕草子》中的这段描写惟妙惟肖,表现了旧历四月、新历五月的季节感。《源氏物语》中广为人知的源氏正妻葵上同六条御息所(斋宫之母)争车之事,也是为这葵祭之故。

《徒然草》中也有记述:"五月五观贺茂竞马之时,车前杂人拥塞,欲观不得,故各自下车,向栏而进。然人尤多,无法近前。"镰仓时期兼好法师亦曾忆及葵祭的人山人海、热闹非凡。及至足利战国乱世,葵祭已似乎告终;在江户时期的元禄盛世,大约又重振雄风,然而据传为期不长。即使进入明治时期之后,也好像三起三落。这恐怕是因为朝廷和公卿将政权交与幕府武士,加之明治迁都东京,政体有变的缘故。

主持葵祭的主体公卿由此一蹶不振，京都亦从此走向衰落。

战后，昭和二十八年葵祭开始重整旗鼓，昭和三十一年加进斋王代等女子队伍，俨然成为讴歌和平和京都繁荣的象征，但意义却不同于平安朝葵祭鼎盛时代。尽管信仰和复古举措尚未完全沦为观光道具，但不消说，队伍中已大半不再是王朝公卿，甚至主要角色竟也雇用打零工的学生充任。从御所至上贺茂神社，由于路途较远，雇来的学生们走得累了，遂挽起袖口或一路大舔冰棍，真是不成体统，有损葵祭气氛，以致观众皱眉不止。

尽管如此，但队伍的形式和服装打扮基本依照王朝规范。幸子拿来的小册子上面虽说关于主角及服饰的说明现今看起来令人不胜其烦，布名和颜色用词也令人费解，但作为队伍中的主要角色——敕使、牛篷车、斋王代总还说得过去。

队伍中，无疑敕使地位最高。古时由四位近卫出任，现在听说由旧公卿华族的掌典担当。古式服装今天看来确实烦琐不堪。冠为五彩垂缨，并带菱形花纹。服装为黑色阙腋袍，半臂束带，下袭为带有蓝红菱形图案的白平绢罩裙、赤色宽脚裤，右腰挎一银色鱼形袋。刀为古风金彩直刀，柄、鞘等均有装饰。垂带为淡紫色散花图案。鞋为赤色锦靴。

坐骑称唐鞍彩马，覆银面，悬轮镫，垂尾韬，结彩毛。护腹用名曰大滑的皮革，胸、臀缨饰垂以名曰杏叶的叶形物。主缰为浅色圆纲，赤地锦背饰及腹带，头戴彩冠，尾有尾袋。副缰为浅色锦绳。此外，云珠颈串并不系于马颈上，而手拿挥舞。

就连敕使坐骑的古式装饰都如此复杂。没有历史知识几乎不明所以，随便一眼看过。敕使自无须说，各类供奉、卫士也都前后井然有序，备有回程坐骑。风流伞随列行进，平添初夏风采。下鸭神社的丛林、贺茂堤苍翠欲滴，与之交相辉映。

牛篷车是朝廷敕使或斋王乘用的，为给队伍增辉添色而拉引进来，称之为"出车""饰车""渡车"，车轩、车腰饰以应时的紫藤花、燕子花，或红梅花、白花等。

斋王代坐轿，身着俗称"十二层衣"的盛装。"日忌衣"外面套"小忌衣"，头发自然是顶髻散披式，缚以青白丝线，怀揣红色诗笺，手持丝柏扇，端然一副古时装扮。

斋王代在葵祭开始前祈禳之时，身后随一女童。在队伍行进过程中，另加一男童。男童女童均结辫下垂，饰以"红色鸟子纸"，半身袍套以裤裙。总之，男童女童给队伍增添了楚楚动人的红色。且正值葵花与雏芥子花开花时节，小孩点化出雏芥子风情。

京都三大祭之中，较之平安神宫新的时代祭、队伍戟矛并举的热闹欢快的祇园祭，葵祭最为循规蹈矩、古色古香，在现代人眼里，或许不够兴高采烈。而且从京都御所出发，一直转到下鸭神社、上贺茂神社，路线也最长。

至于《徒然草》中提到的公卿和"检非违使"在松树间行进的形象，虽然最能令人发王朝之幽思，但现代人也不过看看罢了。

直木和女儿吃盒饭的这御园桥一带，位于最漂亮的贺茂堤段，公认是观赏葵祭队伍的最佳地点。当然，队伍虽说进市政府休憩且要在下鸭神社举行祭神仪式，但走到这里也是相当辛苦的。

其实直木本来就没打算细看队伍的装束和祭神仪式或借此研究古典。他所以应幸子夫妇前来看这葵祭，主要是因为幸子和晶子，或者说晶子对幸子大约有知心话要说。

"队伍到还要等些时间，"幸子说，"去买点儿上贺茂有名的烧饼来可好？"

"唔。"直木望天回答。

"从贺茂川往上来到这里，也算到了京都吧。"直木说道，"听说早年间，河堤也和现在不同，堤西到处是麦田和油菜田来着，田里疏疏落落建有古旧的农舍。"直木继续眼望天空。

"晶子，对现在的幸子你怎么看的？"

"怎么看的？"晶子反问。

"像不像京都人？嫁来京都看上去可幸福？"

"怎么说呢，"晶子注视直木，"总的说，我不大喜欢宫本那样的人。"

"噢。"直木点了下头，"这个回头你也跟幸子说说好吗？开门见山地。"

这里边当然包含晶子本身，她也觉察到了。

"好的。"

贺茂河滩

"爸爸,"晶子以清脆而低微的声音说,"我这么任性,一时又很难结婚,您和妈妈有些吃不消是吧?"

"是有些放心不下,尤其你妈妈。"直木似听非听地自言自语,"家里三个女儿,有一个不远去留在家里也好,我是这么想的。只是年轻时无所谓,可一上了年纪,一个独身女子恐怕还是够寂寞的,即使做生意或搞别的什么自谋生路。"

"爸爸,我活着的时候,您也一定要活着,求求您。"

"唔……"直木支起一只臂肘,盯视晶子的脸道,"那怎么可能呢?晶子!"

"求您了。我早点死,那以前您就活着,哪怕跟跟跄跄也好,糊里糊涂也不要紧。也就再活二十年。二十年算什么呢?

真不算什么的,爸爸!又不是叫您活到一百岁。"

"呃,再活二十年。那么,你多大了?岂不快四十了?!"

"是四十,快成老太婆了。我可不想活到变成一个坏心眼的丑老太婆。"

"晶子,这种话,可是十六七岁,二十来岁,甚至年纪更小的女孩常有的感伤哟!"

"不不,不是什么感伤。我坚定地对心发誓,这是真的,爸爸。"

"发誓?再对自己坚定地发誓,人也是不会发誓什么时候死就会什么时候死的,也不可能想活到什么时候就能活到什么时候。命数,都是有命数的!古来就说命数奈何不得。"

"命数是什么?"

"不晓得。"

"命数是一种信仰,是一种信念,我觉得。"

"命数是信仰……哦。"河滩的青草、堤坝的鲜绿、北山的远影都在直木眼前模糊起来,唯独贺茂川的水流声格外高亢地淌过心底。

"你的信仰,是什么呢?"

"祈祷。"

"祈祷什么?"

"是啊,小时候跟哥哥去教堂,心给《圣经》打动了、滋润了,所以基督、玛利亚和信徒走进了自己幼小的心灵。那时崇拜玛利亚来着,但长大以后,我觉得自己并不是虔诚的基督信徒，恐怕还是东方的异教徒。治彦哥我想也是如此。严格说来，我身上不存在宗教精神，不属于佛教，不属于亲鸾和禅宗。和学校的同学去圆觉寺坐过几次禅，但这个……高山寺明惠上人的人格我很欣赏，但那种旧派佛教的教义无论如何不是我能明白的。也确实喜欢念佛云游的一遍上人、游行上人他们。"

"噢。"直木沉默良久，"禅宗高僧里边有的晓得自己死期临近，写下宝贵的遗偈。古代圣人豪杰也有能预知自己死期的。我父亲虽是无谓的小人物，但还是知道即将离世，爬起身为我写下很大的字。"

"知道的。"

"'忍耐'两个字。话倒是普普通通不值一提，但在人生很多场合咀嚼起来，总觉其味无穷。"

"嗯。不知为什么，我喜欢两个字上面那个砰然滴下的大墨点，觉得祖父的万般心情都凝聚在了那个墨点上。"

"呃。一般说来，应该在裱画店把那误滴的墨点剜掉再好好裱装，但我特意请店里把大墨点留下。想必父亲是忍痛支起身在垫褥上写的，结果笔头鼓胀的墨汁砰一声滴落下来，就在那下面写出'忍耐'两个字——头上带有大大墨点的'忍耐'。"

"您要给我写点什么才好！"

"我？叫我给女儿留下蹩脚的字丢丑不成？你祖父的字虽说算不得漂亮，但作为一个临死之人，算是苍劲有力的。"直木蓦然心生一念，笑道，"晶子，把毛笔足足蘸好墨汁，任它吧嗒吧嗒随便滴在纸上如何？抽象，随便怎么理解。"

"那怎么成……"

"落款还是要落的，写上'晶子存，父'。"

"那怎么行？不行，还是要有句什么话……"

"可是，晶子，这不就奇怪了，刚才你还说自己想死在我前头来着，现在又要我为你留下字来，岂不矛盾？不反过来了？"

"哎哟，那是两回事的。"

"我们家里，幸子的字最成模样，让幸子写怎么样？"

"呃，幸子姐字倒是不错，但幸子姐那里我想要手工艺品，至少要能体现幸子姐温柔性格的手工做的东西。"

"是吗？主意不坏。"

"从您那儿要字，就算我死在您前头……"

"嚇，留给外孙？作为有过这么一个外祖父的证明……哪怕是不好意思挂到壁龛里的玩意儿。"

"幸子姐出嫁时带走的那个内廷古装偶人挂轴，即使出自名家之手，也算不得怎么好的嘛。怕是受人之托画来换钱的吧。但可以睹物思母……"

"唔。"

"您的字不知要比那个好多少倍。"

"好留给你的孩子？告诉孩子有个字写得这么拙劣的外祖父？"

"我不大可能结婚，没考虑什么孩子不孩子。"

"嗯。既然你拥有了勾玉，咱们家的那个传家宝，就给你写'勾玉'二字，或有关勾玉的古诗吧。我从公司退休的时候，最没出声的就是你，感受得出你心里对爸爸的那份体贴。"

"那倒不值得您这么夸。不过那时我第一次惊讶地意识到是爸爸一个人，只是爸爸一个人养活了我们一家。就说我吧，多亏有您这位爸爸，才没有被冲到世间的惊涛骇浪里去，才免遭风吹雨淋，这是一种刻骨铭心的感受。一切重担都压在爸爸一个人身上——这是为什么呢？想到这里，我一句话也说不出来。眼泪从心脏流到动脉，流个不停。那时想，哪怕以后自己的血都为爸爸化为眼泪也心甘情愿。不亲身在世上闯荡，是体会不到人世艰辛的。"

"噢。"

"那时我在心里想，大概顶数人类对孩子的抚育、爱护的时间长，尤其是爸爸。动物不是早早就把孩子推到一边的吗？听说狮子还把小狮子推到山谷里去呢。"

"唔，这恐怕和动物的成熟年龄和寿命长短有关。"

"大学啦、高中啦，尽长期教育义务的只有人类。为什么要让子女读完大学并且帮忙找工作呢？甚至连嫁妆都操心——只有人类才会这样。"

"哦，嫁妆？也没像你说得那么操心。不过，其他动物的确像是不管这么多，什么婚礼啦、婚宴啦。"

晶子点点头，移开有些温润的黑眸子。

"要是人类也像古代等到男孩十二或十五岁一穿上元服①，父亲就推开不管，那会怎么样呢？"

"那可不成。那样时下伤脑筋的少男少女的不良行为、犯罪行为就更厉害了。"

"是吗？战后制定的新宪法，加强了子女对父母的权利，却淡化了义务。孩子没了约束，变得任意而行，不懂得自我克制，不是吗？"

"唔，这一面的确也是有的。本来是学人家西方的，可西方家庭对小孩的管教是很严格的，去他们家有时很吃惊。在伦敦一些地方，街上也可看到一副小绅士、小女士做派的小孩，叫人憋不住笑。在日本，衣服常让小孩穿随便凑合的便宜货是吧？因为很快就又长大不合身。可在伦敦不少家庭让小孩也穿上绅士、女士样式的衣服。可我，看上去反倒觉得好笑。不过，日本公卿时代、幕府时代小孩也是这样的。"

"我们直到这个年龄都还在一味依赖爸爸。"晶子说着，从保温瓶里倒了一杯茶递给直木。

直木坐起身，盘腿啜了口茶，眼睛往北山望去。

"好气象！山青青、树青青、风轻轻。"直木说道，"晶子，你有这份温柔，即使从一块勾玉中也能听得袅袅的琼音——在我们家能听得到底只有你一个人。那勾玉归你是对的。只是，如今爸爸可是没有力量买三四块让你听琼音了。即使设法弄到钱，也还有个家庭问题。何况，质量那么好、

---

①元服：日本古代男孩在成人仪式上穿的服装。

那么大的翡翠勾玉，哪里的文物店都很难碰到了。现在京都一番茶道用品商店姓良冈的店主喜欢勾玉，搜集了几十年，也特别给我看过大大小小、般般样样，甚至形状奇特的勾玉。据说这以前只是买入，一块也没卖过。他是出于爱好，不是做买卖，估计是日本首屈一指的勾玉收藏家。听说他很少出示于人，不在主人情绪十分好的时候别想看到。我虽算不得茶道用品商店的顾客，但同良冈认识，如果好好相求，或许能让过目。你好容易来一趟京都，求良冈给看看也是可以的。"

"不必了，我有祖父这一块，好好珍惜就足够了。我不想把自己的宝物和很多同类品比来比去。"

"是吗？你性格上是有这种地方。"直木道，"不过即便看了良冈收集的勾玉，你也不至于对自己的勾玉失望的。"

"嗯，在您书房看过那本有勾玉、首饰，弥生时期铜铎、铜矛、陶俑、陶壶的画册，这点我约略也是明白的。"

"唔。可是彩色照片即使再先进、逼真，同实际的艺术品相比也还是有不小的距离的。就形状来说，照片上的勾玉较为质朴。"

"嗯。"

"勾玉先说到这里吧。对了，幸子说从大学辍学也无所谓的时候，你为什么答应得那么痛快呢？"

"因为自小就在好多方面比不上幸子姐。另外，小时候心里就像有一种不好受的滋味，担心自己成为父亲永远卸不掉的负担。从十几岁就开始做工的女孩儿不是很多的吗?!"

"我看不全是因为这个。是在大学失恋了吧?"

"是,其实是给一个女同学的恋人追得太紧,没办法再在学校待下去了。跟幸子姐说过一点儿。您是从姐姐那儿听说的吧?"

"三言两语。我倒不好深说,不过你也太听幸子话了吧。姐姐叫不念就不念了?"

"大学也没什么意思。"

"你没有那种犟劲儿和那个女同学一争到底吧?"

"没有。一天晚上,那女同学和我两个人走在路上,那个女同学一下子吞了很多药进去,走路摇摇晃晃,抓邮筒时一下子倒在地上,马上叫救护车送去医院。好在不是速效致死的药,洗了胃,当然是得救了……"

"那是吓唬人吧?"

"也许是吓唬人,可看到她用头发遮掩的一只耳朵下面的伤,我就再也……"晶子脸色有点发青,"话说回来,爸爸,就算别人看来明知是吓唬人,而当事人意外出于真心的事不也是有的吗?女人……"

"吓唬人终归是吓唬人,"直木断言,"不过,你生来就很老实谦让。虽说你关心我,甚至说出宁可死在我前头的话来,可我还是要让幸子照顾我……"

"还是幸子姐心眼灵活、照顾周到嘛。"

"治彦的媳妇静子来了以后,就让给了静子……大概出于小姑子对外来嫂嫂的一种谦让吧。"

"我倒没特意那么想，一来静子嫂心细手细，二来也好像挺中意您的……不过在静子嫂面前，我自以为可是半点儿也没表示出嫉妒的哟。我觉得对静子嫂来说，较之她自己的父亲，您这位公公倒不知好上多少倍……跟过去媳妇侍候公公的情形截然不同，实际上她也亲近了父亲……"

"唔，为这个治彦和静子夫妻间也不是风平浪静，也不是没有这个那个不愉快的事。"

"那是治彦哥不对。"晶子斩钉截铁，令直木目瞪口呆，"治彦哥有他自己的悲伤和烦恼，有和性格直率的静子嫂合不来的地方……依我看，治彦哥说不定多少放荡一点再结婚倒从一开始就能使婚姻和睦。"

"哦？"直木愕然。

"您和静子嫂那么和气，我不好明显插手进去，故意避免来着。"

"呃。幸子过于聪明伶俐，滴水不漏，加代子那么不管不顾，我行我素，你夹在两人中间也够可怜的。"

"哪里，没那回事。祖父临终时不是给您写了'忍耐'吗？我或许就像砰一声掉在那两个字上面的墨点……"

"瞧你说的什么？"

"哦。"晶子摇了下头。

直木看着晶子，在贺茂川的流水和对岸绿色的映衬下，直木觉得这个女儿很漂亮，是家里最漂亮的。

斋王代

幸子买了特产烧饼,返回河滩,用手帕按着额头道:
"对不起,今天买的人太多,等了好久……"
"那怕是的。"直木说。
"是神马堂的。卖这东西的有两三家,神马堂人最多。我们家也常在那儿买。"
"谢谢。"
"小包的在这儿吃,大包的留给妈妈,毕竟是葵祭当天的……"
"嗯。"直木看着幸子打开小包,"哦,变小喽!上贺茂的烧饼也变得这么小了?人世沧桑啊!"
幸子不知过去的烧饼比现在的大,显出诧异的神色。

"过去嘛，其实也就三四十年前幸子出生那时候——出生你也不知道的，我一个朋友在京都一家电影制片厂工作，一次送来了贺茂川烧饼。年纪轻轻就死了……烧饼差不多有这么大。"直木用大拇指和食指比画一个圆圈，"当然也厚，在家里吃起来真是一种享受。一想起那个朋友，至今我都还想起当时的烧饼。说起来，往日的关西烧饼样的点心就是多，上贺茂的尤其好。样子倒不显珍贵，但待客上茶时偶尔也还是端出来。"

"爸爸，反正您先吃一个看……"

"是啊，"直木按幸子说的，掰下一半放入口中，"嗯，不坏，但味道比过去淡了不少，没有特色。至少乡下人觉得不够味道。当然喽，人这东西有一种毛病，总觉得过去吃的东西好吃……"

"等等，"幸子翻开关于葵祭的那本薄薄的小册子，指着提到特产烧饼的那段说，"这里、这里，真可能像您说的那样。这一小段记载说贞明皇后进宫后，常常订这烧饼。上贺茂有不少人到宫里去，乐得做烧饼。"

"是吗?!"

"说烧饼也叫葵饼，是上贺茂神社有名的特产……爸爸您说的怕是那时候的烧饼吧。"

"有可能。"

"上面说北海道的大纳言小豆或许还是原来的，但砂糖变了，过去用黑砂糖，战后是上等白砂糖。火候也是弱一点的好。"

"啊,是吗?"

"还说战后用过黑市上的高价砂糖。上贺茂神社后头,高尔夫球场的客人常开高级车来买烧饼。"

"那样可不好。"

"再不可能有从香喷喷的饼皮上透出黑砂糖那种乡间风味了吧?"

"唔。"

"还这样写道,以前还有一家烧饼铺来着,由于家道中落转让于人。在那里当伙计的现在的神马堂主人感到惋惜,就在御宫马屋的旁边开了一家店铺,这就是神马堂。"

"是这样,"直木点点头,"总之就是说,味道变也是理所当然的喽。过去莫非也是用铁板烧的?"直木歪头沉思,"算了,不再说这无可奈何的事了。晶子也尝尝,还温乎乎的呢。"

"嗯,"晶子伸手拿起,"好香!"

"我可没说不香哟,只是说没有三四十年前那种令人怀念的味儿了。"

"爸爸,那种味儿在京都也少起来了。我是外来人,对京都的老东西知道得不多。"

"也不光是京都,世界上所有的古都大概都这样子。京都或许还算有韵味的,还算是古风犹存的地方。"直木然后突然想起来似的说,"对了,因为日本还有晶子这样尚古的人……"

"晶子尚古？"幸子轻轻笑道，"想穿十二层衣，想梳顶髻披肩发？"

"不，晶子说了，让我一直活到她死的时候，不出嫁，就在家里照料我。"

"爸爸！"晶子一副埋怨的口气，脸红到耳根，"人家是悄悄说给您一个人的，何必急忙在这里告诉给幸子姐！"她说着像要哭出来似的，"原本是我悄悄发的誓……"

"晶子，即使你那么说，我一点儿也不计较的。"幸子将手放在晶子肩上，"我也那么想过。"

"呃，爸爸喜欢幸子姐喜欢得不得了，甚至说为什么嫁给宫本那样的人呢，离婚回来也好的嘛。"

"是啊，"想不到幸子很爽快，"现在有时还那么想，心想回到爸爸身边好不好呢。"

"快别说了，"直木笑着岔开道，"我这个当老爹的也是古板得发傻了，反倒成了女儿们的祸害。"

"就连光知道撒娇的疯丫头加代子，说不定心里边也有这种念头。"

"好了、好了，"直木加重了语气，"我们家女儿看来爱情都欠火候，这可是女人的一大不幸，一大缺憾！"

"我不明白，爸爸，也不光女儿，治彦哥也不例外。"幸子说，"所以爸爸不是才格外关怀、疼爱静子嫂吗？"

"哦？"直木好像被幸子的话击中，一时语塞。

"幸子姐，我的可是誓言，是祈祷。"晶子声音认真起来。

"才刚听晶子说祈祷，就问她对什么祈祷——晶子是明显不信什么教的，要是对淫祠邪神什么的祈祷，弄那种咒语迷信什么的，我可反倒不舒坦的哟！"

"不信教或许是的，但在觉得天地间好像有神明存在的时候也是祈祷的，更多的时候是对自己的一颗心祈祷，一心一意地祈祷。除了自己的心和灵魂，其他一切都像是迷信。大概是由于我还年轻，修炼不够的关系。"

"宗教就是由此产生的，另外就是在人有烦恼、有痛苦、有怀疑的时候。"

"是啊。还比较小的时候，我读基督教、佛教的经典，有时就觉得上面教导得真好，忘情地浮出眼泪。"

"教导得真好？"直木喃喃自语。

"嗯。教导得好是好，但若叫我崇拜什么什么神、什么什么佛，就觉得很难从命。自己很难达到因教见神的境界，大约因为那高尚的教义不是自己心中想出来的吧。"

"唔，几兄妹里边，看上去老实的晶子倒最具有现代理性和怀疑心理，说得不好听点，算是自我意识最强的。"幸子插嘴进来，"既然有这种愿望，那么只是一心念佛或一味坐禅也是可以的。再不然，跳舞念佛也可以。时下流行一种什么舞蹈，身体动得像要跌倒似的——用这种形式来忘我也未尝不可，是吧？"

"那样神就会现形？"

"这……神现形？现什么形？"

"这因宗教不同而不同。即使同一宗教，神佛形体也各不相同——我看过好多好多宗教书上都提到过神佛现形的事。让我觉得奇怪的是，神因种族和民族的不同而不一样。如果真的存在神，那广岛、长崎为什么会落下原子弹呢？姐，你告诉我……这仅是一个例子。落下之后，说什么不也无济于事了吗？"

"问我我也不明白。"

"神国在哪儿？既然说灵魂不灭或有灵界存在，那么我死在爸爸前头也好后头也好，都应该可以和爸爸在一起，守护爸爸才是……假如爸爸先行一步，那么就既不在墓地也不在灵坛，只能这样认为。所以我才请求爸爸在我活着的时候也要留在这人世。"

"年龄顺序有时是奈何不得的，"听晶子说得这么认真，幸子也不大好说什么，"我们的爸爸妈妈一定长寿。"

"但愿。"直木仍叉着双手当枕，眼望蓝天，沉默一会儿道，"不过，晶子，我还是认为结婚对于女人来说类似一种宗教体验。反正……"

"指生小孩儿？指女人应该生小孩儿当母亲？"

"那也是有的，但不尽然。"

"小孩儿不结婚也是可以有的嘛，年轻时候……"

"哦？"直木一惊。

"如今即使没有意中人，也还有人工受孕的办法嘛。"

"人工受孕？……"直木不期然同幸子面面相觑。

"我觉得人工受孕以后会渐渐发展下去，不是吗？"

"晶子有这种莫名其妙的打算？"

"哪里，怎么可能？想一想都不寒而栗，死也不愿那样。"

"是吗？"直木将抬起的脑袋放回草地上。

"您看的《古事记》不更离奇古怪，伊邪那岐神和须佐之男神都是男神吧，却轻而易举地生出小孩来，手里拿的、身上穿的也有小孩生出……"

"创世神话嘛！"

"眼下人工受孕发展下去，不知会从孵化器那样的物体里生出多少人来。"

"嚅，父子兄弟都分不清楚，那像什么话，成了人养殖业！"

"是啊，"晶子继续道，"人类历史已有几百万年——不看您书房里的书本也知道，但在这漫长的岁月里，如今的一夫一妻制度、家庭制度并不很多。大约是因为方便才变成这样子……谁晓得会持续到什么时候或者又在哪一天崩溃呢！情况总好像一天天奇妙起来。爸爸妈妈那一代、我们这一代倒不会有什么……但认为万劫不变可是错误的哟！"

"本以为晶子想法守旧，不料考虑的是这么荒唐新潮的东西。"幸子大为惊愕。

"人类悠久的历史不是证明了这点吗？！现在男女之间的关系可能也只是处于摸索、试验阶段。我认为现在这样算是幸福的。战后，夫妻、家庭有一种危险倾向——其存在既不仅仅为了子女，也不是为了年老的父母。"

"是吧。"幸子暧昧应道。

"幸子姐，我是守旧，跟不上形势。什么结婚就同父母分开呀，不总照顾父母也可以呀，我从骨子里讨厌这种做法。"晶子不屑地说，"我倒不是因为这个。反正只要我活一天，就孝敬爸爸一天，我认为这是我的幸福。"

"不是幸福。难得，诚然难得……"直木说，"那不是女人的幸福。那样你妈妈怕也够伤脑筋的。"

"不，爸爸，我已最后想定。"

"晶子厌世了吧？"直木转向幸子，"得想办法改变她这念头才行。"

"爸爸，我可一点儿也没厌世，我不是说我很幸福了吗？"

"啊，人这东西，尤其女人想法更是反复无常……"直木向天自语。

在河滩、河堤上等待的人轰然起身，有人还奔跑起来，原来葵祭队伍终于开到。

"爸爸，不用慌，我已订好座位，保证看得到神社前面的仪式。"

"唔。"但直木还是爬上河堤。

在市政府休息了一下，在下鸭神社举行过社前仪式，也算是小憩，队伍里的人从御所远行到这上贺茂神社，看样子也够累的了。一群儿童居然也好好跟到这里。

斋王坐在轿内，四面垂帘，掀动时可以窥见。斋王穿着五彩唐服，也就是所谓"十二层衣"，外面披着"小忌衣"，头顶发髻而下端披散开来，发上戴心叶形饰物，额头两侧垂有青白丝线，怀揣红帖纸，手执丝柏扇，一副王朝或者唐代风格的打扮，面部亦是古代样式。

如此情形，看不出是同志社女子高中的学生。

（未完）